KNAUR

ANDREAS WINKELMANN

MORD IM HIMMELREICH

KRIMINALROMAN

KNAUR

Besuchen Sie uns im Internet:
www.droemer-knaur.de

MIX
Papier | Fördert gute Waldnutzung
FSC® C083411

Originalausgabe November 2024

Ein Imprint der Verlagsgruppe
Droemer Knaur GmbH & Co. KG, München

Redaktion: Regine Weisbrod
Dieses Werk wurde vermittelt durch die Literarische Agentur Thomas Schlück GmbH, 30161 Hannover.
Covergestaltung: Annette Dascher
Coverabbildung: Composing unter Verwendung verschiedener Motive von Shutterstock.com
Innenteilabbildung: Michaela Lichtblau unter Verwendung eines Motivs von Naddya / Shutterstock.com
Satz und Layout: Adobe InDesign im Verlag
Druck und Bindung: CPI books GmbH, Leck
ISBN 978-3-426-44988-2

2 4 5 3 1

KAPITEL 1

SZENE 1

»Das Mord-Board«

AUSSEN. FRÜHER MORGEN.
Campingplatz Himmelreich.

»Hilfe! So helfen Sie mir doch!«

Frühmorgens, wenn die Sonne gerade aufgegangen war und Stille noch das Land beherrschte, störte so ein Hilferuf ungemein.

Besonders Björn Kupernikus, der um diese Zeit meist ungehalten war. Einen bestimmten Grund gab es dafür nicht, es war eben so. Der Morgen war nicht sein Freund, und er konnte nur durch zwei Tassen starken Kaffee aus der French-Press besänftigt werden. Aus gutem Grund hing in seinem alten Wohnmobil ein Metallschild mit der Aufschrift »Ohne Kaffee nicht ansprechbar«. Seine obligatorischen zwei Tassen hatte er heute noch nicht gehabt, weil er mit der grandiosen Idee aufgestanden war, vor dem Frühstück eine Runde im See zu schwimmen. In diesem Zustand des Ungehaltenseins mochte er niemanden sehen und mit niemandem reden, was kein Problem war, wenn man wie er allein lebte. Allein zu leben löste sowieso die allermeisten Probleme, bevor sie überhaupt entstehen konnten.

Dieses aber nicht. Denn die Frau rief weiter und kam jetzt auch noch auf ihn zugelaufen.

Merkwürdig sieht sie aus, dachte Kupernikus, wie ein Geist. Wie diese weiße Frau aus dem Ebersberger Forst, die immer mal wieder auftauchte und die Leute in Angst und Schrecken versetzte. Über die gab's sogar einen Kurz-Gruselfilm, den er ganz gelungen fand.

»Hilfe!«, rief die weiße Frau wieder und wedelte mit den langen dünnen Armen.

Dass sie kein Geist war, bewiesen die Fußabdrücke, die sie im Sand hinterließ. Geister schwebten schließlich, das wusste jeder. Die Frau war barfuß, wie Kupernikus auch. Allerdings hüllte ein weißes, wallendes Kleid ihren dünnen Körper ein, während Kupernikus seine alte rote Badehose trug, die er dereinst nach einigen Folgen Baywatch in einem Anfall von Selbstüberschätzung in einem Sportfachgeschäft erstanden hatte. Ihn kleidete sie allerdings weniger gut als David Hasselhoff. Das mochte an seiner untersetzten Figur mit dem recht rundlichen Bauch liegen. Vielleicht war Hasselhoff auch einfach nur besser belichtet worden.

Kupernikus fielen die Blutflecke auf der Vorderseite des weißen Kleides auf. Auf die Entfernung sah es aus, als sei die Frau von mehreren Schüssen getroffen. Schüsse hatte er allerdings nicht gehört, und sie würde wohl kaum noch so laut schreien und so schnell rennen mit drei oder mehr Kugeln im Leib.

Obwohl … bei Frauen wusste man nie so genau. Die waren oft zäher, als Mann dachte.

Der Strand war breit an dieser Stelle und sie außer Atem, als sie ihn endlich erreichte.

»Da draußen …«, stammelte sie und zeigte zurück zum See. »Jemand muss ihn retten. *Sie* müssen ihn retten.«

»Ich? Wen?«

»Da draußen, auf dem Wasser, na los, kommen Sie schon!«

Sie packte ihn am Handgelenk und zog ihn mit sich. Erstaunlich, welche Kraft in dieser zwar großen, aber grazilen Person steckte. Und schnell war sie noch dazu auf ihren langen, dünnen Hühnerbeinstelzen. Kupernikus kam kaum hinterher, und obwohl er immer noch ungehalten war – jetzt sogar noch mehr als vor zwei Minuten –, hatte die fremde Frau es geschafft, ihn mit ihrer Panik ein wenig anzustecken. Eile war geboten. Ein Leben musste gerettet werden.

Direkt am Ufersaum, ein hölzernes Bein im Wasser, stand eine Staffelei. Darauf eine weiße Leinwand mit einigen Farbklecksen. Auf einem kleinen Klapptisch daneben lagen Pinsel und Palette und Tuben verschiedenster Farben. Damit war klar, woher die roten Flecken auf dem weißen Kleid stammten. Die Projektil-These hatte sich erledigt. Kupernikus bedauerte das ein wenig, war sein kriminalistischer Spürsinn doch bereits geweckt.

Jetzt endlich ließ sie sein Handgelenk los und zeigte auf den See hinaus. »Da! Er treibt immer weiter ab.«

Kupernikus sah, was die Frau meinte.

In hundert, vielleicht hundertfünfzig Metern Entfernung trieb eines dieser neumodischen Surfbretter, mit denen man nicht surfen konnte. SUP lautete die Abkürzung dafür, was – das hatte Björn Kupernikus gegoogelt – für Stand-up-Paddling stand. Er hatte es einmal ausprobiert, aber aus dem Stand-up war bei ihm ein Fall-down ins kalte Wasser geworden. Dutzende Male hintereinander. Nein, nein, das war nichts für ihn. Sein Gewicht war zu sehr nach vorn ausgerichtet, um es auf dem Wasser austarieren zu können. Ist der Bauch erst mal zu dick, fällt man vor und nicht zurück.

»Ein Hund?«, stieß Kupernikus überrascht aus.

»Ja, so helfen Sie ihm doch!«

»Ist das Ihr Hund?«

»Nein.«

So früh am Morgen lag der Templiner See noch ruhig da, das Wasser war nicht von Außenbordmotoren aufgewühlt, und es ging nur ein leichter Wind, der keine Wellen schlug. Insofern sah es recht gemütlich und entspannt aus, wie der kleine weißbraun-schwarz gescheckte Hund da draußen rumschipperte.

Keineswegs nach einem Notfall, für den man um Hilfe rufen und ihm den Morgen verderben musste.

»So stehen Sie doch nicht nur herum!«, fuhr die Frau ihn an.

»Vielleicht schwimmt sein Besitzer gerade«, sagte Kupernikus und behielt das Board im Auge.

»Dann schwimmt er schon sehr lange«, hielt die Frau dagegen. »Jemand muss den Hund retten. Ich … kann leider nicht schwimmen.«

Über dem östlichen Ufer blendete die noch tief stehende Sonne. Kupernikus hob die Hand und beschattete die Augen. Der Hund trieb weiter Richtung Seemitte. Stocksteif stand er mitten auf dem Board, bewegte nur den Kopf auf der Suche nach Rettung. Es wirkte nicht, als fühlte er sich sonderlich wohl.

»Bitte. Tun Sie endlich etwas.«

Ihr flehentlicher Tonfall ließ Björn Kupernikus nicht unberührt. Allerdings war er schon lange nicht mehr so weit hinausgeschwommen. Hundertfünfzig, mittlerweile vielleicht zweihundert Meter – würde er das überhaupt schaffen? Gut, auf dem Rückweg könnte er sich an dem Board festhalten, dennoch war das für einen etwas übergewichtigen Sechzigjährigen eine gewisse Herausforderung.

Die Frau sah ihn an. Mit ihren grünen Augen, die vor Sorge geweitet waren und nach einem Helden verlangten. Einem von der Art, der sich mit einem Hechtsprung vom Steg in die Fluten stürzte. Nur leider gab es keinen Steg hier. Und mit Hechten hatte Kupernikus es nicht so. Wegen seines Ischias. Der verhakte sich mitunter. Da aber weit und breit kein David Hasselhoff in Sicht war, blieb es wohl an ihm hängen.

Kupernikus legte sein Handtuch in den Sand und schritt ins Wasser. Dabei zog er den Bauch ein, was nicht so leicht war. Irgendwas drückte von innen dagegen. Bauchhöhlenfett nannte sein Arzt das, um dann kopfschüttelnd anzufügen, dass es das gefährlichste Fett überhaupt sei und er dringend eine Diät einhalten müsse, um ein hohes Alter zu erreichen. Kupernikus aber fand, leckeres Essen gegen ein paar mehr Jahre war ein schlechter Tausch. Vor allem, wenn man die letzten Jahre im Pflegeheim zwangsernährt werden müsste.

Zum Glück konnte Kupernikus mit breiten Schultern punkten, was zumindest bei einem Blick von hinten den Bauch kaschierte.

Nach wochenlangem Sonnenschein war das Wasser auch am Ende des Sommers noch angenehm temperiert, einen Kälteschock würde er folglich nicht erleiden. Nur fünf Schritte, dann fiel das Ufer steil ab, und er begann zu schwimmen. Wasserpflanzen berührten seine Beine. Schon beim dritten Schwimmzug bekam er einen Schwall Wasser in den Mund. Hustend spuckte er aus, konnte aber nicht verhindern, einen ordentlichen Schluck zu nehmen. Außer ihm war niemand im Wasser. Sollte er einen Schwächeanfall erleiden, würde er noch vor dem Hund ertrinken. Kupernikus rief sich David Hasselhoff in Erinnerung, wie er geschmeidig durchs Wasser pflügte, um die um Hilfe schreiende Blondine mit dem perfekten Make-up zu retten. So autosuggerierte er sich in einen gleichmäßigen Schwimmstil hinein.

Außer Atem war er trotzdem, als er das SUP-Board mit dem Hund darauf endlich erreichte.

Der Hund trippelte auf dem Board ein paar Schritte in seine Richtung und wedelte mit dem Schwanz. Er schien erfreut, Kupernikus zu sehen.

Kupernikus war seinerseits erfreut, nach dem Board greifen und sich daran festhalten zu können. Seine Kraft hätte wohl nur noch für wenige Schwimmzüge gereicht. Zum Glück waren um das Board vier Spanngurte gespannt, in die er hineingreifen konnte. Zwar saßen sie straff, doch es gelang ihm, die Finger darunter zu schieben.

»Gestatten. Björn Kupernikus von der Baywatch. Benötigen Sie Hilfe?«

Der Hund leckte ihm zuerst die Finger und dann mit langer rauer Zunge durchs Gesicht. Liebe auf den ersten Blick hatte Kupernikus nie erlebt, glaubte aber, dass sie so beginnen musste. Mit Schleim auf der Stirn.

»Dann machen wir uns mal auf den Weg, was meinst du?«

Der Hund fiepste und kratzte auf dem Board herum, als wolle er ein Loch hineingraben.

Aus dem Wasser auf das Board zu klettern war ein Ding der Unmöglichkeit, das war Björn Kupernikus bewusst. Sein Bauch war zu dick, seine Arme nicht trainiert genug. Zudem würde er den Hund dabei ins Wasser schubsen. Das wäre kontraproduktiv, und er konnte sich die entsetzten Schreie der weißen Frau am Ufer vorstellen, wenn er, statt zu helfen, den Hund ertränkte.

Also hangelte er sich ans Heck, hielt sich auch dort an einem Spanngurt fest und begann, mit den Beinen zu strampeln. Für einen kurzen Moment hatte er das Gefühl, eine Hand berühre ihn unter Wasser am Oberschenkel, aber das waren sicher wieder die Schlingpflanzen. Er hatte sich schon immer schwergetan damit, in dunklen Gewässern zu schwimmen, in denen man nicht erkennen konnte, was sich darin befand.

Erstaunlich, wie schwer das Board mit dem Hund darauf war!

Kupernikus hatte sich vorgestellt, es sei einfach zu manövrieren, doch er musste sich ordentlich anstrengen, um überhaupt Fahrt aufnehmen zu können. Bei Patrick Duffy in der Serie *Der Mann aus dem Meer* hatte der spezielle Beinschwimmstil spielend leicht ausgesehen, er selbst bekam ihn nicht einmal ansatzweise hin. Seine Beinmuskulatur brannte lichterloh, als er endlich das Ufer erreichte.

Sobald er Grund spürte, hörte er auf zu strampeln, stieß die Füße in den Schlick, drückte sich nach vorn und schob das Board mit dem aufgeregten Hund darauf vor sich her. Der Hund versuchte noch immer, ein Loch ins Board zu buddeln, kratzte wie verrückt, während er winselte und wimmerte.

Erneut hatte Kupernikus das Gefühl, eine eiskalte Hand berühre ihn unter Wasser am Oberschenkel. Dieses Mal war es äußerst intensiv und erschreckend realistisch. Er zuckte zusammen und konnte einen hysterischen Aufschrei gerade noch verhindern.

Die weiße Frau stand nicht tatenlos herum, sie kam ihm entgegen, und ihr Kleid wurde an den Waden nass, als sie ins flache Wasser lief. Beherzt packte sie den Bug des Boards, um zu helfen, es aufs Ufer zu ziehen. Doch obwohl sie zog und Kupernikus schob, gelang es ihnen nicht, das Board aus dem Wasser zu wuchten. Es blieb irgendwo hängen. Die weiße Frau verlor das Gleichgewicht und fiel auf den Hintern. Da lag sie nun auf dem Strand, mit der Spitze des Boards zwischen den Beinen, und schaute überrascht drein.

Der Hund nutzte seine Chance, sprang auf den Schoß der Frau, dann aufs Ufer, drehte sich herum und kläffte das Board wütend an – oder sie beide, das war nicht ganz klar.

Die weiße Frau versuchte sich aufzurappeln und den Hund mit wohlwollenden Worten zu beruhigen. Der wollte aber lieber bellen. Er war eindeutig ungehalten. Vielleicht hatte er noch keinen Kaffee gehabt.

Björn Kupernikus erklomm das Ufer, bis das Wasser ihm nur noch um die Fußgelenke schwappte.

»Danke, vielen Dank!«, rief die weiße Frau ihm zu. »Sie haben den Hund gerettet!«

»Nicht der Rede wert«, winkte Kupernikus ab. In Gedanken war er woanders.

Nachdenklich betrachtete er das Board.

Denn hier stimmte etwas nicht.

1. *Warum die Spanngurte?*
2. *Warum war es so schwer?*
3. *Warum ließ es sich nicht an Land ziehen?*

Bei genauerer Betrachtung bemerkte Kupernikus, dass die Spanngurte oben auf dem Board zwar straff anlagen, unter Wasser aber in einem großen Bogen verliefen, ganz so, als fixierten sie etwas an der Unterseite des Surfbretts.

»Suspekt, äußerst suspekt«, flüsterte Kupernikus sich in den Bart.

Er ging in die Knie und hob das SUP so weit an, wie es ihm möglich war.

Herrschaftszeiten, war das schwer!

Am Ufer drehte der Hund komplett durch und begann wie verrückt, ein Loch in den Sand zu buddeln.

Er hatte allen Grund für sein merkwürdiges Verhalten.

Denn ein kurzer Blick reichte Kupernikus als Antwort auf seine drei Warum-Fragen und erklärte auch das Gefühl, unter Wasser berührt worden zu sein.

Das war nicht eingebildet gewesen.

Die Spanngurte hielten einen menschlichen Körper unter dem Board fixiert.

Im leichten Wellengang schien ihm die linke Hand zuzuwinken.

SZENE 2
»Die weiße Frau«

AUSSEN. FRÜHER MORGEN.
Campingplatz Himmelreich.

»Bitte, setzen Sie sich doch«, bot Björn Kupernikus an, nachdem er zwei bequeme Campingstühle unter die bereits ausgefahrene Markise gestellt hatte.

Unter Campern war es ein ungeschriebenes Gesetz, sofort nach Ankunft die Markise auszufahren, ob das nun sinnvoll war oder nicht. Alles, was beschattet wurde, war annektiertes Land, auf das fortan Fremde keinen Fuß setzen durften. Man markierte sein Revier. Und diese Art war naturgemäß auch akzeptierter als die des kleinen Hundes, der gerade an den Reifen von Kupernikus' Camper pinkelte.

»Vielen Dank«, sagte die Frau und ließ sich in den Stuhl fallen. Ihr Gesicht war nun genauso weiß wie ihr Kleid. Während es ihm nicht sonderlich viel ausmachte, vertrug sie den Leichenfund offenkundig nicht so gut. Auf dem Weg vom Ufer durch den feinen Sand hier hinauf zu seinem Wohnmobil hatte sie sich auf Kupernikus' Unterarm stützen müssen. Zugegeben: Das war ein ganz angenehmes Gefühl gewesen. Alles in allem, also inklusive der Rettung des Hundes, war er sich sogar ein wenig heldenhaft vorgekommen in seiner David-Hasselhoff-Gedenkbadehose.

»Mein Name ist Kupernikus«, stellte er sich nun vor. »Björn Kupernikus.«

»Wie dieser Wissenschaftler?«

»Ja, aber mit einem U statt einem O hinter dem ersten K. Hinter dem zweiten passt es wieder wunderbar.«

»Interessant. Mein Name ist Annabelle Schäfer. Mit einem E wie Ende am Ende. Also, der Vorname.«

»Sieh an«, konstatierte Kupernikus, räusperte sich, und weil er nicht wusste, was er sonst sagen sollte, stellte er sein Wohnmobil vor. »Übrigens: Das ist Otto. Dreißig Jahre alt, doch der Lack ist noch lange nicht ab. Mitunter dickköpfig, macht er doch niemals nicht schlapp.«

»Sehr erfreut, Otto«, sagte Frau Schäfer. »Die Umstände unseres Zusammentreffens sind ein wenig … nun ja, ungewöhnlich, daher erspare ich mir die Floskel ›Schön, Sie beide kennenzulernen‹. Aber für Ihre Hilfe möchte ich Ihnen meinen aufrichtigen Dank aussprechen.«

»Keine Ursache. Wenn es Ihnen nichts ausmacht, Frau Schäfer, würde ich wieder hinuntergehen und mit der Polizei sprechen.«

Kupernikus drehte sich in Richtung des Menschenauflaufs unten am Ufer.

Als er am gestrigen Nachmittag auf dem Campingplatz Himmelreich in der Nähe von Potsdam angekommen war, hatte er einen Stellplatz unweit des Ufers auf einer schmalen Landzunge ergattern können. Der Campingplatz hatte ihm sofort gefallen, da er durch seine offene Gestaltung ein Gefühl von Freiheit und Ungezwungenheit vermittelte, und die einmalige Lage zwischen drei Seen machte ihn zu einem echten Juwel.

Der Blick aus dem Alkovenfenster seines dreißig Jahre alten Wohnmobils aufs Wasser hinaus war unverstellt und würde es auch bleiben, da zwei Meter vor der Markise weißer Sand begann. Er hatte sozusagen die erste Reihe am Tatort.

Mittlerweile waren alle da: Mordkommission, Spurentechniker, Rettungssanitäter, Streifenpolizisten, Schaulustige. Verschwörungspraktiker. Flatterndes Flatterband untermalte die hektische Grundstimmung, der leichte Wind trieb Gesprächsfetzen herüber. Kurzum: Da unten spielte die Musik. Die herbeigeeilte Polizei hatte bisher nur wenige Worte mit Kupernikus und der weißen Frau gewechselt und sie dann gebeten, oben auf dem Campingplatz zu warten. Jenseits des Flatterbandes, wie all die anderen Schaulustigen auch. Das fand Kupernikus unfair. Immerhin hatte er die Leiche gerettet – insofern man das so sagen konnte.

»Mein Kreislauf ist ein wenig runter. Otto bevorratet nicht zufällig Sekt oder Prosecco?«, fragte Frau Schäfer.

»Ich, äh … glaube nicht …«

Kupernikus war eher der Typ Biertrinker. Vielleicht einmal das eine oder andere Glas Wein, aber dieses süße Blubberwasser sagte ihm gar nicht zu.

»Champagner?«

»Ich fürchte, den erst recht nicht.«

»Schade. Nun, ein starker Kaffee wird es auch tun.«

Björn Kupernikus war hin- und hergerissen. Einerseits gehörte es sich als Gentleman, der Dame einen Kaffee zuzubereiten. Andererseits wurde er dort unten am Ufer gebraucht. Na ja, vielleicht nicht wirklich gebraucht, aber er könnte seinen Teil zu den Ermittlungen beitragen. Zudem war sein kriminalistischer Spürsinn geweckt. Es interessierte ihn brennend, wie es zu diesem doch recht merkwürdigen Vorfall gekommen war.

Doch Spürsinn und Interesse hin oder her, Annabelle Schäfer schaute ihn mit ihren grünen Augen aus einem immer noch leichenblassen Gesicht mitleiderregend an, und damit war die Entscheidung gefallen. Zumal er auch noch keinen Kaffee gehabt hatte und ihn gut gebrauchen könnte.

»Mit einem Kaffee kann ich dienen«, sagte Kupernikus. »Aber ich bereite ihn in der French-Press zu, daher dauert es einen Moment. Um genau zu sein, sechs Minuten und dreißig Sekunden.«

Er hoffte, dass sie ob der langen Wartezeit abwinken würde. Tat sie aber nicht. »Ich denke, die Zeit haben wir, ehe die Polizei sich um uns kümmert.«

Seufzend wollte Kupernikus den Camper betreten, doch so einfach war das nicht. Denn vor ihm saß der gerettete kleine Hund, starrte zu ihm hinauf und wedelte mit der Rute Staub auf. Seitdem er von dem Board herunter war, wich er ihm nicht von der Seite. Es schien, als wolle das Tier ihm ebenfalls aufrichtigen Dank aussprechen. Wie auch immer, jedenfalls konnte Kupernikus nicht ins Wohnmobil, solange der Hund ihm den Weg versperrte.

Er legte den Kopf schräg, der Hund, nicht Kupernikus. Ein Ohr stand kerzengerade, das andere hing schlapp herunter, und sein Blick war so herzzerreißend, dass Kupernikus nicht anders konnte, als in die Hocke zu gehen und ihn zu streicheln.

»Wie heißt du eigentlich, kleiner Mann?«, fragte er ihn.

»Nun«, hob Frau Schäfer an. »Zum einen ist es eine kleine Frau, und zum anderen spricht er nicht Ihre Sprache.«

Björn Kupernikus quittierte diese Bemerkung mit einem Lächeln.

»Weißt du was, kleine Dame, ich nenne dich einfach Pinguin.«

»Warum das?«

»Weil das der Herstellername von dem Board ist, unter dem …«

Er ließ den Satz unvollendet. Nicht alles musste bis ins Letzte ausformuliert und besprochen werden. Das galt nicht nur für die Leiche unter dem Stand-up-Board, sondern gleichsam fürs ganze Leben. Wer wenige Worte machte, ließ mehr Platz für Stille. Und die Stille gebar die besten Gedanken.

»Verstehe«, sagte Frau Schäfer, beugte sich vor und lockte den Hund zu sich. »Komm her zu mir, kleiner Pinguin. Damit der nette Herr mir einen Kaffee kochen kann. Ich bin mir sicher, er findet auch ein Schälchen Wasser für dich.«

Der Hund verfiel dem Gesang der Sirene, und Kupernikus eilte ins Wohnmobil.

Dort kochte er Wasser in seinem altmodischen Teekessel auf und mahlte derweil die Bohnen. In dieser Woche gab es Jamaica Blue Mountain, eine der exklusivsten Bohnen der Welt mit einem ganz besonderen Aroma. Kochen und Mahlen dauerte zwei Minuten. Dann übergoss er das duftende Pulver mit ein wenig nicht mehr kochendem Wasser – ein Extravorgang, den man »Blooming« nannte. Dreißig Sekunden. Danach füllte er die French-Press bis zur Markierung und ließ den Sud bei geschlossenem Deckel ziehen. Vier Minuten. Zwischendurch zog er sich um, schließlich konnte er nicht in Badehose mit der Dame Kaffee trinken.

Als er mit zwei gefüllten Tassen, Milch und Zucker und seiner Müslischale mit Wasser auf dem Tablett wieder herauskam, eilte ein Mann zügig das Ufer herauf. Ein hoch aufgeschossener Schlaks in beigen Chinos und einem blauen Blouson. An den Füßen trug er braune Loafers. Erst als er vor Kupernikus und Frau Schäfer stehen blieb, schob er die Sonnenbrille von der Nase auf den Kopf, wo sie sein dunkelbraunes Haar aufstaute. Er mochte um die vierzig Jahre alt sein. In seinem Nacken schauten zwei dünne schwarze Kabel unter dem Blouson hervor, so wie man es in Hollywood-Filmen bei den FBI-Agenten sah, die ständig in unsichtbare Mikrofone sprachen. *Gentleman, Test, Test, Adler ist im Nest, ich wiederhole, Test, Test, Adler ist im Nest.*

Mit den Worten: »Fass. Hauptkommissar«, stellte er sich vor.

Pinguin knurrte. Sie war kein besonders eindrucksvoller Hund mit ihren kurzen krummen Beinen und dem niedlichen Gesicht, aber ihr Knurren ließ keinen Raum für Spekulation: Sie war wehrtüchtig.

»Mit dem Namen wäre ich Hunden gegenüber vorsichtig«, sagte Frau Schäfer.

»Wie? Ach so! Wegen Fass.«

Wieder ein Knurren.

»Können Sie ihn festhalten?«, bat der Hauptkommissar. »Ist das die Kröte von dem Paddelbrett?«

Annabelle Schäfer nahm Pinguin auf den Schoß.

»Ja, ist sie«, antwortete Kupernikus und stellte das Tablett auf dem Tisch ab.

»Und Sie haben das Brett ans Ufer gezogen?«

Kupernikus fiel auf, dass der Kommissar immer wieder mit den Schultern zuckte. Eine Art Tick oder nervöse Zuckung, vermutete er.

»Richtig. Die Dame hier hat es entdeckt und mich um Hilfe gebeten.«

»Wie ist Ihre Beziehung zueinander?«

Der Kommissar zückte Notizblock und Kugelschreiber.

»Wir haben uns gerade erst kennengelernt, und ich hatte bisher nie einen Hund, deshalb weiß ich nicht, ob man gleich von einer Beziehung sprechen kann.«

»Ich meine nicht zum Hund. Wie stehen Sie beide in Beziehung zueinander?«

Er zeigte mit dem Kugelschreiber zuerst auf Frau Schäfer, dann auf Kupernikus.

»Nun, wir haben uns auch gerade erst kennengelernt. Durch diese Sache«, antwortete Frau Schäfer.

»Gehört die Staffelei dort unten Ihnen?«

»Ja.«

»Können Sie mir berichten, was vorgefallen ist?«

»Ich habe am Ufer gemalt, wie ich es häufig tue, und da ist mir der Hund aufgefallen, der mutterseelenallein auf dem Wasser trieb.«

»Warum malen Sie so früh?«

Wieder zuckten die Schultern. Zusätzlich drehte der Mann den Kopf auf die Seite, als müsse er seine Nackenmuskulatur dehnen.

»Das Morgen- oder Abendlicht eignet sich immer besonders

gut. Im Moment haben wir auch noch Wüstenlicht, das wollte ich nicht verpassen.«

»Wüstenlicht?«, echoten Fass und Kupernikus zugleich.

»Ihnen wird die lange Trockenperiode nicht entgangen sein«, erklärte Frau Schäfer. »In solchen Phasen ist oft viel Staub oder auch Wüstensand in der Luft, das verstärkt den Rayleigh-Effekt, und es kommt zu diesen wunderschönen Rottönen.«

»Aha.« Fass notierte etwas in seinen Notizblock. Dabei schielte er neidisch über den Rand, als Kupernikus Frau Schäfer eine Tasse Kaffee anbot und sie nach Milch und/oder Zucker fragte.

»Beides in Maßen, vielen Dank.«

Da sie nach wie vor den Hund hielt, übernahm es Kupernikus, ihren Kaffee anzurichten. Dabei sprach er mit dem Kommissar. »Wissen Sie schon, um wen es sich bei der Leiche handelt?«

»Nein«, antwortete Fass. »Leider haben wir keine Ausweispapiere gefunden. Die Leiche trägt ja auch nur eine Badeshorts.«

»Und die Leute«, sagte Kupernikus, »die Schaulustigen sind doch sicher alle vom Campingplatz. Kennen die den Mann nicht?«

»Darüber kann ich keine Auskunft geben«, wich Kommissar Fass aus. »Sie haben nicht zufällig auch eine Tasse Kaffee für mich?«

Kupernikus verzog das Gesicht. Er hatte die Frage befürchtet. Leider passten in seine French-Press nur genau zwei Tassen Kaffee, was vollkommen ausreichte, da er ja allein unterwegs war. Und er würde weitere sechs Minuten und dreißig Sekunden benötigen, um frischen Kaffee zu kochen. Das ertrug seine Neugierde nicht. Da verzichtete er lieber und reichte dem Kommissar die Tasse, die für ihn selbst gedacht war.

Fass bedankte sich.

»Und die Todesursache?«, hakte Kupernikus nach. »Ist das Opfer ertrunken, oder weist es andere Verletzungen auf?«

»So weit ist die Rechtsmedizinerin noch nicht, und selbst wenn, dürfte ich diese Information nicht an Sie weitergeben. Außerdem ist es meine Aufgabe, die Fragen zu stellen. Sie sind Gast hier auf dem Campingplatz?«

Fass probierte den Kaffee. Seine Augenbrauen rutschten die hohe Stirn hinauf.

»Ich bin gestern Nachmittag angekommen. Es ist also mein erster Morgen hier. Ich wollte gerade eine Runde schwimmen gehen, als ich die Hilferufe von Frau Schäfer hörte.«

»Der ist gut!«, lobte der Kommissar und hob die Tasse.

»Jamaica Blue Mountain. Höhenlage. Achtzehnhundert Meter. Wächst dort besonders langsam und schonend.«

»Interessant. Und dann sind Sie sofort rausgeschwommen?«

»Was blieb mir anderes übrig. Der Hund drohte abzutreiben.«

»Aber Sie haben nicht gewusst, was sich unter dem Brett befand?«

»Nein, wie denn auch. Das war vom Strand aus nicht zu sehen. Ich habe mich allerdings über die Spanngurte und das Kratzen des Hundes gewundert.«

»Er hat gekratzt?«

»Ja, auf dem Board. So, als wolle er ein Loch hineinbuddeln.«

»Oder als wusste er, was unter dem Board ist«, sagte Frau Schäfer. »Man kann wohl davon ausgehen, dass Leiche und Hund zusammengehören.«

Der Kommissar hob eine Augenbraue, sah sie über den Rand des Notizblocks hinweg an, ersparte sich aber eine Erwiderung. Er zuckte.

»Haben Sie zuvor etwas Ungewöhnliches bemerkt?«, fragte er. »Schreie. Geräusche. Ist Ihnen eine Person aufgefallen, die etwas gesehen oder mit der Sache zu tun haben könnte? Beim

Malen haben Sie die Umgebung doch sicher genau beobachtet.«

»Könnte man meinen«, entgegnete Annabelle Schäfer. »Aber so ist es nicht. Wenn ich male, fokussiere ich mich auf den Bildausschnitt, den ich malen will. Heute das Schilf mit der dahinter aufgehenden Sonne. Das Drumherum nehme ich dann nicht mehr wahr. Es würde mich stören.«

»Und Sie?«, fragte Fass in Kupernikus' Richtung.

»Mich stört es nicht.«

»Ich meine, ob Sie etwas Auffälliges bemerkt haben?«

»Nein, nichts. Ich bin aufgewacht, habe aus meinem Wohnmobil heraus auf den See geblickt und entschieden, schwimmen zu gehen. Den Rest kennen Sie.«

Kommissar Fass seufzte, steckte den Notizblock weg, trank Kaffee und nickte anerkennend.

»Ihre Personalien wurden ja bereits aufgenommen«, sagte er. »Ihre Aussage habe ich auch, aber es kann sein, dass sich noch Fragen ergeben. Haben Sie vor, demnächst abzureisen?«

»Ich lebe hier …«, sagte Annabelle Schäfer.

»Und ich bin gerade erst angekommen. Ein paar Tage bleibe ich sicher noch.«

»Sie sind im Urlaub?«, fragte Fass.

»Ich bin ein vagabundierender Privatier.«

Der Kommissar lächelte unverbindlich, warf einen Blick auf seine Armbanduhr, reichte die leere Tasse zurück und kippte die Sonnenbrille über seine Augen. »Haben Sie eine Leine für mich?«

»Eine Leine? Sie meinen eine Hundeleine?«, fragte Frau Schäfer.

»Richtig. Ich muss den Hund mitnehmen. Sie haben es ja schon gesagt, wahrscheinlich gehört er zu der Leiche. Damit ist er wichtig für die Ermittlungen.«

»Und … wo bleibt er während der Ermittlungen?«

»In einem Tierheim natürlich, wo er beaufsichtigt und verpflegt wird.«

»Kommt gar nicht infrage«, echauffierte sich Frau Schäfer. »Beides können auch wir übernehmen. Ein Tierheim! Was sind Sie für ein herzloser Mensch!«

»Mooooment«, machte der Kommissar. »Diese Entscheidung trifft das Gesetz.«

»Und wenn wir Ihnen versprechen, gut auf den Hund aufzupassen?«, fragte Kupernikus, dem nicht entgangen war, wie aufgebracht Frau Schäfer war.

»Wie lange beabsichtigen Sie zu bleiben?«

»Da bin ich flexibel«, sagte Kupernikus.

»Ich muss mich darauf verlassen können, jederzeit Zugriff auf den Hund zu haben.«

»Das können Sie. Und wenn es Ihnen recht ist, laufe ich gleich nachher mit dem Hund über den Platz und versuche, jemanden zu finden, der den Hund oder den Besitzer kennt. Damit wäre doch allen geholfen, nicht wahr?«

Kommissar Fass überlegte einen Moment mit Blick auf Frau Schäfer. Sie hielt den Hund umklammert und signalisierte nonverbal, dass sie ihn nicht kampflos aufgeben würde. Pinguins Blick unterstrich die Kriegserklärung.

»Gut, dann halten wir es vorerst so. Ich habe ja Ihre Telefonnummer, und Sie bekommen meine Karte. Rufen Sie bitte umgehend an, wenn sich etwas ergibt.«

»Natürlich!«, sagten Kupernikus und Frau Schäfer zugleich.

Der Kommissar hatte sich gerade drei Schritte entfernt, da rief Kupernikus ihm hinterher: »Ist Ihnen aufgefallen, dass das Board verkehrt herum schwamm, Kommissar Fass?«

Pinguin knurrte.

Fass drehte sich um. Seine Schultern zuckten. »Wie bitte?«

»Verkehrt herum. Mit der Unterseite nach oben. Die Finnen waren zwar nicht angebaut, aber man kann es an den Halterungen für die Finnen erkennen … und am Schriftzug *Penguin* auf der Seite. Der steht auf dem Kopf.«

Kommissar Fass kam zurück. »Finnen?«

Kupernikus nickte. »Dadurch lässt sich so ein Board besser manövrieren. Man schraubt sie an die Unterseite. Dieses Board hat zwei Aufnahmestellen für zwei Finnen, die sind aber nicht dran.«

»Sind Sie Profipaddler?«

»Mitnichten. Ich habe es einmal ausprobiert. War aber nichts für mich.«

»Aha. Gut. Dann danke ich für die Information.« Der Kommissar fixierte Kupernikus aus schmalen Augen. »Sagen Sie, kenne ich Sie nicht von irgendwoher?«

»Kann ich mir nicht vorstellen.«

»Dachte ich aber gerade. Wie auch immer. Einen schönen Tag noch.«

Kommissar Fass ging das Ufer hinunter. Auf halber Strecke blieb er stehen, zog den linken Schuh aus, schüttelte Sand heraus und marschierte weiter.

»Woher könnte er Sie kennen?«, fragte Annabelle Schäfer.

Kupernikus zuckte mit den Schultern. »Wahrscheinlich eine Verwechslung, das passiert mir häufig mit meinem Allerweltsgesicht. Noch einen Kaffee?«

»Unbedingt. Ich hatte nie besseren. Es klang so, als kennen Sie sich mit Kaffee aus?«

Kupernikus' Herz machte einen kleinen Sprung ob des Lobes. »Nun, es ist schon eine kleine Leidenschaft, ja. Ich wechsle jede Woche die Bohne.«

»Dann sind Sie ein Barista?«

»Nein, eher ein Sommelier. Der Barista kümmert sich um die Zubereitung, der Sommelier um die Sensorik.«

»Wie spannend!«

Kupernikus freute sich. Er traf nur selten jemanden, der sich für seine Leidenschaft interessierte. »Der Jamaica Blue Mountain hat eine feste und harte Bohne, das ist ein Zeichen gehobener Qualität. Es liegt an der Höhe, in der die Pflanze wächst. Noch viel weiter oben gedeiht kaum ein Kaffee.«

»Allein der Name macht schon Lust auf mehr. Jamaica Blue Mountain – das klingt wie ein exotischer Cocktail. Davon hätte ich gern noch eine Tasse.«

»Sehr gern, gnädige Frau.«

SZENE 3

»Der Beobachter«

INNEN. FRÜHER MORGEN.
Eine einfache Holzhütte.
Ort unbekannt.

Über eintausend Euro hatte er seinerzeit für das Fernglas ausgegeben. Wie er jetzt feststellte, eine gute Investition. Der Lackaffe von einem Kommissar und die beiden Personen, mit denen er sich auffallend lange unterhielt, waren auf diese Entfernung bestens zu erkennen. Selbst die Mimik gab die 10,5-fache Vergrößerung und der 44-mm-Objektivdurchmesser des Genesis Prominar detailgenau wieder.

Schade nur, dass er nicht hören konnte, was gesprochen wurde. Und da er das Lippenlesen nicht beherrschte, war er auf Spekulationen angewiesen. Je länger sie redeten, desto aufgeregter wurden sie, und bald schien es so, als wolle die Frau einen Streit mit dem Kommissar beginnen.

Die Frau kannte er. Die lebte hier in der Gegend. Sie war etwa eins achtzig groß, wog nicht mehr als sechzig Kilo, hatte einen schmalen, zierlichen Körper und trug ihr weißes Haar auffallend kurz. Einen Pixie-Cut nannte man so etwas wohl. Sie war schätzungsweise Mitte fünfzig. Er hatte sie noch nie anders als in Kleidern gesehen. Im Winter zog sie eine Jacke darüber und warme Stiefel dazu an, aber nie eine Hose. Sie war ein Unikat – auch unter den vielen Künstlerinnen, die sich an diesem Ort niedergelassen hatten. Der große Name, den man mit Caputh verband, lockte illustre Leute an.

Den Mann kannte er nicht. Ein Gast des Campinglatzes. Das uralte Wohnmobil gehörte wohl ihm, immerhin hatte er darin Kaffee zubereitet. Er war klein, vielleicht eins siebzig, hatte einen stämmigen Körper mit breiten Schultern und einen Bierbauch. Sein Gewicht mochte bei fünfundachtzig Kilo liegen. Er hatte volles, weiß-graues Haar mit einer kleinen Platte oben auf dem Schädel. Zudem einen Vollbart. Beim Kaffeekochen hatte er sich umgezogen, trug nun eine Jeans, ein weißes Shirt und darüber eine schwarze Weste. Täuschte er sich, oder waren das wirklich Hosenträger unter der Weste? Wer kleidete sich denn heutzutage so?

Merkwürdiger Kerl.

Warum rief er den Kommissar zurück, als dieser sich schon verabschiedet hatte?

Wusste er etwas, das den Kommissar interessierte?

Er hielt sich für einen überaus ordentlichen, ja, beinahe schon peniblen Mann. Dennoch könnte er einen Fehler gemacht, etwas übersehen oder vergessen haben. Auch er wurde nicht jünger, zudem war die Situation chaotisch gewesen. Jetzt bedauerte er es, keinen kühlen Kopf bewahrt und seine Reaktion auf später verschoben zu haben.

Nachdem er zehn Minuten ununterbrochen durch das japanische Fernglas geschaut hatte, setzte er es ab und rieb sich die Augen. Sein Kopf brummte, und der Tinnitus nervte schon wieder. So war das immer, wenn er unter Stress stand. Darum hatte er sich seinerzeit einen ruhigen Job und einen ruhigen Wohnort gesucht und alle die Jahre ein ruhiges Leben geführt. Seine Vergangenheit hatte ihn nur in seinen Träumen heimgesucht, nie im wirklichen Leben. Das war jetzt vorbei.

Was passiert war, war passiert, an der Vergangenheit konnte er nichts ändern. Aber die Zukunft lag in seiner Hand.

Was galt es jetzt zu tun?

Er wusste, ein strategisches, gut durchdachtes Vorgehen und eine bis ins Letzte ausgefeilte Vorbereitung waren unabdingbar.

Zunächst einmal musste er den toten Körper loswerden. Irgendwann würde die Polizei sicher auch bei ihm auftauchen, Fragen stellen und herumschnüffeln, bis dahin musste hier zudem alles blitzsauber sein. Staubsaugen, feucht durchwischen, am besten mit einem Chlorreiniger, alle Oberflächen und Türklinken abwischen – es gab genug zu tun. Zudem war es angebracht, sich mit einer Tasse Tee hinzusetzen und einmal alle Fragen aufzuschreiben, die man ihm vermutlich stellen würde. Und darauf Antworten zu finden. Plausible Antworten.

Keine leichte Aufgabe.

Er setzte das Fernglas wieder an die Augen.

Beobachtete den Kommissar. Er wusste nicht sicher, dass es sich bei dem Lackaffen mit den unangebrachten Schuhen um einen Kommissar handelte, aber da der Mann die Führung über die Meute zu haben schien, lag es nahe. Unglaublich, wie viele Menschen zu tun hatten, wenn eine Leiche auftauchte. Unten am Strand wuselte ein Dutzend Beamte und zivile Mitarbeiter herum, und die Einzigen, die sich langweilten, waren die Uniformierten, die den Bereich sicherten. Einer von denen popelte doch tatsächlich in der Nase und schaute sich seinen Fund dann auch noch genau an. Schnell ließ er das Fernglas weiterwandern. Der Kommissar sprach mit einem Spurentechniker, der in einen weißen Schutzanzug gehüllt war. Sie beugten sich über das Paddleboard, zeigten mit den Fingern auf dieses und jenes.

Was gab es Interessantes an dem Brett?

Hatte er etwas verkehrt gemacht?

Er ließ sein Fernglas zu dem Pärchen am Wohnmobil wandern.

Die beiden tranken in aller Herrgottsruhe Kaffee miteinander. Schienen sich sogar zu amüsieren. Und der Hund! Er fühlte sich sichtlich wohl auf dem Schoß der Frau.

Er spürte Neid. Und auch ein wenig Hass. Es war nicht gerecht, dass es dem Hund gut ging. Es hätte nur eine Möglichkeit gegeben, das zu verhindern – aber das wäre ein großes Unrecht gewesen. Dazu war er dann doch nicht bereit.

Der Mann mit dem Vollbart war ihm unsympathisch. Nicht nur, weil er den Hund gerettet hatte. Nein, auch weil er gefährlich erschien. Sein Äußeres ließ auf einen schlichten Charakter schließen, aber sein Blick war wach und listig. Den musste er unbedingt im Auge behalten. Die Frau auch.

Weil die Emotionen in seinen Eingeweiden wühlten und ihm Tränen in die Augen trieben, nahm er das Fernglas herunter und stellte es auf dem Holztisch ab.

Es nützte nichts. Er musste sich an die Arbeit machen.

Aus dem Geräteschuppen holte er einen Spaten, ging hinaus in den Garten, der in Hanglage angelegt war, und grub ein Loch zwischen die Hortensien. Die Schattenlage des Beetes erschien ihm sinnvoll, um den toten Körper zu vergraben. In einer sonnigen Lage würde es womöglich zu unerwünschter Geruchsbelästigung kommen. Warme Erde, Verwesung und so weiter. Musste man alles bedenken.

Es kam ins Schwitzen. Sein Herz wummerte in der Brust. Das lag nicht an der körperlichen Anstrengung, dafür war er durch die viele Gartenarbeit zu fit. Nein, es war die seelische Belastung. Mehrfach musste er pausieren. Dabei stützte er sich auf den Spaten, lauschte und suchte die Umgebung ab. Man konnte nie wissen.

Als das Loch tief und breit genug war, kam die schwerste Aufgabe: den toten Körper herbeischaffen. Das kostete ihn alle Kraft, die er hatte, aber er war ein Mann, der sich den Aufgaben stellte, die das Leben bereithielt. Aufgeben kam nicht infrage. So war er schon immer gewesen.

Eine Stunde später setzte er die noch kleinen Hortensien über der Leiche ein, die er aus einem anderen Beet ausgebuddelt hatte. Mit der Gießkanne holte er zehn Liter Wasser herbei und wässerte die Pflanzen. Das war bei dieser Trockenheit wichtig, sonst würden sie nicht anwachsen.

Damit war die erste Aufgabe erledigt.

Jetzt würde er sich der Hütte widmen und die Spuren vernichten.

SZENE 4

»Der König des Campingplatzes«

AUSSEN. SPÄTER VORMITTAG.
Campingplatz Himmelreich und Umgebung.

Nachdem Kommissar Fass gegangen war und sie noch eine zweite Tasse Jamaica Blue Mountain getrunken hatte, fühlte Annabelle Schäfer sich in der Lage, den Rückweg anzutreten.

»Ich muss zu Hause nach dem Rechten sehen und ein paar Telefonate führen. Vielleicht lege ich mich auch noch einmal hin … das war doch alles sehr aufregend.«

»Natürlich.«

»Kommen Sie zurecht mit Pinguin, oder soll ich mich kümmern?«

Sie blickten hinunter auf den Hund, der ihre Blicke erwiderte und eifrig mit dem Schwanz wedelte.

»Ich denke, es ist besser, er bleibt hier bei mir für den Fall, dass ihn jemand vermisst oder weiß, wohin er gehört. Und ich habe dem Kommissar ja versprochen, mich umzuhören.«

»Gut, dann mache ich mich auf den Weg.«

»Wie weit haben Sie es nach Hause?«

»Nicht weit, eine Viertelstunde. Ich wohne außerhalb von Caputh, das ist die nächste Ortschaft hier.«

»Möchten Sie, dass ich Sie begleite? Das würde mir nichts ausmachen.«

»Ach, Sie sind ein Schatz, aber das ist nicht nötig. Ich würde mich aber gern zum Abendessen bei Ihnen einladen.«

»Bei mir? Ich habe kaum etwas …«, wollte Björn Kupernikus abwehren.

»Papperlapapp«, unterbrach ihn Frau Schäfer. »Sie stellen diesen wunderbaren Platz mit Blick auf den See zur Verfügung, ich bringe das Essen mit.«

»Aber das ist doch nicht …«

»Doch, ist es. Und es ist das Mindeste, um meine Dankbarkeit für Ihren mutigen Einsatz auszudrücken. Keine Widerrede. Punkt neunzehn Uhr bin ich wieder hier.«

Sprach's und verschwand in dem wehenden Kleid.

Zurück blieb ein sprachloser Kupernikus, der nicht so recht wusste, wie ihm geschah. Zum Frühstück eine Leiche und zum Abendessen eine fremde Frau, das war für einen Tag, der gerade erst begonnen hatte, doch ein bisschen viel. Besonders für einen Menschen wie ihn, dem seine Ruhe heilig war. Weil er nicht wusste, was er sonst machen sollte, und weil es sowieso an der Zeit war, brühte er neuen Kaffee auf, diesmal nur für sich allein, setzte sich damit vor sein Wohnmobil, trank und beobachtete das Tatort-Treiben am Ufer. Der kleine Hund, den er Pinguin getauft hatte, schlief beinahe sofort zu seinen Füßen ein. Im Schlaf zuckten seine Hinterläufe, und er fiepte leise. Wahrscheinlich jagte er im Traum ein Eichhörnchen.

Irgendwann war die Arbeit der Ermittlungsmeute erledigt, der Strandabschnitt wurde abgesperrt, und es kehrte Ruhe ein im Himmelreich.

Aber nicht in Björn Kupernikus.

Er war unruhig, aufgedreht, vielleicht sogar ein bisschen vorfreudig. In Anbetracht eines toten Menschen sollte er das natürlich nicht sein, aber wer konnte schon seine Gefühle beherrschen. Immerhin hatte er den halb offiziellen Auftrag, mit dem Hund über den Campingplatz zu ziehen, um herauszufinden, zu wem er gehören könnte oder wer ihn vermisste.

Kupernikus zog seine Lederstiefel an. Eigentlich waren die zu warm, aber besser einen warmen Lederschuh am Fuß als eine kühle Plastiksandale. Flipflops kamen für ihn nicht infrage. Bei all den hässlichen nackten Füßen musste er seine nicht auch noch zeigen. Und weil er eine andere nackte Stelle ebenfalls nicht gern zeigte, setzte er sein geliebtes und vom vielen Tragen schon recht speckiges schwarzes Baseball-Cap mit dem Schriftzug »Oldskull« auf.

Da er bis dato keinen Hund gehabt hatte, hatte er auch keine Leine. Auf Campingplätzen galt allerdings die Leinenpflicht, und die Gesetze eines Campingplatzes mussten unter allen Umständen eingehalten werden. Also musste die Wäscheleine herhalten, die er nach großer Wäsche am Heck des Wohnmobils anbrachte und bis zum nächsten Baum spannte, um die Wäsche zu trocknen. Er band eine Schleife hinein, deren Durchmesser sich verändern ließ, legte sie Pinguin um den Hals, nickte zufrieden und machte sich auf den Weg.

Spazieren war er schon immer gern gegangen. Nun eben mit Hund. Und das nicht ohne Grund.

Wenn ein Mann im Bereich des Campingplatzes zu Tode kam, lag die Vermutung nahe, dass er hier zu Gast war oder in der unmittelbaren Umgebung lebte. Jemand musste ihn gesehen haben. Mit Hund. Kupernikus glaubte genau wie Annabelle Schäfer daran, dass Hund und Leiche zusammengehörten. Aus Erfahrung wusste er, dass es nie schaden konnte, der Polizei ein wenig unter die Arme zu greifen, und genau das beabsichtigte er nun zu tun.

Das Gelände des Campingplatzes Himmelreich war ein lichter Kiefernwald auf einer Halbinsel, der Wentorf-Insel. Idyllisch gelegen, umgeben von drei Seen, ein einzigartiges Paradies mit guter Verkehrsanbindung nach Potsdam und Berlin. Einzig die Hauptdurchfahrtsstraße war befestigt, die übrigen Wege nicht.

Es hatte lange nicht mehr geregnet, der Boden war trocken, bei jedem Schritt wallte der haltlose Sand auf. Die Flipflop-Menschen hatten allesamt schwarze Füße.

Nach wenigen Minuten passierte das Malheur.

Pinguin machte einen Katzenbuckel und kackte. Wenigstens tat sie das nicht mitten auf dem Weg, sondern hatte dafür den niedrigen Stumpen einer gefällten Kiefer erklommen. Da lag nun ihr Geschäft und dünstete in die Morgenluft.

Kupernikus schob die Kappe hoch, kratzte sich am Kopf und sah sich um.

Guckte jemand?

Nee.

Also schnell weiter!

»Hallo. Sie. Ja, Sie, mit dem Hund. Das wollen Sie doch nicht liegen lassen, oder?«

Von Osten näherte sich ein Mann im Gegenlicht. Dem Umriss nach war er deutlich größer als Kupernikus – und auch dicker. Den Bauch, den er vor sich herschob, konnte man getrost ballonartig nennen. Mit jedem Schritt erkannte Kupernikus weitere Einzelheiten: Der Mann trug ein weißes Feinripp-Unterhemd und eine sehr bunte kurze Hose, die drei Nummern zu groß war. An den Füßen Sandalen, zum Glück ohne Socken, aber auch bei ihm hatte der Staub die Füße schwarz gefärbt.

Von Gestalt und Gesicht erinnerte er Kupernikus an den Schauspieler Ron Perlman, der in *Der Name der Rose* den Salvatore verkörpert hatte. Großartiger Schauspieler, aber nicht gerade eine Kopie von Brad Pitt.

»Nein, nein, ich habe nur keine Tüte dabei. Ich komme später wieder und mache das weg«, erklärte Kupernikus hastig.

Als hätte er mit dieser Antwort gerechnet, zauberte der große Mann einen kleinen schwarzen Beutel aus der Hosentasche.

»Wie gut, dass ich für solche Fälle gerüstet bin. Kommt ja leider immer wieder vor, dass Hundebesitzer die Hinterlassenschaften ihrer Vierbeiner nicht wegräumen.«

Er hielt Kupernikus die Tüte hin, und es konnte kein Zweifel daran bestehen, dass er sich so lange nicht vom Fleck rührte, bis die Kacke im Beutel war.

Kupernikus ekelte sich davor, aber er kam nicht drum herum, wenn er keinen Ärger riskieren wollte – und mit diesem Mann wollte er das auf keinen Fall. Also band er Pinguin an einen Ast, klaubte einen Zweig vom Boden auf, nahm den Beutel, hielt ihn neben den Stumpf und versuchte, die Wurst mit dem Zweig irgendwie hineinzubugsieren. Das klappte nicht, weil sie am Stöckchen kleben blieb.

»So doch nicht!«, polterte der Mann. »Haben Sie das etwa noch nie gemacht?«

»Äh … nein.«

»Aber Sie haben doch einen Hund!«

»Der gehört mir nicht, und er ist auch erst seit kurzer Zeit in meiner Obhut.«

»Ach! Ist das der Hund von dem Mordboard?«

»Mordboard?«

»Na ja, von dem Paddleboard mit der Leiche. Die Leute nennen es so.«

»Ja, das ist der Hund von dem … Board.« Kupernikus wunderte sich ein wenig, dass »die Leute« so schnell einen passenden Begriff für das SUP-Board gefunden hatten.

»Dann haben Sie die Leiche ans Ufer gezogen?«

»Auch das ist richtig.«

»Geben Sie wieder her«, forderte der Mann und deutete auf den Kotbeutel.

Kupernikus gab ihn gern zurück. Der Mann stülpte ihn sich wie einen Handschuh über die rechte Hand und grapschte beherzt zu. Mit einem geheimen Trick ließ er die weiche Masse in dem Beutel verschwinden, zog die Hand raus und machte oben einen schönen Knoten rein.

»So macht man das«, tönte er und ließ den Beutel angeberisch hin- und herschwingen, bevor er ihn in der Tasche seiner übergroßen Hose verschwinden ließ. Dann streckte er die Hand aus.

»Kolkhorst … aber hier nennen mich alle Kolki«, stellte er sich vor.

Kupernikus wollte nicht unhöflich sein und griff zu. Sein Magen zog sich auf Erbsengröße zusammen. Wie gut, dass er bis auf den Kaffee noch nichts zu sich genommen hatte.

»Ich bin Björn Kupernikus. Gestern Abend angekommen.«

»Mit dem Oldtimer, der vorn am Strand steht?«

»Richtig, ich nenne ihn Otto. Offiziell ist er allerdings kein Oldtimer. Hab einfach zu viel daran verändert.«

»Trotzdem. Schönes Teil. Sehr gepflegt. Wie alt?«

»Zweiunddreißig Jahre. Ein Bürstner auf Fiat Ducato. Zweiundachtzig PS.«

»Damit kommt man doch keinen Berg hoch.«

»Damit kommt man sogar jeden Berg hoch … allerdings im Kriechgang. Aber ich habe ja Zeit.«

»Und der Verbrauch?«

»Zwölf Liter im Schnitt.«

»Geht ja. Schönes Teil. Gute Qualität. Wird ja gar nicht mehr gebaut heutzutage.«

»Alte Schule halt, so wie wir, nicht wahr?«, sagte Kupernikus und tippte an seine Kappe mit der Aufschrift. »Sagen Sie, Herr Kolkhorst …«

»Kolki!«

»Richtig. Kolki. Kennst du den Hund? Hast du ihn hier schon einmal gesehen?«

Kolki schüttelte den Kopf. Sein Doppelkinn schwang mit. »Nee. Und du kannst mir glauben, ich kenn hier alle und jeden.

Bin Dauercamper im Himmelreich, seit zwölf Jahren. Außerdem kümmere ich mich drum, dass hier alles ordentlich bleibt. Wenn ich Müll außerhalb von Müllbehältnissen sehe, schwillt mir der Kamm.«

»Verständlich«, pflichtete Kupernikus bei.

»Früher war ich bei der Müllabfuhr.«

»Sieh an.«

»Camping funktioniert nur mit Regeln. Und die gelten auch für Hunde.«

»Natürlich. Ich war nur nicht vorbereitet und außerdem ein wenig gedankenlos. Wegen der Leiche und so.«

Kolki kam näher und beugte sich vor, so als wolle er konspirieren. »Wie hat die denn ausgesehen?«

»Wer?«

»Die Leiche vom Mordboard. Die Leute sagen, der Kopf war abgetrennt.«

»Ehrlich gesagt, habe ich sie nicht wirklich gesehen. Sie war ja unter dem Surfboard. Ich glaube aber nicht, dass sie kopflos war.«

»Und die ist da auf dem See getrieben? Mit dem Hund?«

»Hund oben, Leiche unten. Also unter Wasser.«

»Ist das zu fassen! Und das hier im Himmelreich und so kurz vor dem Herbstfest.«

»Herbstfest?«

»Ja, am Wochenende. Ist viel besser als das Sommerfest, weil nicht so voll, man ist mehr unter sich. Hier stehen überall Schilder. Nicht gelesen? Ich bin Kassenwart und übernehme wie immer den Grill. Wird eine Riesensause, wie jedes Jahr. Da kommt so eine Leiche echt ungelegen. Obwohl, das Fernsehen wird begeistert sein.«

»Fernsehen?«

»Man merkt, dass du noch nie im Himmelreich warst. Kennst du die Doku auf HotSat nicht? Camperando?«

»Nie gehört.«

»Die drehen hier immer mal wieder, und beim Herbstfest sind sie natürlich dabei. Da geht die Post ab, das kann ich dir sagen. Du kommst doch auch! Ich brat dir die beste Wurst, da läuft selbst Vegetariern das Wasser im Mund zusammen. Du bist doch wohl kein Körnerfresser, oder?«

Das war keine Frage, sondern eine Drohung, fand Kupernikus. »Nein, bin ich nicht. Und wenn ich Lust und Zeit habe, komme ich sicher auf eine Wurst vorbei«, wich er diplomatisch aus. »Sag mal, wen kann ich denn wegen des Hundes hier auf dem Platz noch fragen? Oder wohnt jemand in der Nähe des Platzes, der mir weiterhelfen kann?«

»Gehört der Hund denn zur Leiche?«

»Gut möglich, aber nicht sicher. Vielleicht ist er zufällig auf das Board geraten und wird schon vermisst.«

»Also, wenn du vorn an der Rezeption links gehst, dann über die Brücke und durch das Wäldchen, da kommen einige Häuser mit Seegrundstücken. Vielleicht hast du da Glück.«

»Danke.«

»Oder du fragst den Thiago.«

»Wer ist Thiago?«

»Das Mädchen für alles hier. Frag an der Rezeption nach ihm.« Kolki hob zum Abschied die Hand und verschwand.

Kupernikus setzte seinen Weg fort. Zwar wusste er weiterhin nicht, wohin Pinguin gehören könnte, hatte aber andere wichtige Dinge erfahren.

1. Es gab ein Herbstfest.
2. Ein Drehteam von HotSat war vor Ort.
3. Er kannte nun den Campingplatz-König.

Diese eine Person, die über alles Bescheid wusste, alles sah, alles hörte, sich überall einmischte, gab es auf jedem Platz. Diese Menschen, die streng genommen keine offizielle Funktion innehatten – so wie Kolki –, hielten den Laden mehr oder weniger am Laufen. Mit dem König oder der Königin sollte man sich nach Kupernikus' Erfahrung gut stellen.

Kupernikus ging nicht, wie Kolki geraten hatte, zur Rezeption.

Diesen Thiago könnte er auch später noch befragen.

Zunächst wollte er etwas anderes überprüfen.

Deshalb suchte er sich einen Weg, der ihn ostwärts zum Ufer des Sees führte. Dabei kam er an einer Reihe von Stellplätzen für Dauercamper vorbei. Der Seeblick von den Holzveranden war einzigartig, die kleinen Gärten um die Wohnwagen herum penibelst gepflegt. Kübelhortensien blühten in herrlichen Pastellfarben und wetteiferten mit Hängegeranien an Sichtschutzwänden. Einige Gartenzwerge ackerten in Blumenbeeten.

Am Ufer angekommen, betrachtete Kupernikus einen Moment die Wellen und den Wind in den Kronen der Bäume. Dann schlug er sich nach links und folgte dem Ufersaum. Bald endete der Campingplatz. Ein Maschendrahtzaun bildete die Grenze, aber der reichte nicht bis ins Wasser. Kupernikus konnte sich am letzten Pfosten vorbeischieben, ohne die Stiefel ausziehen zu müssen. Sie wurden zwar ein wenig nass, aber da er sie regelmäßig einfettete, perlte das Wasser an ihnen ab.

Hast du die Stiefel gut gefettet, sind die Füße warm gebettet.

Plötzlich war Spannung auf der Wäscheleine, die vorübergehend als Hundeleine diente. Pinguin wollte nicht mit durchs Wasser. Als eine Miniwelle anrollte, sprang er sogar zurück, Entsetzen im Blick.

»Bist du etwa wasserscheu?«

Kupernikus zog an der Leine, der Hund stemmte sich dagegen.

»Suspekt. Äußerst suspekt. Ein wasserscheuer Hund auf einem Paddleboard mitten auf dem See«, sagte Kupernikus, schob die Kappe hoch und kratzte sich nachdenklich am Kopf. »Du musst ja Todesängste ausgestanden haben da draußen. Armes, kleines Mädchen.«

Weil er Pinguin nicht zwingen wollte, stiefelte er noch einmal durchs Wasser, nahm den kleinen, aber erstaunlich schweren Hund auf den Arm und trug ihn auf die andere Seite des Zauns.

»Das musst du mir bitte erklären«, sagte er dabei. »Wie bist du auf dieses Board gekommen?«

Pinguin blieb die Antwort schuldig.

Nur wenige Gehminuten nach dem Zaun verwilderte das Ufer. Zwei Meter hohes Schilf bildete eine undurchdringliche Barriere. Im leichten Morgenwind raschelten die Blätter. Eine Ente stob schnatternd davon, als sie Hund und Mensch bemerkte.

Kupernikus stieg zum Wald hinauf, um den Schilfgürtel zu umgehen. Nachdem er sich einige Minuten durch dichtes Dickicht gekämpft hatte, entdeckte er eine Trampelspur, die vom Wald hinunter zum Ufer führte.

Wo sie begann, war der Waldboden aufgewühlt. Kupernikus war kein Spurenleser, glaubte aber, dass hier mindestens zwei Menschen hin- und hergegangen waren. Pinguin beschnüffelte die Stelle, begann zu winseln und wedelte mit der Rute. Es schien, als erinnerte sie sich.

Kupernikus zog den Hund mit sich zum Ufer hinunter.

Dort fand er eine kleine Bucht mit feinem, weißem Sand und klarem Wasser. Rechts und links der Bucht wuchs hohes Schilf, doch an dieser Stelle war der Blick auf den See frei.

Und obwohl die Trampelspur aus dem Wald hierherführte, fanden sich im Sand keine weiteren Spuren.

»Suspekt. Äußerst suspekt«, murmelte Kupernikus in seinen Bart.

Er zog sein Handy hervor, um Kommissar Fass anzurufen. Dessen Visitenkarte steckte ja noch in seiner Hosentasche.

»Fass«, meldete der sich.

Pinguin knurrte.

»Kupernikus hier. Sind Sie noch auf dem Campingplatz?«

»Ja. Warum?«

»Ich bin an der Uferseite, von der heute der Wind aufs Wasser weht. Hier gibt es eine interessante Stelle, die Sie sich ansehen sollten.« Kupernikus beschrieb dem Kommissar den Weg, beendete das Gespräch, und als er das Handy wegsteckte, erregte eine Bewegung auf dem Wasser seine Aufmerksamkeit.

Ein Stand-up-Paddler kam auf ihn zu.

SZENE 5
»Ein brasilianischer Finne«

AUSSEN. MITTAG.
Ufer des Templiner Sees.

Der Mann auf dem Board war jung, schlank, hatte auffällig dunkle Haut und trug lediglich abgewetzte Jeans-Shorts und ein verblichenes blaues Kopftuch, auf dem schwarze Drachen aufgedruckt waren. Es war gebunden wie ein Piratentuch und hing in seinem Nacken herunter.

Er stand locker auf dem Brett und stieß das rote Paddel ruhig und gleichmäßig ins Wasser. Gelassener konnte man diesen Sport wohl nicht betreiben. Kupernikus fragte sich, warum das bei ihm selbst nicht geklappt hatte, wenn es doch so kinderleicht aussah.

Pinguin bellte den Paddler an.

Der hielt schnurstracks aufs Ufer zu, ohne langsamer zu werden, und fuhr mit der Spitze des Boards auf den Sandstrand auf. Pinguin suchte Schutz hinter Kupernikus und stellte das Bellen ein. Geschickt machte der Paddler auf dem Board ein paar Schritte nach vorn und sprang an Land.

»Hi Bro, ’ne Runde schwimmen?«

»Guten Morgen. Ich genieße lediglich den Ausblick.«

»Dann stör ich wohl, sorry, bin gleich wieder weg, muss das da nur mitnehmen.«

Er schnappte sich eine feinmaschige Netztasche, die er vorn aufs Board geklemmt hatte. Dann klaubte er eine Plastiktüte, eine leere Sonnencremetube und eine mit Seewasser gefüllte Wodkaflasche aus dem Schilf und steckte alles in die Netztasche, in der sich schon weiterer Müll befand.

»Biste auf Urlaub hier?«, fragte er dabei.

»Ja, ich stehe mit meinem Wohnmobil auf dem Campingplatz.«

»Cheedo, Mann. Da arbeite ich. Ich bin Thiago, halb Brasilianer, halb Finne und Mädchen für alles im Himmelreich. Wenn du Probleme hast, bin ich dein Mann.«

Thiago streckte die Hand aus. Kupernikus wollte sie ergreifen, doch in dem Moment sprang Pinguin vor, bellte und schnappte nach dem jungen Mann.

Der zog sich rasch zurück.

»Chill mal deinen Hund, der iss ja voll wyld.«

»Er mag keine Paddleboards, fürchte ich. Und Wasser auch nicht sonderlich.«

»Vielleicht solltet ihr besser in den Bergen urlauben.«

»Ja, vielleicht. Aber darf ich dich fragen, was du hier machst, Thiago?«

»Die morgendliche Clean-up-Tour.«

»Du sammelst Müll?«

»Korrekt, Digga.«

»Jeden Tag?«

»Jep. Ich fahre die Strände der Wentorf-Insel ab. Findet sich immer was. Kleinkram meistens, aber mein Babo will, dat et hier sauber aussieht, auch ums Himmelreich herum, verstehste.«

»Finde ich gut. Und die Gäste wissen es bestimmt zu schätzen.«

»Hundo P. Und mir macht's Spaß. Ist 'ne ruhige Tour.«

»Ist dir heute etwas aufgefallen?«

»Wat meinste, Digga?«

»Na ja, etwas … Ungewöhnliches.«

Die Frage, ob Thiago gesehen hatte, wie jemand eine Leiche unter ein Board geschnallt und zu Wasser gelassen hatte, war vielleicht doch etwas übereilt, fand Kupernikus. Und wenn es so gewesen wäre, hätte der brasilianische Finne sicher die Polizei informiert.

Oder?

»Nee, allet paletti«, sagte Thiago. »Gibt's Beef, von dem ich wissen müsste?«

»Verflixt noch eins«, tönte es aus dem Wald, bevor Kupernikus antworten konnte.

Das war der Kommissar.

Pinguin bellte in die Richtung, aus der sie das Brechen von Zweigen und stampfende Schritte hörte. Kurz darauf kam Fass das Ufer hinunter. Die beigefarbenen Chinos waren an den Knien schmutzig. Wahrscheinlich war er in dem Waldstück gestürzt. Auf der Stirn standen Schweißtropfen, Kiefernnadeln klebten im braunen Haar. Wieder fielen Kupernikus die zwei Kabel im Nacken des Kommissars auf.

»Was'n das für'n Lauch?«, sagte Thiago.

»Ich hoffe, ich bin nicht umsonst hierhergekommen«, sagte Fass ungehalten. »Wer ist das?« Sein Kinn zuckte in Richtung des brasilianischen Finnen.

»Thiago. Mädchen für alles im Himmelreich«, übernahm Kupernikus es, die beiden einander vorzustellen. »Das ist Kommissar Fass.«

Pinguin knurrte und wirkte etwas überfordert.

»'n Bulle? Weird.«

»Vorsicht! Das höre ich nicht gerne.« Die Schultern des Kommissars zuckten.

»Mach dich locker, Digga.«

»Nichts da mit Digga. Was tun Sie hier?«

»Er macht einen Beach-Clean-up«, sagte Kupernikus.

»Einen was? Und deshalb haben Sie mich hergerufen? Hat er etwa noch eine Leiche gefunden?«

»Wat'n für 'ne Leiche?«, fragte Thiago.

Er schien von dem Vorfall im Himmelreich tatsächlich noch nichts zu wissen.

Kupernikus zeigte zum Wald hinauf. »Dort gibt es frische Spuren von mindestens zwei Personen. Und der Wind weht von hier in Richtung Seemitte. Ein Paddleboard, das hier zu Wasser gelassen wird, würde nach einer halben Stunde am Campingplatz vorbeitreiben. Die Windrichtung stimmt also. Richtig?«

Die Frage hatte Kupernikus an Thiago gestellt, der jetzt nickte. »Korrekt. Aber ein Stück rausschieben musst du's schon, sonst bleibt's im Schilf hängen, verstehste.«

»Die Windrichtung«, echote Kommissar Fass und sah Kupernikus vorwurfsvoll an. »Was sind Sie? Ein Polizist im Ruhestand?«

»Nein. Nur jemand mit gesundem Menschenverstand.«

»Aha. Und Ihr gesunder Menschenverstand sagt Ihnen also, das Brett mit der Leiche daran wurde hier zu Wasser gelassen?«

»Was für ein Brett und was für eine Leiche?«, fragte Thiago. »Habt ihr gekifft, oder was?«

Fass fixierte ihn. »Sie sind mit dem Board hier unterwegs, um Müll zu sammeln?«

»Korrekt«, sagte Thiago und hielt den Netzbeutel hoch. »Fette Beute heute.«

»Ist Ihnen etwas Ungewöhnliches aufgefallen?«

Thiago lachte auf. »Wat denn? 'ne Leiche uff'm Brett? Nee, Alter, nix in die Richtung.«

»Und jemanden, den Sie hier noch nie gesehen haben?«, hakte Fass nach.

»Digga, das is' ein Urlaubsgebiet. Hier sind jeden Tag Leute unterwegs, die ich noch nie gesehen habe, verstehste.«

»Auch auf einem Stand-up-Board?«

»Gerade darauf. Is' 'ne richtige Invasion.«

»Gut …« Fass dachte offenbar intensiv nach, seine Schultern zuckten, als müsse er etwas verscheuchen, was darauf herumkrabbelte.

»Wo waren Sie gestern Abend und heute in der Früh?«

»Fernschimmeln.«

»Häh?«

»Nich' hier. Bei meinem Habibi in Berlin. Bin um sieben mit der Bahn hergefahren.«

»Ach so. Wenn Sie auf dem Campingplatz arbeiten, finde ich Sie ja dort, sollte ich noch Fragen haben.«

»Hundo P.«

Obwohl es für Kupernikus klar war, dass Fass den jungen Mann damit loswerden wollte, blieb der mit seinem Netz voller Müll stehen und lächelte.

»Ist noch was?«, fragte Fass.

»Weiß nich'. Sag du es mir, Digga.«

»Fass, mein Name ist Fass! Kommissar Fass für Sie.«

Pinguin kam mit dem Knurren gar nicht mehr hinterher.

»Alter, chill mal, du bist ja der unentspannteste Typ im Himmelreich.«

Thiago betrat sein Board genauso leicht und lässig, wie er es verlassen hatte, und manövrierte es in null Komma nichts aus der kleinen Bucht heraus.

Pinguin kläffte. Sie war wohl der Meinung, ihn damit vertreiben zu können.

»Wie viel wiegt er?«, fragte Kupernikus.

»Häh? Was weiß denn ich. Und warum sollte das wichtig sein?«

»Ich frage mich gerade, ob jemand die Leiche durch den Wald hierhergetragen hat. Was meinen Sie? Achtzig Kilo?«

»Ach so … Das geht Sie nichts an.«

»Vielleicht ist er auch gelaufen und wurde hier direkt vor Ort ans Board gebunden?«

»Ach. Freiwillig, oder wie?«

»Schwer vorstellbar. Ich dachte eher, dass der Mann hier überwältigt wurde.«

Kommissar Fass schien etwas sagen zu wollen, behielt es aber für sich und drehte sich im Kreis. »Dann wäre das ein Tatort.«

»Dann wäre dies ein Tatort«, wiederholte Kupernikus.

»Und Sie und dieser Thiago und Ihr Hund sind darin herumgelaufen!«

»Oben im Wald aber nicht. Da habe ich die Spuren sogar mit Stöckchen markiert. Damit die Spurentechniker wissen, worauf sie achten müssen.«

Fass machte einen Schritt auf Kupernikus zu. »Wie aufmerksam von Ihnen. Sagen Sie, was haben Sie gemacht, bevor Sie Privatier wurden?«

»Dies und das. Ich hatte ein sehr bewegtes Berufsleben.«

»Haben Sie ein Beispiel für mich?«

»Unter anderem war ich Kürbiskernbauer in der Steiermark.«

SZENE 6

»Die Johannisbeerfrau«

AUSSEN. GEGEN MITTAG.
Am Ufer des Templiner Sees.

Eine Viertelstunde, nachdem er Kommissar Fass im Wald zurückgelassen hatte, traf Kupernikus auf eine Straße. Er blieb stehen, sah nach rechts und links, und ihm wurde bewusst, dass er sich verlaufen hatte. Dem Stand der Sonne nach musste er sich rechts halten, um zurück ins Himmelreich zu kommen. Doch er ging links. Die Menschen hatten sich immer an der Sonne orientiert so wie die Insekten am Licht. Wenn man betrachtete, wohin das führte, sollte man viel öfter den ersten Impuls meiden und die andere Richtung wählen.

Kupernikus ärgerte sich ein wenig darüber, dass er vergessen hatte, den brasilianischen Finnen zu fragen, ob er Pinguin schon einmal gesehen hatte. Nun ja, da Thiago auf dem Campingplatz arbeitete, ließ sich das nachholen.

Bald wich der Wald zurück. Am rechten Straßenrand tauchte ein Haus auf, und zwischen Johannisbeersträuchern, deren Äste unter rot leuchtender Last herunterhingen, schob sich ein Hintern in violetter Ballonhose in Kupernikus' Richtung. Er gehörte zu einer Frau, die in gebückter Haltung Johannisbeeren in einen gelben Eimer pflückte. Sie trug eine dunkelblaue, ärmellose Bluse. Ihr Haar war karmesinrot und zu Dreadlocks verfilzt. Kupernikus schätzte sie auf Mitte vierzig, obwohl das wegen der Haare schwer zu sagen war.

»Guten Morgen«, grüßte Kupernikus. »Was für ein schönes Haus. Und so tolle Johannisbeeren.«

Kupernikus wusste, wenn man ein Gespräch mit Fremden beginnen wollte, funktionierte das am besten über Lob. Schönes Haus, schönes Auto, schöner Garten. Da der Garten allerdings in Richtung Bio tendierte – alles schien wachsen zu dürfen, wie es wollte – und er kein Auto sah, blieb nur das Haus übrig. Es war bunt. Das bunteste Haus, das er je gesehen hatte. Alle Wände des Holzhauses, die er sehen konnte, hatten unterschiedliche Farben, die Fensterrahmen noch einmal andere, die Läden ebenso. Der Schornstein leuchtete in Orange.

Die Frau richtete sich auf und begegnete ihm mit misstrauischem Blick. »Kann ich etwas für Sie tun?«

»Vielleicht … kennen Sie eventuell diesen Hund?«

Er zeigte auf Pinguin, die sich brav neben seinem rechten Bein niedergelassen hatte. Sie schien erschöpft zu sein. Lange Märsche war sie wohl nicht gewohnt.

»Nee.«

»Vermisst in der Nachbarschaft jemand seinen Hund?«

»Was weiß denn ich? Und was geht es Sie an?«

»Tut mir leid, ich wollte nicht stören. Aber der Hund, er … lief herrenlos umher, deshalb suche ich seinen Besitzer.«

»Wieso herrenlos?«

»Wie bitte?«

»Kann er nicht auch frauenlos umherirren? Und können Sie nicht auch eine Besitzerin suchen?«

»Äh … ja, natürlich. Das … war nur so eine Redewendung.«

»Nee, war es nicht. Das war männliche Weltsicht. Scheuklappen!«

Mit ihren vom Saft der Beeren blutroten Händen machte sie rechts und links ihres Kopfes Bewegungen, die wohl andeuten sollten, was Scheuklappen waren. Dabei schmierte sie sich etwas Rot an die Wangen und sah plötzlich aus wie Carrie aus der gleichnamigen Stephen-King-Verfilmung von 1976. Ein gruseliger Film von Brian De Palma, den Kupernikus sehr mochte. Also, den Film, nicht De Palma. Den kannte er gar nicht.

»Sind Sie aus Berlin?«, fragte die Frau.

»Nein. Ich bin Gast auf dem Campingplatz. Warum sollte ich aus Berlin sein?«

»Verarschen kann ich mich allein. Was suchen Sie wirklich?«

»Äh …«, machte Kupernikus, weil er zu perplex war für eine ordentliche Antwort.

»Netter Versuch, aber nicht mit mir. Mach dich vom Acker, bevor ich Ralle rufe.«

»Ralle?«

»Ist hinten in den Kartoffeln, und der ist nicht so freundlich wie ich.«

»Tut mir leid, wenn ich Sie irgendwie …«

»Ihr kommt hierher mit eurem scheiß Kapitalismusmind und denkt, wir sind alle dumm und hinterwäldlerisch. Dabei seid ihr die Dummen. Oder wissen Sie irgendwas über Johannisbeeren?«

»Na ja, ich finde sie zu sauer, mag sie aber gern als Marmelade.«

»Pfff … wie alle anderen auch. Sie sind das wertvollste Beerenobst, das wir haben. Und wenn du mal nicht kacken kannst, retten sie dir buchstäblich den Arsch.«

»Sieh an, das wusste ich nicht. Also vielen Dank für die Information. Was den Hund betrifft …«

»Lass mich mit deinem Köter in Ruhe. Frag den Feldmann. Dem sein Viech habe ich schon seit ein paar Tagen nicht mehr gehört. Und der bellt sonst immer.«

»Wo finde ich den Feldmann?«

»Nummer zwölf.«

»Hausnummer zwölf?«

»Na, was denn sonst.«

»Sie verkaufen nicht zufällig …«

»Wir verkaufen nicht! Wie oft sollen wir euch das noch sagen.«

»Schon gut, ich dachte ja nur, weil Sie so viele Johannisbeeren haben. Einen schönen Tag noch.«

Kupernikus hatte genug von dieser unfreundlichen Frau. Wie konnte es möglich sein, dass man an einem so himmlischen Ort lebte, in einem fröhlich bunten Haus, den Garten voller Johannisbeeren, und dann eine solche Laune hatte?

Wenn jemand das Recht auf schlechte Laune hatte, dann ja wohl er selbst. Schließlich hatte er noch vor seinem ersten Kaffee eine Leiche aus dem See gezogen.

Kupernikus fiel auf, wie viel Wahrheit doch in seinem Spruch »Ohne Kaffee früh am Morgen, bringt der Tag nur Kummer und Sorgen« steckte.

Er zog mit Pinguin weiter auf der Suche nach Nummer zwölf. Die Häuser, an denen er nun vorbeikam, waren anders als das der Johannisbeerfrau. Normaler. Zwei schienen leer zu stehen, oder sie dienten als Ferienhäuser, und es war niemand da.

Nummer zwölf war bis zur Perfektion gepflegt. Nie zuvor hatte Kupernikus einen solchen Rasen gesehen. Sattgrün und so gleichmäßig gestutzt, als würde sich täglich ein Friseur darum kümmern – oder eine Friseurin! Er musste sein männliches Weltbild im Auge behalten. Nicht, dass er am Ende noch als frauenfeindlich betrachtet wurde. Scheuklappen bemerkte man wohl erst, wenn sie einem abgenommen wurden.

Der klassische Jägerzaun war dunkelbraun gestrichen. Neben der Eingangspforte stand kerzengerade ein brauner Pfosten, daran eine Zeitungsrolle, ein Briefkasten und eine Klingel. Das Klingelschild lautete auf den Namen Feldmann. Der Briefkasten wollte keine Werbung, die Zeitungsrolle keine nicht abonnierten Zeitschriften bekommen. Unter alledem war ein rotes Schild angebracht: Vorsicht bissiger Hund! Betreten verboten!

Am interessantesten war jedoch das kleine schwarze Auge oben auf dem Pfosten. Eine Videokamera. Hier lebte jemand, der wirklich gern Besuch bekam.

Kupernikus klingelte. Einen Versuch war es wert. Dabei setzte er seine Kappe ab, damit man sein Gesicht sehen konnte für den Fall, dass er durch die Videokamera beobachtet wurde.

Immerhin bellte der bissige Hund nicht, was bissige Hunde gemeinhin taten, wenn jemand klingelte. Drei Fragen schossen Kupernikus durch den Kopf.

1. *War der bissige Hund vielleicht gar nicht im Haus, weil er am anderen Ende der Wäscheleine neben Kupernikus stand?*
2. *Hätte die Johannisbeerfrau ihn dann nicht erkannt?*
3. *Und hätte Pinguin nicht ein Mordstheater gemacht vor Freude, wieder daheim zu sein?*

Niemand reagierte auf das Klingeln.

Also Kappe wieder auf und zweiter Versuch.

Wieder kein Erfolg.

Kupernikus wandte sich ab und bemerkte aus dem Augenwinkel eine Bewegung hinter der Gardine. Da war jemand zu Hause, wollte aber nicht öffnen. Sein – oder ihr – gutes Recht. Gerade Kupernikus konnte jeden verstehen, der sein Recht auf Ruhe und Privatsphäre zu schützen versuchte. Zwar verbrachte er einen Großteil seines Lebens auf Campingplätzen, man hätte folglich das Gegenteil vermuten können, aber gerade auf Campingplätzen herrschten diesbezüglich strenge Regeln.

In welchem Wohngebiet gab es schon Platzruhe zwischen zwölf und fünfzehn Uhr? Oder eine strenge Nachtruhe, in der kein Fahrzeug bewegt werden durfte? Oder einen omnipräsenten Ordnungshüter, der kackenden Hunden nachstellte? Auch die Integrität des eigenen Stellplatzes wurde stets gewahrt.

Ein Campingplatz war das besser organisierte Wohngebiet!

Kupernikus kam eine Idee. Er bückte sich zu Pinguin hinunter.

»Na, meine Kleine, hast du Flugangst?«

Pinguin schien zu lächeln, was Kupernikus als Verneinung seiner Frage interpretierte.

Also nahm er Pinguin mit beiden Händen auf, streckte die Arme aus und hielt ihn weiter über seinen Kopf, sodass die geheimnisvolle Gestalt hinter der blickdichten Gardine ihn aus dem Haus heraus sehen konnte. Das mochte die kleine Hundedame nicht besonders und streckte alle viere von sich, als bereite sie sich auf eine harte Landung vor.

Leider kam niemand aufgeregt und freudestrahlend aus dem Haus gerannt.

Nein, hier war er an der falschen Adresse.

SZENE 7

»Die Reporterin«

AUSSEN. MITTAG.
Campingplatz Himmelreich.

»Mein Name ist Carla Kohlfeldt, ich bin Redakteurin des *Caputher Anzeigers.*«

Kupernikus war überrascht.

Die Frau, die eben noch in seinem Klappstuhl vor seinem Camper gesessen und in aller Seelenruhe eine Zigarette geraucht und die Asche in den Sand geschnippt hatte, war höchstens fünfundzwanzig Jahre alt. Wie konnte die schon Redakteurin sein?

Energisch kam sie auf ihn zu und streckte die Hand aus. Ihr Lächeln war offen und herzlich und entblößte zwei Reihen gerader weißer Zähne mit einer Lücke zwischen den Schneidezähnen. Sie hatte ein Kamera-Gesicht. Gleichmäßig, symmetrisch, mit makellos glatter Haut.

Obwohl Kupernikus ihr aufdringliches Verhalten und die Okkupation seines Stellplatzes nicht gutheißen konnte, war er doch Gentleman genug, die Hand zu ergreifen. Sie war klein und weich und warm.

»Björn Kupernikus«, stellte er sich vor.

»Das habe ich mir schon gedacht. Ihre Nachbarn hier auf dem Platz haben mir gesagt, welches Ihr Wohnmobil ist und dass ich auf einen Mann mit Hosenträgern achten soll.«

»Ich bin froh, dass meine Nachbarn so hilfsbereit sind.«

»Von der Polizei weiß ich, dass Sie die Leiche aus dem Wasser gezogen und die Polizei informiert haben.«

Carla Kohlfeldt war kleiner als Kupernikus, vielleicht eins sechzig, trug eine große Brille, die fast ihr gesamtes Gesicht verdeckte, ihr Haar war lang und blondiert, im Ansatz schimmerte die dunklere Farbe durch. Die Jeans war skinny, das rote Shirt auch, an den Füßen trug sie die bei jungen Leuten üblichen Sneaker.

»Das ist richtig«, sagte Kupernikus kurz angebunden. Dabei fiel ihm ein, dass Pinguin noch angebunden war. Er befreite sie von der Wäscheleine.

»Darf ich Ihnen dazu einige Fragen stellen? Unsere Leserinnen und Leser und Abonnentinnen und Abonnenten brennen darauf, Details zu erfahren.«

Pinguin brannte darauf, am Hosenbein der Redakteurin zu schnüffeln.

»Das hoffe ich nicht«, sagte Kupernikus und konnte nicht verstehen, wie sie einen solchen Satz voller überflüssiger Wörter in der Schnelligkeit fehlerfrei herausbekommen hatte.

»Was hoffen Sie nicht?«

»Dass die auf unappetitliche Details brennend scharf sind.«

»Dann stimmt das Gerücht mit dem abgetrennten Kopf?«

»Was? Wer erzählt denn so etwas?«

»Sie haben doch gerade auch gesagt, der Anblick der Leiche sei unappetitlich gewesen.«

»Das ist der Anblick einer Leiche ja wohl immer, oder nicht? Und dabei habe ich den Kopf nicht einmal gesehen, sondern nur die Hand.«

»Also war der Kopf nicht am Körper? Und wo war die Hand? Auf dem SUP-Board? Oder trieb sie im Wasser?«

Die Redakteurin sprach schnell, viel zu schnell für Kupernikus, der sich nach seinem anstrengenden Ausflug auf ein paar ruhige Stunden vor seinem Camper gefreut hatte, bevor am

Abend der Besuch der weißen Frau anstand. Genau wie Pinguin war er müde, und diese schnelle kleine Frau verwirrte ihn. Die konnte zugleich sprechen, denken und handeln. Er tat das lieber nacheinander.

»Hören Sie, ich möchte eigentlich kein Interview geben.«

»Kein Problem, das ist kein Interview, ich habe nur ein paar schnelle Fragen, dann bin ich auch schon wieder weg. So was passiert selten hier, und für mich ist das erst die zweite Leiche, da bin ich ehrlich gesagt schon aufgeregt und will keine Fehler machen, deshalb muss ich noch einige andere Beteiligte befragen.«

»Ihre zweite Leiche …?«, wiederholte Kupernikus einigermaßen fassungslos. »Sagen Sie, wie lange sind Sie schon Redakteurin?«

»Na ja, eigentlich studiere ich noch Journalismus, das ist nur ein Sommerjob, bei dem ich aber super Erfahrungen machen kann.« Carla Kohlfeldt strahlte, holte ihr Smartphone hervor und schaltete irgendwas daran ein. »Sie haben sicher nichts dagegen, wenn ich unser Gespräch aufzeichne. Mit den Originaltönen fällt es mir später leichter, den Artikel zu schreiben. Ist das der Hund, der auf dem Board stand?«

Pinguin hatte alle Nachrichten von der Hose gelesen und lag nun platt auf dem Boden. Sie war fix und fertig und interessierte sich überhaupt nicht mehr für die flinke Carla Kohlfeldt.

»Äh … ja«, bestätigte Kupernikus, der sich ebenfalls gern hingesetzt hätte, aber die Aushilfsredakteurin schien kein Interesse daran zu haben.

»Wann haben Sie bemerkt, dass Ihr Hund verschwunden ist, und wie ist er auf das Board gekommen?«

»Wie … ich … nein, das ist nicht mein Hund.«

»Wem gehört er dann?«

»Das weiß ich nicht. Womöglich hat er etwas mit dem Toten zu tun.«

»Sie meinen also, dieser kleine Hund könnte etwas mit dem Tod des Unbekannten zu tun haben?«

»Das habe ich so nicht …«

»Vorn an der Rezeption hat man mir gesagt, es sei viel Blut im Wasser gewesen. Hat der Hund zugebissen?«

»Blut? Da war kein Blut. Ich habe jedenfalls keines gesehen.«

»Aber das Kleid der Frau, die an der Bergung der Leiche beteiligt war, soll blutbefleckt gewesen sein.«

»Nein, nein, nein, da war kein Blut, sondern Farbe. Frau Schäfer hat zuvor am Ufer des Sees gemalt. Und der Hund hat niemanden gebissen, jedenfalls nicht, dass ich wüsste.«

»Andere Campingplatzbesucher haben von verzweifelten Schreien erzählt, die am frühen Morgen über den See schallten. Was können Sie dazu sagen?«

Sie hielt das Smartphone wie ein Mikro in seine Richtung.

»Frau Schäfer hat geschrien, weil sie den Hund …«

»Ist der Hund auf Frau Schäfer losgegangen? Stammen die Verletzungen und das Blut daher?«

»Können Sie mich vielleicht mal ausreden lassen?«

»Aber natürlich. Wie ist Ihr vollständiger Name?«

»Björn Kupernikus. Aber ich möchte nicht namentlich zitiert werden.«

»Tut mir leid, das ist notwendig, sonst kann ich Sie leider nicht zitieren.«

»Ich will ja auch nicht zitiert werden!«

»Schade, wirklich, aber dann nützt mir unser Gespräch leider nichts. Sie wissen nicht zufällig, wo diese Frau Schäfer hier campiert?«

Kupernikus wollte gerade sagen, dass Frau Schäfer nicht campierte, sondern ortsansässig war, biss sich aber im letzten Moment auf die Zunge.

»Ich sage gar nichts mehr«, presste er zwischen den Lippen hervor.

Als die junge Redakteurin mit flotten Schritten fortging, hörte er, wie sie in ihr Handy-Aufnahmegerät sprach:

»Die Gäste auf dem Campingplatz sind schockiert und kaum in der Lage, über den schrecklichen Vorfall zu sprechen …«

SZENE 8

»Gottesbscheißerle«

AUSSEN. FRÜHER ABEND.
Campingplatz Himmelreich. Vor dem Wohnmobil.

Das sanft-violette Abendlicht verwandelte die Wasseroberfläche des Sees in eine stille, beruhigende Fläche. Kupernikus genoss diesen Moment der Ruhe und ließ den Blick umherwandern. Übers Wasser und den Campingplatz, der umschlossen war davon und sich harmonisch in die Landschaft einfügte. Unter dem lichten Dach der Kiefern saßen die Camper im Freien, es roch nach Grillgut und Seewasser und Harz, und Kupernikus begriff, was diesen Ort so einmalig machte: Das Himmelreich war mittendrin und doch abgeschieden auf seiner Halbinsel. Da drüben Caputh mit seinen Straßen und Häusern, nicht weit entfernt Potsdam und Berlin, hier aber ein friedlicher Flecken intakter Natur, von drei Seen schützend umgeben.

Kupernikus war auf vielen Campingplätzen gewesen, das heimelige Gefühl eines Zuhauses hatte er nur auf wenigen gehabt. Hier im Himmelreich empfand er es so.

Aus dem Abendlicht kam jemand auf Kupernikus zu.

Die weiße Frau, aber sie hatte sich verwandelt.

Jetzt war sie blau.

Auch ihr Haar.

Dieser Eindruck relativierte sich, als sie nah genug war und Kupernikus zudem seine Brille aufsetzte.

Sie trug ein leuchtend blaues, langes Kleid und dazu ein blaues Tuch, kunstvoll um den Kopf gewickelt. An den nackten Füßen goldene, mit bunten Strasssteinen besetzte Sandalen, und ihre Fußnägel waren in der gleichen Farbe lackiert wie ihr Kopf. Der ja nicht lackiert war, aber es passte eben.

»Guten Abend, mein Held!«, rief sie schon aus der Entfernung, sodass alle anderen Camper – nein, Moment, Camperinnen und Camper –, die zu dieser Zeit zum Abendessen vor den Wohnmobilen, Wohnwagen und Zelten saßen, es mitbekamen. Die Blicke der Himmelreicher schossen zuerst zu dieser auffälligen Erscheinung, die elegant und zielstrebig über den Strand auf Kupernikus' Camper zukam, dann zu ihm, dem nicht klar gewesen war, dass er sich für dieses aufgezwungene Abendessen hätte herausputzen sollen. Und selbst wenn es ihm aufgegangen wäre: Er hatte keine Kleidung dabei, die mit dieser Erscheinung mithalten konnte. Immerhin hatte er die Kappe abgenommen und sein Haar mit ein wenig Wachs in Form und Richtung gebracht.

In beiden Händen trug Frau Schäfer Netze.

Kunststoff- oder Jutenetze, das war nicht ganz klar, aber sie waren ebenfalls blau. In den Netzen befand sich etwas von Gewicht, wahrscheinlich das Abendessen.

Kupernikus eilte ihr entgegen, um sie von der Last zu befreien.

Sie strahlte übers ganze Gesicht. »Was für ein schöner Abend!«, rief sie. »Geht es Ihnen gut? Haben Sie sich von dem Schreck erholt?«

»Gewiss. Darf ich Ihnen Ihr Gepäck abnehmen?«

Frau Schäfer reichte ihm die Netze. Sie waren in der Tat schwer.

»Was haben Sie uns mitgebracht?«, fragte Kupernikus.

»Gottesbscheißerle.«

»Bitte, was?«

»Gottesbscheißerle.«

»Das sagt mir nichts. Kann man das essen?«

»Lassen Sie sich überraschen«, flötete sie und hakte sich für die letzten zwanzig Schritte bis zum Wohnmobil bei ihm unter. Für sie schien dieser Körperkontakt vollkommen normal zu sein, während sich in Kupernikus etwas verspannte, im Kopf wie im Körper.

»Ich habe all meinen Freundinnen berichtet, was für einen unerschrockenen Helden ich im Himmelreich kennengelernt habe. Mein lieber Kupernikus, Sie sind der Held des Tages.«

»Ach wo. Ich habe doch nichts weiter getan, als dieses Board ans Ufer zu schieben. Das hätte jeder getan.«

»Ihre Bescheidenheit ehrt Sie. Und doch haben Sie den Hund gerettet und die Leiche entdeckt. Ganz Caputh spricht über die Sache. Es würde mich nicht wundern, wenn morgen die Lokalpresse hier auftaucht.«

Kupernikus verzog das Gesicht, unterließ es aber, Annabelle Schäfer von dem missglückten Interview mit Carla Kohlfeldt zu berichten.

»Wo ist denn die kleine Hundedame?«, fragte Frau Schäfer.

»Schläft tief und fest im Camper. Ich fürchte, ich habe sie mit einem allzu langen Spaziergang überanstrengt.«

Frau Schäfer beugte sich näher heran, brachte ihre Lippen dicht an sein Ohr. »Wir werden beobachtet«, flüsterte sie. »Ich glaube, wir bieten einen interessanten Anblick.«

»Sie ganz sicher.«

»Gefällt Ihnen mein Kleid?«

»Sehr sogar.«

Sie erreichten den Camper. Kupernikus hatte Stunden damit zugebracht, alles vorzubereiten. Er hatte den künstlichen Rasen aus der Heckgarage geholt, ausgerollt und sogar mit dem Handbesen ausgebürstet. Eine Leuchtgirlande fasste die Markise ein, die kleinen gelben Plastiklämpchen in Form von Weintrauben brannten bereits, auch wenn man das aufgrund der Helligkeit nicht sah. Auf dem Tisch lag die einzige Tischdecke, die er besaß. Die hatte er ewig nicht mehr benutzt. Darauf eines der leeren Senfgläser, die er als Trink- und in diesem Fall als Blumenvase nutzte. Darin steckten einige Wildblumen, die er am Straßenrand gepflückt hatte. Die bequemen Stühle mit hoher Rückenlehne, die man nach hinten klappen konnte, um ein Nickerchen zu halten, standen einander am Tisch gegenüber.

»Sagt Ihnen das Wort Spießigkeit etwas, mein Lieber?«, wollte Frau Schäfer wissen, nachdem sie das Arrangement begutachtet hatte.

»Gefällt es Ihnen nicht?« Ein Pfeil der Enttäuschung bohrte sich in Kupernikus' Brust. Er hatte sich so viel Mühe gegeben.

»Die Wildblumen sind wunderschön! Aber dieser Rasenteppich … nein, das geht gar nicht. Da fühle ich mich unwohl. Können wir den eben schnell einrollen und an jemanden verschenken?«

»Na ja … äh … nun … ich weiß nicht«, stotterte Kupernikus. »So ein Teppich ist praktisch. Die Füße bleiben sauber, und man schleppt nicht so viel Schmutz in den Camper.«

»An schmutzigen Füßen ist noch niemand gestorben, an diesem scheußlichen Anblick vermutlich schon. Na los, ist doch schnell gemacht.«

Ehe Kupernikus sichs versah, hatte sie die Stühle vom Teppich genommen und beiseitegestellt. Ihm blieb nichts anderes übrig, als die beiden blauen Netze auf die Stühle abzulegen und ihr zu helfen. Folgsam rollte er den Rasenteppich ein. Darunter kam trockener, staubiger, mit Kiefernnadeln bedeckter Boden zum Vorschein, auf dem sich einige letzte überlebende Rasenhalme trotzig gegen den Tod stemmten.

In der Zeit, die er brauchte, den Teppich in der Heckgarage zu verstauen – verschenken mochte er ihn nicht gleich –, hatte sie den Tisch zurechtgeruckelt und die Stühle wieder dran gestellt. Allerdings nicht gegenüber, sondern nebeneinander mit Blick auf den See.

»Viiiiel besser«, flötete sie. »Wenn man schon in der Natur ist, sollte man sie nicht bedecken oder sonst wie verstecken. Zeigen Sie mir, wo ich das Essen aufwärmen kann, mein Lieber.«

Sie schnappte sich die Netze und betrat das Wohnmobil.

Kupernikus hatte damit gerechnet, es vorzeigen zu müssen, dementsprechend aufgeräumt war es.

»Oh!«, machte sie und blieb neben der Küchenzeile stehen, die sich im Heck gleich neben der Tür befand. »Das ist ja wunderschön. Haben Sie das selbst gemacht?«

»Ja. Von Grund auf. Ich habe den Beruf des Tischlers gelernt.«

Der Innenraum war mit handbehauenem Holz verkleidet, sodass man den Eindruck hatte, sich in einer urigen Berghütte wiederzufinden. Die Schränke, die Sitzgelegenheiten, der Alkoven, alles hatte Kupernikus im gleichen Stil ausgebaut. Nur die braunen Vorhänge hatte er sich von einer Innenausstatterin nähen und aufhängen lassen.

»Ich habe eine Dusche und ein Waschbecken hier drinnen, eine Solaranlage für Strom auf dem Dach, vier Schlafplätze und einen Kühlschrank.«

»Und es gibt sogar einen Ofen!«

»Und der funktioniert auch. Allerdings muss es dafür richtig kalt sein, sonst sitzt man hier schnell in einer Sauna.«

Kupernikus hatte den kleinsten Holzofen gekauft, den er finden konnte. Ein Würfel mit einer Glasscheibe, der nicht für ordentliche Holzscheite gedacht war, sondern eher für Anmachholz. Er hatte ihn nur im Winter in Betrieb, doch selbst wenn er nicht brannte, verbreitete er eine behagliche Atmosphäre.

Frau Schäfer legte die Netze ab und widmete sich der kleinen Hundedame auf der Couch. Sie wedelte erfreut mit der Rute und ließ sich knuddeln.

»Herzallerliebst!«, sagte Frau Schäfer. »Haben Sie ihr bereits etwas zu essen besorgt?«

Kupernikus kratzte sich am Kopf. »Ähm … ich dachte …«

»Das dachte ich mir. Hier, geben Sie ihr das. Reis mit Huhn und Möhrchen. Das mag sie bestimmt.«

Sie reichte ihm eine Plastikschale, von der sie den Deckel abzog. Kupernikus stellte die Schale auf den Boden, und Pinguin machte sich sofort darüber her.

Annabelle holte mehrere Tupperdosen aus den blauen Netzen.

Kupernikus ersparte sich einen Kommentar. Wenn er etwas spießig fand, dann Tupperware. Seine Schwester Birte war eine Tupper-Tante gewesen, so richtig mit Herzblut und Leidenschaft, bis der Absatz nicht mehr gut lief und sie auf die Idee gekommen war, Tupperabende mit Erotikabenden zu verbinden nach dem Motto: In jedem Döschen ein Höschen. Die Damen fanden es toll, das Unternehmen eher nicht, und man sah sich gezwungen, sich von Birte zu trennen. Seitdem verkaufte sie Reizwäsche in ihrem eigenen Geschäft namens »Liebestöter«.

»So, mein lieber Kupernikus. Sie erklären mir bitte den Gasherd, dann kümmere ich mich um das Essen. Haben Sie Wein da?«

»Nur weißen.«

»Das passt wunderbar. Sie können draußen den Wein dekantieren und sich entspannen, ich muss das Essen nur aufwärmen, das geht ruckzuck.«

»Aber ich kann doch auch …«

»Kommt überhaupt nicht infrage. Sie sind der Held des Tages.«

Widerstand war zwecklos. Also erklärte er den Gasherd, nahm eine Flasche kalten Weißwein aus dem Kühlschrank, dazu zwei Gläser und verdrückte sich nach draußen.

»Und vergessen Sie nicht, diese scheußliche Tischdecke an irgendeinen Nachbarn zu verschenken«, rief sie ihm hinterher.

Kupernikus' Blick wanderte zu der braunen Häkeldecke. Er hatte sie auf einem Flohmarkt im Uckermärkischen gekauft.

Das war ihm jetzt peinlich. Rasch nahm er sie vom Tisch, und weil er nicht wusste, wohin damit, ließ er sie in dem Fach für die Gasflaschen verschwinden. Als Putzlappen war sie sicher noch zu gebrauchen.

Durchs Fenster sah er Frau Schäfers Rücken und Kopf. Kupernikus hielt inne, weil dieser Anblick gänzlich neu war. In dieser Küche hatte noch nie jemand anderes gekocht als er selbst, und es fiel ihm entsprechend schwer, das Kommando über die Kombüse abzugeben. Er kannte ja den alten Spruch darüber, wer auf einem Schiff der wahre Kapitän war – und ein Wohnmobil war nichts anderes als ein Schiff an Land.

Dem Schicksal ergeben, ließ er sich in einen der Stühle fallen, die jetzt nebeneinander und nicht einander gegenüberstanden, öffnete die Weinflasche, füllte die Gläser zur Hälfte und … wartete.

Wartete vor seinem Camper aufs Essen.

So etwas war ja noch nie vorgekommen.

Dementsprechend unwohl fühlte er sich. Seine Finger tippelten auf den Kunststoffarmlehnen herum. Pinguin gesellte sich zu ihm, also nahm er sie auf den Schoß und streichelte sie, damit er etwas zu tun hatte. Aus dem Inneren des Campers erklangen Küchengeräusche, untermalt von leisem Gesang. Frau Schäfer sang, während sie kochte. Es klang nach *Freude, schöner Götterfunken.* Das hatte etwas Heimeliges. Kupernikus konnte es nur nicht genießen, weil er sich gerade etwas überflüssig vorkam.

»Soooo!«, rief Frau Schäfer plötzlich, und Kupernikus erschrak.

»Hier kommen die Gottesbscheißerle.«

Sie trat aus dem Wohnmobil und stellte zwei gefüllte Teller auf den Tisch. »Ich gebe zu, den Teig habe ich fertig gekauft, weil mir die nötige Zeit für die Zubereitung fehlte, aber alles andere ist handgemacht. Ich kaufe den Spinat frisch und hacke ihn selbst. Na, was sagen Sie? Das ist etwas anderes als Ihre Dosenravioli, nicht wahr!«

Ein verführerischer Duft schlich sich durch die Nase in Kupernikus' Körper und löste augenblicklich einen ordentlichen Appetit aus. Er fragte sich, woher sie wusste, dass er Dosenravioli liebte? Hatte sie etwa in seinen Schränken herumgeschnüffelt?

»Sieh an. Das sind Maultaschen, oder?«

»Was für eine furchtbare Bezeichnung! Ich bevorzuge Herrgottsbescheißerle oder Gottesbscheißerle, wie die Schwaben sagen. Der Humor dahinter gefällt mir. Und es klingt doch einfach wunderbar, nicht wahr!«

»Unbedingt.«

»Sie müssen probieren. Los, los, nur keine falsche Scheu. Helden brauchen etwas Ordentliches in den Magen.«

Frau Schäfer setzte sich und griff zur Gabel, bereit, eine Maultasche zu zerteilen. Und obwohl der Duft Kupernikus beinahe um den Verstand brachte und alles in ihm danach schrie, zu probieren, hielt er Frau Schäfer noch zurück und griff zum Weinglas.

»Mögen Sie zuvor mit mir anstoßen?«

»Ach herrje, entschuldigen Sie bitte. Natürlich.«

Sie nahm ihr Weinglas. An der Außenseite hatten sich feine Wasserperlen abgesetzt. »In Anbetracht der Umstände sollten wir auf das Leben anstoßen. Was meinen Sie, Kupernikus?«

»Auf das Leben … und die Gottesbscheißerle!«

»Zum Wohl!«

Sie ließen die Gläser klirren. Kupernikus nahm sich ein Herz. »Möchten Sie mich nicht Björn nennen?«

»Aber nein! Verstehen Sie mich nicht falsch, es ist nur … Ich liebe Ihren Nachnamen. Er ist so ungewöhnlich und klangvoll und erinnert mich an die guten alten Zeiten, in denen der Verstand die Menschen voranbrachte. Heute teilt man nur noch

Äußerlichkeiten. Deshalb tritt die Menschheit auf der Stelle. Wenn es Ihnen nichts ausmacht, würde ich gern bei Kupernikus bleiben. Sie dürfen mich aber gern Annabelle nennen.«

»Es macht mir nichts aus. Zum Wohl, Annabelle.«

Sie stießen noch einmal an und tranken.

»So, jetzt aber probieren. Ich möchte über den grünen Klee gelobt werden!«

Kupernikus zerteilte eine Maultasche mit der Gabel, stach eine Hälfte auf, steckte sie sich in den Mund, kaute langsam, schloss die Augen und spürte sie Teil seines Körpers werden.

»Nie zuvor habe ich bessere Mau… Gottesbscheißerle gegessen. Ein Traum. Sie sind eine begnadete Köchin, Annabelle. Grüner Klee ist gar nichts dagegen.«

Sie strahlte vor Glück. »Kennen Sie den Ursprung dieser Redewendung?«

»Über den grünen Klee loben? Nein, kenne ich nicht.«

»Ganz gesichert ist es nicht, aber mir gefällt diese Variante: Früher waren Friedhöfe und Gräber oft mit Klee bepflanzt, somit wäre ein Lob über den grünen Klee ein Lob über einen Verstorbenen – das ja generell besser ausfällt als über einen Lebenden. Über die Toten soll man ja nur wohlwollend reden.«

»Andersherum wäre es besser, oder?«

Ihr Lächeln irritierte Kupernikus. Es besaß eine Tiefe, die er nicht ausloten konnte. »Sie gefallen mir, mein Lieber.«

Seine angeborene Schüchternheit Frauen gegenüber ließ ihn erröten, und Kupernikus stopfte sich schnell ein Gottesbscheißerle in den Mund, um nicht antworten zu müssen.

Annabelle sah ihm beim Kauen zu, und Kupernikus versuchte, wie ein Gourmet auszusehen. Das fiel ihm schwer, weil er seine Nahrung sonst eher in sich hineinstopfte, um schnell fertig zu werden. Allein zu essen machte keinen Spaß, warum sich allzu lange damit aufhalten.

»Sagen Sie mir, was Sie schmecken, lieber Kupernikus. Man muss den unterschiedlichen Noten nachforschen, um die ganze Vielfalt eines Gerichts zu erfahren.«

»Nun … ich schmecke Spinat, Zwiebeln, Petersilie, Lauch … richtig guten Speck … und natürlich Hackfleisch, aber es überwiegt nicht, fügt sich den anderen Geschmäckern unter.«

Sie klatschte in die Hände. »Sehr gut. Eines haben Sie zwar nicht entdeckt, aber das verrate ich Ihnen auch nicht. Es ist die eine Geheimzutat, die meine Gottesbscheißerle so besonders machen. Guten Appetit!«

Sie machte sich nun ebenfalls ans Essen. Während Kupernikus sich immer eine Maultaschenhälfte zuführte, waren es bei ihr kleine Häppchen. Sie ließ sich viel Zeit, man konnte ihr ansehen, wie sehr sie den Augenblick genoss. Das löste etwas aus bei Kupernikus. Er wurde ruhiger, aß langsamer, nahm alles um sich herum deutlicher wahr.

Kurz: Er fühlte sich wohl.

SZENE 9

»Die Nacht ist dunkel und voller Gefahren«

AUSSEN. ABEND.

Campingplatz Himmelreich.

»Und Sie wollen mir die geheime Zutat wirklich nicht verraten?«, fragte Kupernikus.

Das Essen war seit einigen Minuten beendet, das Geschirr abgeräumt und eine weitere Flasche Weißwein geöffnet. Pinguin hatte sich zu ihnen gesellt und schlief tief und fest zu Kupernikus' Füßen. Auf dem Campingplatz war diese Art von Ruhe eingekehrt, die Kupernikus so schätzte. Die Menschen saßen draußen und unterhielten sich leise bei Kerzenlicht, das Zirpen der Grillen bildete einen beruhigenden Klangteppich, manchmal erklang in der Ferne das Bellen eines Hundes. Leise schwappte das Seewasser auf den Strand. Sanftes Mondlicht hielt die Nacht auf Distanz. Wahrscheinlich betrachteten sich Camper nie stärker als Einheit, als wenn die Nacht hereinbrach und sie in einen Kokon hüllte.

»Nur, wenn Sie diese kitschige Lichterkette ausschalten und eine Kerze anzünden, mein lieber Kupernikus«, sagte Annabelle.

»Was gefällt Ihnen an meiner Lichterkette nicht?«

»Das ist totes Licht. Eine Kerze verbreitet warmes, lebendiges Licht. Aber wenn Sie lieber vom Tod angeleuchtet werden möchten …«

Kupernikus ergab sich, zog den Stecker der Girlande, holte rasch eine Kerze und hielt ein Streichholz an den Docht.

»Vielen Dank, lieber Kupernikus«, sagte Annabelle und seufzte behaglich. Bevor sie zu ihrer Erklärung ansetzte, raffte sie die Wolldecke enger um ihren schmalen Körper, die Kupernikus ihr vorhin gereicht hatte.

»Wissen Sie, warum man die Maultaschen in Schwaben Gottesbscheißerle nennt?«

»Nein. Ich kannte den Begriff ja nicht einmal.«

»Es ist ganz einfach. Da in der Fastenzeit bis Ostersonntag traditionell kein Fleisch gegessen werden darf, haben die findigen Schwaben das Fleisch einfach in den Maultaschen versteckt und Gott somit beschissen.«

Kupernikus lachte auf. »Das gefällt mir.«

»Mir auch. Ich mag die Einstellung dahinter. Sich nichts verbieten lassen, und wenn es nicht anders geht, Wege finden, Verbotenes dennoch zu tun. So habe ich schon immer gelebt. Welcher Mensch hat schon das Recht, einem anderen zu sagen, was er zu tun oder zu lassen hat.«

»Aber in diesem Fall gibt doch Gott die Regeln vor«, sagte Kupernikus.

»Sie glauben wirklich, Gott interessiert sich dafür, was wir wann essen?«

»Nein, wohl kaum.«

»Und selbst wenn, wäre es für ihn, der doch alles sieht, kein Problem, in die Maultaschen hineinzuschauen, und das wissen die Schwaben sehr genau.«

»Ein plausibles Argument.«

»Eben. In Wirklichkeit geht es darum, der Obrigkeit eins auszuwischen. Und das auch noch mit Humor. Herrlich! Ich liebe das.«

»Und was ist nun die Geheimzutat?«

»Humor!«, rief Annabelle etwas zu laut.

Kupernikus zuckte zusammen, wusste er doch um die Geräuschempfindlichkeit von Campern.

»Humor?«, wiederholte er leise. »Ich verstehe nicht …«

»Sauer macht lustig, nicht wahr? Deshalb würze ich meine Gottesbscheißerle mit einem Hauch Zitronensalz aus österreichischem Bergsalz und feinsten italienischen Zitronen.«

»Sieh an. Darauf wäre ich nicht gekommen.«

»Es gibt aber noch einen Grund, warum ich für unser Abendessen Gottesbscheißerle zubereitet habe. Ahnen Sie, welchen, lieber Kupernikus?«

»Bitte keine Ratespiele mehr. Ich kann sowieso nicht mit Ihnen mithalten, Annabelle.«

»Es steckt eine verborgene Wahrheit darin. Und die steckt fraglos auch hinter dem, was wir heute erlebt haben.«

»Sie meinen die Leiche unter dem Paddleboard?«

»Ganz richtig. Während ich gekocht habe, habe ich mich gefragt, welche Botschaft wohl in dieser skurrilen Art stecken mag, einen Menschen zu töten.«

»Oder die Leiche zu präsentieren«, gab Kupernikus zu bedenken. »Es muss aber nicht unbedingt eine Botschaft darin stecken. Ich habe die Erfahrung gemacht, dass die meisten Mörder strohdoof sind und aus niederen Beweggründen handeln. Botschaften eiskalter und superintelligenter Serienmörder kommen nur in Filmen vor.«

»Sie haben Erfahrungen mit Serienmördern?«, fragte Annabelle erstaunt.

»Na ja … aus Filmen und Büchern«, gab Kupernikus zu.

»Aber selbst mit dieser Secondhand-Erfahrung muss Ihnen doch klar sein, dass der Täter etwas damit sagen will, wenn er eine Leiche unter ein Surfbrett schnallt, aufs Wasser hinausschiebt und auch noch einen Hund draufsetzt.«

Kupernikus drehte das Weinglas und dachte nach. Das sanfte Licht der Kerze zauberte tatsächlich ein völlig anderes Licht in die helle Flüssigkeit als zuvor die Lichterkette. Bier funkelte nach seiner Meinung allerdings noch schöner, weil bernsteinfarbener.

»Sie haben recht«, begann er schließlich.

1. Die Leiche sollte gefunden werden.
2. Der Hund sollte dafür sorgen.
3. Hund und Leiche bilden eine Symbiose.

Annabelle Schäfer klatschte in die Hände. Ihre Wangen waren gerötet, ihre Augen glänzten, sie schien aufgeregt zu sein.

»Ganz genau, mein Lieber. Wer auch immer das getan hat, wollte schockieren. Und zwar nicht die Polizei, sondern die Leute auf dem Campingplatz. Und ohne den Hund hätte sich wohl kaum jemand die Mühe gemacht, zu dem Brett hinauszuschwimmen. Man hätte gewartet, bis es irgendwo an Land treibt. Haben Sie bei Ihrem Spaziergang mit Pinguin etwas herausgefunden?«

Kupernikus schüttelte den Kopf. »Nicht wirklich. Ich kenne nun den König des Campingplatzes, ein Mensch, der Hundekot in seiner Hosentasche transportiert. Ich freue mich schon, mit ihm eine Bratwurst zu essen. Außerdem habe ich dem Kommissar, dessen Namen ich hier nicht erwähnen darf, auf eine Stelle hingewiesen, an der mit einiger Wahrscheinlichkeit das Board zu Wasser gelassen wurde. Dort habe ich den brasilianischen Finnen Thiago kennengelernt, der hier auf dem Campingplatz Mädchen für alles ist. Des Weiteren hat mich eine Anwohnerin auf einen Anwohner hingewiesen, dessen Hund nicht mehr bellt. Ich habe dort geklingelt, aber niemanden angetroffen.«

»Aber Kupernikus, da haben Sie doch schon eine Menge herausgefunden«, sagte Annabelle beeindruckt. »Wie heißen die beiden?«

»Den Namen der Anwohnerin kenne ich nicht. Sie lebt mit einem geheimnisvollen Ralle in einem bunten Haus und ist mir gegenüber äußerst aggressiv aufgetreten. Sie hat karminrotes Haar.«

»Ach, die kenne ich. Die verkaufen selbst gezogenes Obst und Gemüse auf dem Wochenmarkt.«

»Echt? Mir wollte sie nicht einmal Johannisbeeren verkaufen.«

»Und der Anwohner mit dem Hund, der nicht mehr bellt?«

»Feldmann.«

»Hm, ich kenne nur einen Feldmann hier in der Gegend, und der ist Einsteins Hausmeister.«

»Wie bitte? Einstein benötigt noch einen Hausmeister?«

»Na ja, er nicht, aber sein Haus. Deshalb nenne ich Olaf Feldmann Einsteins Hausmeister. Sagen Sie bloß, Sie haben noch nie von dem berühmtesten Haus in Caputh gehört?«

»Ich weiß, dass Caputh der nächste Ort hier ist, aber von einem berühmten Haus weiß ich nichts.«

»Der große Einstein hat hier am Ufer des Sees ein Haus bauen lassen. Lang hat er nicht darin gelebt, aber man sagt, er habe hier die schönsten Jahre seines Lebens mit seiner Familie verbracht. Heute steht es Besuchern offen, und Olaf Feldmann ist der Hausmeister. Ich kenne ihn von meinen Besuchen dort, wusste aber nicht, dass er einen Hund hat.«

»Echt? Einstein hat hier gelebt? Das ist ja kaum zu glauben.«

»Er wusste diesen Ort eben zu schätzen. Es gibt sogar Bilder, auf denen zu sehen ist, wie er auf dem Schwielowsee segelt.«

»Das Haus würde ich mir gern anschauen«, sagte Kupernikus.

Annabelle klatschte abermals in die Hände. »Wunderbar, dann haben wir ein Date für morgen. Ich führe Sie mit Vergnügen durch das Einsteinhaus. Bestimmt können wir dann auch mit Olaf Feldmann sprechen. Meinen Sie denn, bei Pinguin könnte es sich um seinen Hund handeln?«

»Ich weiß nicht. Ich war ja zusammen mit Pinguin an dem Haus, aber sie hat in keinster Weise erkennen lassen, dass sie dort zu Hause sein könnte. Außerdem gibt es dort ein Schild, das vor einem bissigen Hund warnt. Ich will Pinguin ja nicht zu nahe treten, aber in ihrem Fall wäre so ein Schild doch sehr übertrieben.«

»Was Einbrecher nicht wissen können. Übrigens: In keiner Weise keinster.«

»Wie bitte?«

»Ihre Grammatik ist falsch. Sie haben ›in keinster Weise‹ gesagt. Das gibt es nicht. Ein kleines Beispiel: Wenn Einstein auf die Frage keine Antwort weiß, kann er sie in keiner Weise lösen. Nicht in keinster Weise.«

Kupernikus lächelte. »Das Belehrende ist mir heute in der Früh schon an Ihnen aufgefallen. Sagen Sie, Annabelle, Sie sind nicht zufällig Lehrerin?«

»Nein, nicht zufällig. Ich habe das studiert. Lehrer für Kunst und Mathematik. Natürlich kenne ich mich aber auch in meiner Muttersprache aus.«

»Arbeiten Sie noch in Ihrem Beruf?«

»Aber nein, schon seit einigen Jahren nicht mehr. Wie haben Sie es gegenüber dem Kommissar, dessen Namen wir nicht nennen dürfen, so schön gesagt: Ich bin Privatier.«

»Aber das Belehrende ist geblieben.«

»In Ausnahmefällen.«

»Und keinster ist so ein Ausnahmefall?«

»O ja! Es gibt Fehler, die tun mir körperlich weh, da bleibt mir nichts anderes übrig, als zu korrigieren. Entschuldigen Sie bitte, mein lieber Kupernikus.«

»Es gibt nichts zu entschuldigen, Teuerste. Ich lerne gerne hinzu.«

»Darf ich Sie ebenfalls nach Ihrem Beruf fragen? Sie sagten, Sie haben den Beruf des Tischlers gelernt?«

»Ja, aber ich habe nie wirklich darin gearbeitet. Meine Eltern wollten das unbedingt. Damals hatte Handwerk ja noch goldenen Boden. Ehe Ikea erfunden wurde.«

»Aber Sie wollten das nicht?«

»Nein, ich hatte einen anderen Traum.«

»Verraten Sie mir, welchen?«

Das wollte Kupernikus gerade tun, als er unten am Ufer hinter dem Flatterband in der Dunkelheit eine Bewegung bemerkte.

»Sehen Sie das auch?«, fragte er. »Da unten am Wasser, in der Nähe des Schilfs, hinter dem Absperrband, da ist doch jemand, oder?«

Annabelle sah hin. »Stimmt. Und ich glaube, er schaut zu uns herauf.«

Pinguin sprang auf und lief zu der Stelle vor, an der aus trockenem Gras Strand wurde. Ihre Nackenhaare stellten sich auf, und sie begann tief in der Kehle zu knurren.

»Ich bekomme eine Gänsehaut«, flüsterte Annabelle.

Kupernikus erhob sich und folgte dem Hund. Als er aus dem Lichtkreis der Kerze heraus war, konnte er besser sehen.

Tatsächlich. Im Schilf versteckte sich eine Gestalt.

»Hey, Sie!«, rief Kupernikus. »Das ist ein abgesperrter Tatort!«

Die Gestalt lief davon.

Pinguin nahm kläffend die Verfolgung auf, und Kupernikus rannte hinter beiden her.

»Seien Sie vorsichtig!«, rief Annabelle.

Im feinen Sandstrand wurde Kupernikus schnell langsamer, während Pinguin das Tempo hielt. Die dunkle Gestalt bückte sich unter dem Flatterband hindurch und erreichte den Uferweg, auf dem sie schneller flüchten konnte.

Kupernikus war klar, dass er sie nicht einholen würde. Er war kein guter Läufer mehr, diese Zeiten waren lange vorbei. Deshalb konzentrierte er sich aufs Beobachten. In der Dunkelheit war das schwierig genug, aber ein paar Details speicherte er dennoch ab: Der Flüchtende war mittelgroß und von kräftiger Statur. Er lief nicht so geschmeidig, wie es ein junger Mann tun würde, aber auch nicht so ungelenkig wie Kupernikus selbst. Und er trug dunkle Kleidung, mit der man nächtens nicht auffiel.

Was bedeutete das?

1. War es ihm darum gegangen, Annabelle und ihn zu beobachten?
2. Hatte das mit dem Toten zu tun?
3. Und wenn ja, woher wusste er, wer den Toten gefunden hatte?

Jetzt erreichte die Gestalt ein hüfthohes Tor, das den Durchgang in einem Maschendrahtzaun bildete. Pinguin hatte aufgeholt und war drauf und dran, dem Flüchtenden ein Stück Wade zu entnehmen. Doch die Gestalt stützte sich mit dem linken Arm auf dem Torpfosten ab und setzte mit einem gekonnten Schwung über das Tor. Für Pinguin war dort Schluss. Frustriert bellte sie in die Nacht.

SZENE 10

»Die Bürgerwehr«

AUSSEN. NACHT.

Campingplatz Himmelreich und der Ort Caputh.

»Auf keinen Fall lasse ich Sie allein durch die Dunkelheit nach Hause gehen!«

Was das anging, war Kupernikus nach diesem Vorfall kompromisslos. Annabelle schien sich keine Sorgen zu machen, er aber schon.

»Das ist wirklich lieb, aber nicht nötig. Ich kenne mich hier aus und …«

»Kommt überhaupt nicht infrage! Außerdem muss Pinguin sowieso noch Gassi gehen.«

Er schnappte sich die Wäscheleine und legte der Hündin die Schlaufe um den Hals. Als sei das ein gewohnter Vorgang für sie, hechelte sie ihn freudig an.

»Wir wären dann so weit.«

Annabelle fügte sich. Sie nahm die Jutenetze mit ihren Utensilien und trank den letzten Rest Wein aus ihrem Glas.

»Meinen Sie denn, jemand will uns Böses?«, fragte sie.

»Kann man nie wissen. Der Mann am Ufer ist nicht zufällig dort gewesen, er hat uns beobachtet. Vielleicht konnte er uns sogar hören. Wir dürfen nicht vergessen, dass sich aller Wahrscheinlichkeit ein Mörder hier herumtreibt.«

»Aber warum sollte der uns belauschen? Wir wissen doch gar nichts.«

»Das kann er wiederum nicht wissen. Vorsicht ist immer besser als im Rücken ein Messer.«

»Goethe?«, fragte Annabelle lachend.

»Nein, Kupernikus. Dichten liegt mir im Blut. Allerdings nur, wenn es um Alltagspoesie geht.«

Es war dreiundzwanzig Uhr vorbei und im Himmelreich Ruhe eingekehrt. Zwar saßen angesichts der milden Temperaturen noch viele Camper draußen, doch sie verhielten sich auffallend still. Überall leuchteten Kerzen, Girlanden oder Ballons, man sah die Lichter, aber kaum die Menschen. Niemand spielte laut Musik ab, nirgendwo erklangen Kinderstimmen, nur hin und wieder suchte sich leichtes Gemurmel einen Weg durch die Nacht.

Durch die Kronen der Kiefern hindurch konnten sie die Sterne funkeln sehen. Diese Tageszeit war Kupernikus am allerliebsten. Wenn die Menschen leise und unsichtbar wurden, dann ergriff ihn jedes Mal ein Gefühl von Freiheit und Romantik.

Plötzlich polterte es in der Dunkelheit hinter ihnen.

Sie drehten sich um. Pinguin zog den Schwanz ein.

Zwei ältere Herren kamen ihnen entgegen. Sie zogen Rollkoffer hinter sich her. Auffällig kleine, graue Rollkoffer. Da Pinguin nicht weitergehen wollte, ließen sie die Männer passieren, die sich angeregt leise unterhielten. Die grauen Kisten holperten über den unebenen Asphalt.

»Was ist das?«, fragte Annabelle verwundert.

»Sie kennen sich nicht aus mit den Gepflogenheiten auf Campingplätzen?«

»Nein, ich habe nie gecampt.«

»Diese Rollkisten gehören zum Toilettensystem der Wohnwagen und Wohnmobile.«

»Ich verstehe nicht …« Annabelle hielt inne und sah Kupernikus aus großen Augen an, als der Groschen fiel.

»Nein!«, stieß sie aus.

»Doch«, sagte Kupernikus nickend.

Annabelle sah den beiden Männern hinterher, die mit einer Selbstverständlichkeit Richtung Sanitäranlagen polterten, die nicht zum Inhalt ihrer kleinen Köfferchen passen wollte.

»Die sehen aus wie Piloten auf dem Weg zu ihrem Flieger«, sagte sie, und Kupernikus musste laut lachen.

»Haben Sie auch so ein Ding?«

»Nein, dafür ist mein Camper zu alt, das hat es damals noch nicht gegeben. Ich hätte eine Toilette einbauen können, habe mich aber aus ästhetischen Gründen dagegen entschieden. Bisher hatte ich noch nie Probleme, eine Toilette zu finden.«

»Sie glauben nicht, wie froh ich bin, das zu hören«, stieß Annabelle mit einem Seufzer aus. »Ich finde die Vorstellung absurd, dass mein Held des Tages seine … na ja, Sie wissen schon, spazieren fährt.«

Jetzt, wo Annabelle es so drastisch formulierte, fand Kupernikus es auch absurd.

Sie folgten den Herren Piloten und holten sie bald ein, da sich am Sanitärhäuschen eine Schlange von einem halben Dutzend Menschen gebildet hatte. Die Herren unterhielten sich angeregt, und wie sich aus den Satzfetzen entnehmen ließ, gab es nur ein Thema.

»… habe gehört, der Kopf fehlte …«

»… mindestens schon eine Woche im Wasser …«

»… ganz sicher ein Mord …«

»… der Täter hier auf dem Campingplatz …«

»… hab gehört, der Hund hat ihn totgebissen …«

Als Annabelle und Kupernikus mit Pinguin vorbeigingen, verstummten die Gespräche für einen Moment. Blicke durchbohrten sie, auch Pinguin. Nach dem Gespräch mit der jungen Aushilfsjournalistin war Kupernikus klar, dass jeder hier wusste, wer er und Annabelle waren und woher Pinguin stammte.

Annabelle grüßte freundlich.

Außer Hörweite der Versammlung lachte Annabelle auf. »Was ist aus dem guten alten Stammtisch geworden?«

Kupernikus zuckte mit den Schultern. »Ob in der Kneipe oder auf dem Klo, getratscht wird sowieso.«

Vorbei an der geschlossenen Rezeption verließen sie den Campingplatz, und es wurde dunkler. Bäume beugten sich über den schmalen Weg. Zwischen den Ästen zeichneten sich die Sterne deutlich am Nachthimmel ab. Auf der Bahnstrecke neben der Zufahrt fuhr ein Zug vorbei und übernahm für einen Moment die Herrschaft der Geräusche. Aus beleuchteten Waggons heraus schauten Gesichter zu ihnen herüber. Als der Zug vorbei war, bekam Pinguin etwas mehr Wäscheleine, um den Randstreifen der Straße einer genauen Untersuchung unterziehen zu können.

»Ich musste gerade daran denken, dass der Mörder vielleicht sogar in der Schlange von Männern stand«, sagte Annabelle. »Halten Sie das für möglich?«

Kupernikus zuckte mit den Schultern. »Nun, auch Mörder müssen. Und warum sollte der Täter nicht auf dem Campingplatz zu suchen sein?«

»Und das Opfer auch?«

»Möglich, aber das wirft Fragen auf.

1. *Warum wird die Person noch nicht vermisst?*
2. *Warum hat niemand Pinguin erkannt?*
3. *Warum erkennt Pinguin niemanden?«*

»Und viertens frage ich mich, warum die Polizei nicht längst jeden im Himmelreich befragt hat«, sagte Annabelle.

»Das kommt sicher noch. Ich nehme an, unser werter Herr Kommissar setzt darauf, dass die Leiche rasch identifiziert wird. Und das kann ich verstehen, weil es vieles einfacher machen würde.«

»Mein lieber Kupernikus, darf ich Sie fragen, warum Sie den Kommissar darauf hingewiesen haben, dass das Surfboard verkehrt herum im Wasser trieb?«

»Das weiß ich selbst noch nicht so genau«, antwortete Kupernikus wahrheitsgemäß. »Ich habe das Gefühl, dass es eine Bedeutung haben muss. Haben Sie je auf einem solchen Board gestanden, Annabelle?«

»Nein.«

»Wenn Sie sich damit auskennen würden, auf welcher Seite würden Sie einen Menschen festschnallen?«

»Hm.« Annabelle schien nachzudenken. »Ich weiß nicht. Sagen Sie es mir, mein lieber Kupernikus.«

»Wahrscheinlich automatisch auf der richtigen Seite, auf der man auch steht, wenn man das Board benutzt. Die meisten Verbrecher verraten sich durch Automatismen. Beispielsweise denkt kaum einer daran, die Hand zu wechseln, bevor er zusticht, dabei wäre es durchaus hilfreich, wenn ein Rechtshänder einen Linkshänder vortäuscht.«

»Das bedeutet, der Mörder kennt sich mit dieser Sportart aus?«, fragte Annabelle.

Kupernikus nickte. »Wäre ich der Kommissar, würde ich meinen Täter unter den Wassersportlern hier vor Ort suchen.«

»Und wenn der Täter es absichtlich so aussehen ließ, als kenne er sich damit aus, obwohl er nie auf einem Paddleboard gestanden hat?«, entgegnete Annabelle.

»Dann würde er sich dennoch damit auskennen, sonst würde er es nicht vortäuschen können. Ein Zufall käme natürlich noch infrage, und den will ich gar nicht ausschließen, aber ich habe mich gefragt, wie der Täter vorgegangen sein könnte. Er überwältigt das Opfer, schlägt es vielleicht bewusstlos. Dann trägt er es ans Ufer. Dort legt er das Board bereit und dann den Körper drauf, um ihn festzuschnallen. Da stellt sich die Frage, ob es sein Board ist oder es dem Opfer gehört. Jemand, der sich auskennt, würde das Board automatisch so hinlegen, dass er den Körper auf die richtige Seite, nämlich die Oberseite, schnallt und es dann im Wasser umdreht. Man muss bedenken, dass er gewiss unter großem Stress stand, und in einem solchen Zustand ruft man Automatismen ab. Selbst Mehrfachtäter tun das und begehen dadurch Fehler.«

»Herrje!«, rief Annabelle in die Nacht. »Mein lieber Kupernikus! Sie klingen wie ein richtiger Ermittler. Ich bin beeindruckt. Vorhin konnten Sie mir nicht von Ihrem beruflichen Traum erzählen, weil wir durch diesen Beobachter unterbrochen wurden. Waren Sie vielleicht ein Kommissar?«

Kupernikus lachte auf. »Ich wünschte, es wäre so, aber nein. Sagen wir es einmal so: In meinen Träumen war ich mein halbes Leben lang Sherlock Holmes.«

»Sie drücken sich sehr geheimnisvoll aus, mein Lieber. Und da ich von Natur aus eine neugierige Person bin, werde ich nicht lockerlassen. Nun verraten Sie schon Ihren Traum, von dem Sie vorhin erzählen wollten!«

»Ja, hallo! Ist das nicht die Frau Schäfer!«

Der überraschende Ruf kam von rechts aus der Dunkelheit. Der schmale Weg, der dort in das Waldstück hineinführte, konnte leicht übersehen werden. Straßenlaternen gab es hier nicht. Und zunächst war niemand zu sehen – bis sich nach und nach drei Männer aus der Dunkelheit schälten.

Zwei waren jung, nicht älter als fünfundzwanzig, der dritte vielleicht Mitte vierzig. Der Ältere ging in der Mitte, eingerahmt von den beiden kräftig wirkenden Jüngeren.

»Oh, Herr Decker, Sie haben mich erschreckt«, rief Annabelle.

Pinguin kläffte die Dreiergruppe an.

»Und den Hund auch«, schob sie vorwurfsvoll nach.

Decker beäugte Kupernikus mit argwöhnischem Blick. »Ich sehe, Sie sind in Begleitung unterwegs«, sagte er und trat einen Schritt vor. Seine Begleiter blieben hinter ihm.

»Sehr gut … auch wenn Sie das wahrscheinlich am allerwenigsten benötigen. Wie wir alle heute ja erfahren mussten, ist es hier nicht mehr sicher. Deswegen patrouillieren meine Jungs und ich, bis die Sache aufgeklärt ist.«

»Eine Art Bürgerwehr?«, fragte Kupernikus.

Decker fixierte ihn. »Nicht nur eine Art. Wir passen hier auf unsere Leute auf. Nicht wahr, Jungs?«

Als sei dies ein geheimes Kommando, zeigten die beiden Jungs die Prügel, die sie bisher hinter ihren breiten Rücken versteckt hatten. Kupernikus erkannte Holzpaddel, von denen man das Blatt abgesägt hatte. Der eine wollte den Knüppel cool wie ein Shaolin-Mönch um die Hand kreisen lassen, doch er fiel klappernd zu Boden. Selbst in der Dunkelheit war zu erkennen, wie seine Ohren ob dieser Peinlichkeit rot aufleuchteten.

»Herrje, das wird doch wohl nicht nötig sein«, sagte Annabelle.

»Und ob das nötig ist. Wer ist Ihr Begleiter?«

»Sherlock Holmes«, antwortete Annabelle ohne Zögern.

»Sehr lustig, Frau Schäfer, aber ich glaube, uns ist allen nicht nach Späßen zumute.«

»Und uns nicht nach einem Gespräch auf diesem Niveau«, schoss Annabelle zurück. »Bringen Sie Ihre Jungs besser ins Bett, nicht, dass sie sich noch selbst verletzen. Gute Nacht.«

Hocherhobenen Hauptes schritt Annabelle davon.

Kupernikus schenkte der Furcht einflößenden Bürgerwehr ein breites Lächeln und folgte ihr. »Wer war das?«

»Lothar Decker. Die beiden Jungs kenne ich nicht mit Namen. Decker ist der Chef des hiesigen Kanuclubs. Ich mag ihn nicht. Er gibt sich elitär und hasst die Leute vom Campingplatz. Ich habe gehört, er und der Besitzer des Platzes haben sich schon mal geprügelt. Wenn es nach Decker ginge, würde das alles hier ihm gehören. Dann würde er einen großen Zaun drum herum ziehen. Leider sitzt er im Gemeinderat und hat richtig was zu sagen. Er kandidiert sogar für das Amt des Bürgermeisters. Viele kuschen vor ihm, weil er Geld und Macht hat.«

»Das klingt doch nach einem sympathischen Menschen«, sagte Kupernikus.

»Vielleicht ist er unser Mörder!«, entfuhr es Annabelle. »Zuzutrauen ist es ihm.«

»Man muss vorsichtig sein mit solchen Verdächtigungen. Erste Regel für Ermittler: Finde Motiv und Gelegenheit. Wenn beides vorhanden ist, bleib am Ball.«

»Motiv und Gelegenheit«, wiederholte Annabelle. »Das merke ich mir. So, wir sind da.«

Sie hatten ein kleines, weißes Haus mit rotem Dach erreicht, von dem in der Dunkelheit nicht viel mehr als das zu erkennen war.

»Soll ich noch mit an die Tür kommen?«, fragte Kupernikus.

»Das ist lieb, aber nicht nötig. Ich wünsche Ihnen eine gute Nacht, lieber Kupernikus. Kommen Sie gut zurück zu Ihrem Wohnmobil.«

Sie lief die wenigen Schritte zum Hauseingang, schloss auf, winkte ihm einmal und verschwand. Drinnen ging das Licht an.

Kupernikus blieb nachdenklich am Zaun stehen und fragte sich, was Decker wohl gemeint hatte, als er sagte, Annabelle habe Schutz am allerwenigsten nötig.

»Na komm, Pinguin, es wird Zeit für die Koje«, sagte er schließlich.

Die Hundedame legte keinen Widerspruch ein.

KAPITEL 2

SZENE 1

»Die Unfall-Theorie«

AUSSEN. VORMITTAG.
Campingplatz Himmelreich.

Am nächsten Tag stand es in allen Zeitungen.

Leiche im Templiner See.

Toter treibt im Templiner See.

Ein Mord im Himmelreich?

Der *Caputher Anzeiger* stach besonders hervor, weil die Journalistin offenbar über eine gute Informationsquelle verfügte. Ein nicht näher genannter Zeuge wollte beobachtet haben, wie eine ortsansässige Frau von einem Hund angegriffen und schwer verletzt wurde. Ebendieser Hund könnte auch für den Tod der Person verantwortlich sein, die im Templiner See gefunden worden war.

Gebraucht hatte es die Gazetten nicht, die Nachricht von der Leiche hatte sich längst herumgesprochen. Und so trieben die wildesten Gerüchte die buntesten Blüten. Greta Zieseler, alteingesessen und stets an einer guten Geschichte interessiert, wollte gehört haben, dass der Hund den Kopf der Leiche im Maul gehabt hatte. Widersprüchliche Aussagen, dass der Hund dafür viel zu klein wäre, ließ sie nicht gelten, schließlich könne der Hund den Kopf ja auch am Ohr oder an den Haaren getragen haben.

Ein Touristenpärchen aus dem Hessischen, beide männlich, wussten, dass die Leiche von einem Außenbordmotor zerfleddert gewesen sei und zerkleinerte Reste noch im Wasser dümpelten. Jedem, der es hören wollte, aber auch solchen mit empfindlichen Mägen, erzählten sie fachkundig, dass sich so ein moderner 115-PS-4-Takt-16-V-Außenboarder mit zwei oben liegenden Nockenwellen und einer Umdrehungszahl von circa siebentausend Umdrehungen pro Minute durch Fleisch arbeitete wie ein heißes Messer durch Butter.

Der passionierte Angler Kurt Jahnke wollte einen Blutteppich auf dem See entdeckt haben, bei dem es sich dann aber wohl doch nur um Rotalgen handelte.

Natürlich brutzelte die Gerüchteküche auch allerlei Identitäten zusammen. Einmal handelte es sich bei der Leiche um den Pfarrer im Ruhestand, der seit einigen Tagen nicht gesehen worden war. Nicht alle wussten, dass er unlängst ins Pflegeheim nach Potsdam übergesiedelt war, weil er mittlerweile allzu häufig Jesus Namen vergaß, auch die der zwölf Apostel, und sich vom letzten Sturz auf den Stufen zum Altar nicht erholt hatte.

Ein andermal war sich jemand, der jemanden kannte, der am Strand dabei gewesen war, sicher, dass es sich bei der Leiche um den Rektor der Oberschule handelte, dem man schon Todesdrohungen an die Hauswand gesprayt hatte. Allerdings unterrichtete der weiter putzmunter Biologie.

Am entsetzlichsten war für die Menschen im und ums Himmelreich, dass bislang niemand festgenommen werden konnte. Es gab keinen Verdächtigen, keine Verdächtige, kein Verdächtiges. Der Mörder lief frei herum, und wenn man den Gerüchten Glauben schenken durfte, war er bereits auf der Suche nach seinem nächsten Opfer. Denn natürlich handelte es sich um einen Serienmörder. Für diese Annahme gab es einen triftigen Grund: Vor einem Jahr hatte man schon einmal eine Leiche im Schwielow gefunden. Damals war allerdings beobachtet worden, wie der ältere Herr im Wasser einen Infarkt bekam und unterging. Bis Hilfe vor Ort war, war die Leiche jedoch verschwunden und tauchte erst am nächsten Tag an der Aussichtsplattform Caputher Gemünde auf. Glasklare Sache bisher. Jetzt aber nicht mehr. Vielleicht war es ja kein Anfall gewesen, sondern jemand im Wasser hatte den Rentner heruntergezogen.

Die Menschen hatten Angst.

Viel mehr noch aber waren sie sensationslüstern.

Und so blieb der Strand nicht leer, sondern füllte sich sogar schneller als sonst. Allerdings sah man weniger SUPs auf dem Wasser, von denen es sonst nur so wimmelte. Motorboote fuhren so viele wie immer, die waren ja relativ sicher gegen einen Angriff aus den Untiefen des Sees, aber es sprangen keine knapp bekleideten Nixen von Bord ins Wasser.

Gegen zehn Uhr kam es am Strandbad Caputh zu einem polizeilichen Großeinsatz. Mehrere Fahrzeuge eilten mit Blaulicht und Sirene unter sich bedrohlich auftürmenden Kumuluswolken dorthin. Schnell machte die Nachricht die Runde, es wäre ein junges Mädchen verschwunden. Sie war mit ihrer Freundin zum Baden an den Strand gekommen, hatte sich zum Pipimachen in die Büsche geschlagen und war nicht zurückgekehrt. Da hatte ihre Freundin in Panik den Notruf gewählt.

Die Beamten fanden das Mädchen rasch.

Es war nackt, genauso wie ihr Freund, von dem die Freundin nichts wusste. Die Situation war beiden unangenehm. Den Polizisten auch. Aber für die Gerüchteküche gab es plötzlich einen potenziell Verdächtigen. Achtzehn Jahre alt. Tätowiert, kahlköpfig und mit auffälligen Muskeln ausgestattet. So einer! Hatte man es nicht schon immer gewusst! Dabei war er nur verliebt.

In dieser allgemeinen Aufregung beobachtete Kupernikus am Vormittag eine merkwürdige Szene.

Er war auf dem Rückweg von den Sanitäreinrichtungen des Campingplatzes. Nicht auf direktem Wege, sondern außen herum, damit Pinguin ein bisschen Bewegung bekam. An einer geschützten Stelle in der Nähe des Stegs, an dem mehrere Hausboote verankert waren, lag ein Mann in Badehose auf dem Rücken. Bei gutem Wetter an einem See kein ungewöhnliches Bild, und hätte der Mann auf einem Handtuch gelegen, Kupernikus hätte der Szene keine Aufmerksamkeit geschenkt.

Doch er lag auf einem SUP-Board.

Neben ihm trat Kommissar Fass in seinen gepflegten Lederschuhen von einem Fuß auf den anderen, die Arme vor der Brust verschränkt. Ein Dritter gab dem auf dem Board Liegenden Anweisungen.

Kupernikus blieb in einiger Entfernung stehen, schob den Schirm seiner Kappe hoch und sah verwundert zu. Dabei fiel ihm ein weiterer Zuschauer auf dem Dach eines Hausboots auf, der die Szene aufmerksam beobachtete. Braun gebrannt, trainiert, grau meliertes Haar, coole Sonnenbrille. Mit den Händen auf der Reling der Dachterrasse abgestützt, stand er reglos da.

Der dünne Mann in Badehose auf dem SUP-Board war gerade dabei, sich selbst mit Spanngurten an das Brett zu fesseln. Ein Gurt lag um seine Brust, der andere in Höhe des Nabels um den Bauch.

Der Mann neben Kommissar Fass schien Chef des Geschehens zu sein. Er trug eine kurze Jeanshose mit Fransen und ein weißes T-Shirt mit dem Logo des Campingplatzes darauf. Er hatte eine Glatze, die Haut war braun gebrannt.

Der Chef hatte ein Handy am Ohr, telefonierte und erteilte zugleich Anweisung, woraufhin der Liegende die Gurte straff zog.

»Nee, noch straffer!«, rief der Glatzköpfige, griff selbst zu und zog an den Gurten.

»Aua, das tut weh!«, protestierte der Gefesselte.

»Du stellst dich an wie ein kleines Mädchen. Los, versuch mal, aufzustehen.«

Der Gefesselte holte Schwung, um sich auf die Seite zu rollen. Das klappte nicht, weil die Ränder des Boards ihn stoppten.

»Na los, komm schon, gib alles!«, feuerte der Chef ihn an und redete wieder ins Telefon.

Kommissar Fass stand daneben. Er hatte jetzt die Arme hinter dem Rücken verschränkt, und seine Finger zuckten abwechselnd mit den Schultern. Aus dem Kragen seines Pullovers schauten zwei Kabel heraus.

Der Graumelierte auf dem Hausboot stützte sich weiterhin auf das Geländer seiner Dachterrasse und betrachtete das Geschehen mit Interesse, wenn auch vollkommen reglos.

Auf dem Boden kämpfte sich der Gefesselte ab. Ein ums andere Mal nahm er Schwung – und endlich klappte es. Plötzlich hockte er auf allen vieren, das Board auf dem Rücken. Er sah ein bisschen aus wie eine Schildkröte mit aerodynamisch geformtem Panzer. Er brauchte einen Moment, um sich zu erholen, schaffte es schließlich aber, aufzustehen.

Der Glatzköpfige freute sich. »Super, ey, und jetzt runter ans Wasser. Na los, hopp, hopp!«

Vornübergebeugt, damit das Board nicht über den Boden schabte, trabte der Gefesselte Richtung Ufer.

Kupernikus konnte sich nicht länger zurückhalten und ging die zwanzig Meter zum Steg hinunter.

»Guten Morgen, Herr Kommissar!«, rief er.

Aus Rücksicht auf Pinguin nannte er nicht den Namen.

Fass drehte sich erschrocken um. »Ach, der Herr Kupernikus. Und wie ich sehe, geht's dem Hund gut. Haben Sie schon jemanden getroffen, der sagen kann, wohin der gehört?«

»Bisher noch nicht, aber wir hatten ja kaum Zeit dafür. Sagen Sie, was tut dieser Mann da?«, erwiderte Kupernikus und deutete auf den Gefesselten, der gerade mit der Spitze des Boards im Gebüsch hängen geblieben war.

»Darf ich Ihnen Roger Gross vorstellen? Er ist der Inhaber des Campingplatzes«, stellte Fass den Glatzköpfigen vor, statt die Frage zu beantworten.

Sie schüttelten einander die Hand. Herr Gross war recht groß, machte einen zupackenden, sympathischen Eindruck und war von einer jugendlich charmanten Aura umgeben. Kupernikus schätzte ihn auf Mitte vierzig.

»Herr Gross demonstriert mir gerade, dass es sich um einen Unfall gehandelt haben könnte«, erklärte Fass.

»Ein Unfall!«, wiederholte Kupernikus ungläubig.

»Ja. Wie Sie sehen, hat mein Mitarbeiter sich selbst an das Board gefesselt«, übernahm Herr Gross die Erklärung. »Und es funktioniert. Der Tote ist am Wasser irgendwie ins Straucheln geraten und unglücklicherweise verkehrt herum hineingefallen.«

Gross' Blick wechselte von Fass zu Kupernikus auf der Suche nach Bestätigung seiner abenteuerlichen Theorie.

»Ich habe schon einige Paddler gesehen, die ihre Bretter auf diese Weise zum Wasser transportieren«, schob er nach.

»Er war schon tot, als er ins Straucheln geriet?«, fragte Kupernikus.

Fass warf ihm einen scharfen Blick zu.

Vom Ufer kam ein kurzer, abgehackter Schrei.

Der Mitarbeiter war bei dem Versuch, sich aus dem Gebüsch zu befreien, nun wirklich ins Straucheln geraten. Er stolperte voran, fiel ins Wasser und schaffte es nicht mehr, sich umzudrehen. Und zack, war er unter dem Board verschwunden.

»Sehen Sie«, freute sich Herr Gross. »Es funktioniert!«

»Sieh an«, pflichtete Kupernikus bei. »Und ich bin mir sicher, das mit dem Ertrinken auch.«

Fass und Gross sahen einander kurz an, sprinteten dann zum Ufer, unterstützt durch Pinguins aufgeregtes Kläffen. Beherzt packten sie zu, schafften es aber nicht, das Board im Wasser herumzudrehen. Sie mussten es erst seitlich ans Ufer ziehen, um es am festen Untergrund drehen zu können.

Der Mitarbeiter spie Wasser aus. Sein Chef entfernte die Spanngurte. Kupernikus konnte erkennen, wie tief sie sich ins Fleisch gedrückt hatten.

»Fast wäre ich ersoffen. So eine Scheißidee!«, stieß der Mitarbeiter aus.

Gross entschuldigte sich mehrmals bei ihm, und der Mitarbeiter verschwand schimpfend. An seinem Rücken klebte eine grüne Schlingpflanze.

»Ich will ja nicht kleinlich sein«, sagte Kupernikus. »Aber die Leiche war mit vier Spanngurten an dem Board befestigt, und wenn ich die Lage der Gurte richtig in Erinnerung habe, müsste einer davon über den Hals gespannt gewesen sein. Meinen Sie wirklich, jemand würde das freiwillig tun?«

»Man darf die Dummheit der Menschen nie unterschätzen«, sagte Herr Gross.

Den verbalen Quasi-Elfmeter mit der Dummheit ließ Kupernikus ungenutzt. Er wollte es sich nicht mit dem Herrn verderben.

»Realistisch ist das aber nicht, finde ich«, beharrte er. »Was sagen Sie denn dazu, Kommissar Fass?«

Pinguin knurrte.

Fass zuckte, räusperte sich und trat einen Schritt von ihr zurück.

»Nun ja … wir haben ja gerade gesehen, dass es durchaus möglich ist. Und der obere Spanngurt war nicht um den Hals des Opfers gespannt …«

»Na also. Sag ich doch«, freute sich Herr Gross. »Ich rufe gleich die Zeitung an und sage denen, es war ein Unfall.«

»Moooment!« Fass hob den Zeigefinger. »Wenn jemand diese Information an die Zeitung gibt, dann ich.«

»Aber dieses Gerede von einem Serienmörder schadet dem Geschäft«, entgegnete Herr Gross. »Und morgen haben wir das Herbstfest. Wer kommt denn da, wenn alle Angst vor Jack the Ripper haben?«

»Der Legende nach hat Jack the Ripper nur Prostituierte getötet«, sagte Kupernikus. »Soooo viele von denen hatten sicher nicht geplant, zum Herbstfest zu kommen, oder?«

»Ist das so?«, fragte Gross.

»Ich weiß nicht … Sie kennen Ihr Publikum sicher besser als ich«, erwiderte Kupernikus.

»Nein, ich meine mit Jack the Ripper.«

»Ach so. Ja, das ist so. Man nennt sie die kanonischen Fünf. Fünf Frauen, bei denen sich die Experten einig sind, dass sie …«

»Spielt das hier jetzt eine Rolle?«, unterbrach der Kommissar Kupernikus bei seinen Ausführungen. Was Kupernikus ein bisschen schade fand, weil er sich in dem Metier durchaus wohlfühlte.

»Kann ich den Gästen auf dem Platz wenigstens erzählen, dass es ein Unfall war?«, fragte Gross.

»Nein«, erwiderte Fass.

»Ob es tatsächlich ein Unfall war oder nicht, ließe sich doch besser beurteilen, wenn die Identität des Opfers feststünde, nicht wahr? Oder die Todesursache«, sagte Kupernikus. »Steht eines von beiden oder beides schon fest?«

Wieder dieser Blick von Fass. Kupernikus würde jede Wette eingehen, dass er bereits Himmel und Hölle und das Internet in Bewegung gesetzt hatte, um herauszufinden, woher er Kupernikus kannte. Mittlerweile dürfte er es wissen.

»Zur Todesursache darf ich nichts sagen«, sagte Fass. »Und das Opfer ist noch nicht identifiziert.«

»Keine Vermisstenmeldungen?«

»Nein … und bevor Sie weiterfragen, Herr Kupernikus: Ich bespreche keine Ermittlungsdetails mit einem Zivilisten. Auch wenn er in Krimis mitgespielt hat.«

Na also, der Kommissar war fündig geworden.

»Sie sind Schauspieler?« Herr Gross wurde hellhörig.

»Schon seit Jahren nicht mehr«, sagte Kupernikus.

»Seit gestern ist ein Drehteam hier auf dem Platz«, fuhr Herr Gross ungerührt fort. »Die drehen auf dem Herbstfest für die Doku Camperando. Vielleicht kennen Sie ein paar Kollegen!«

»Ich habe schon davon gehört, aber für HotSat habe ich nie gedreht.«

»Wo haben Sie mitgespielt?«, wollte Gross wissen. »Ich bin großer Filmfan. Bestimmt kenne ich den einen oder anderen Streifen.«

»Den Film vielleicht, aber mich nicht. Ich war auf Nebenrollen abonniert.«

»Nennen Sie mir einen Titel«, forderte Gross auf.

»Es waren bestimmt hundert Filme, da fällt mir gerade keiner ein.«

»Übrigens lebt ein Kollege von Ihnen auf dem Hausboot dort. Charles Rettinghaus. Kennen Sie den? Hat mal einen irren Killer gespielt. Richtig gut. Ist aber sonst ein netter Kerl. Macht hauptsächlich Synchron und so.«

Gross zeigte auf das Hausboot, auf dessen Dachterrasse Kupernikus der braun gebrannte Graumelierte aufgefallen war. Jetzt war er nicht mehr zu sehen.

»Nein, tut mir leid. Kenne ich nicht.«

»Na, dann mache ich Sie miteinander bekannt. Hier im Himmelreich sind wir alle eine große Familie.«

»Die meisten Morde werden innerhalb von Familien begangen«, sagte Kupernikus, ohne darüber nachzudenken – und bereute es sofort, als er Gross' erschrockenes Gesicht sah.

Fass räusperte sich. »Warum haben Sie gestern gelogen?«, fragte er Kupernikus.

»Ich habe gelogen?«

»Sie sagten, Sie seien Kürbiskernbauer in der Steiermark gewesen.«

»Ach ja, richtig. Das war eine Rolle, insofern nicht wirklich eine Lüge.«

»Das kann man so oder so sehen«, entgegnete Fass. »Fürs Erste sind wir hier fertig, aber ich komme sicher auf Sie zurück.«

Der Kommissar wandte sich ab.

»Gestern, am späten Abend, hat uns jemand aus dem Schilf heraus beobachtet und ist geflüchtet, als er entdeckt wurde«, sagte Kupernikus.

»Was? Warum melden Sie das nicht?«

»Tue ich doch gerade.«

»Und wer ist uns?«

»Frau Schäfer und mich. Wir haben vor meinem Camper zu Abend gegessen.«

»Und Sie sind sich sicher, dass diese Person Sie beobachtet hat?«, mischte sich Herr Gross ein. »Manchmal sind Angler am Ufer. Oder kopulierende Pärchen.«

»Er ist geflüchtet, als ich ihn angesprochen habe. Ohne Angel. Aber angezogen.«

»Wie hat er ausgesehen?«, fragte Fass.

»Nun, es war dunkel, und da er weggerannt ist, habe ich ihn naturgemäß nur von hinten gesehen. Mittelgroß, nicht allzu jung, aber sportlich.«

»Ach, das war bestimmt nur ein Schaulustiger, der wusste, dass Sie die Leiche aus dem Wasser gezogen haben«, wiegelte Gross ab.

»Vielleicht … vielleicht auch nicht. Jedenfalls hat Pinguin einen Mordsradau gemacht.«

»Wer ist Pinguin?«, fragten Fass und Gross unisono.

»Na, der Hund.«

»Aha.« Fass nickte langsam. »Sie meinen, er hat die Person erkannt?«

»Möglich. Und wenn es der Mörder war …«

»Wie wir doch gerade festgestellt haben, handelt es sich aller Wahrscheinlichkeit nach um einen Unfall«, ging Gross dazwischen.

»… und wenn es der Mörder war«, setzte Kupernikus neu an, »wäre es ja nur allzu verständlich, wenn der Hund ihm nicht wohlgesinnt ist.«

»Tja, wie auch immer, auf das Verhalten dieser Kröte werde ich meine Ermittlungen sicher nicht stützen.«

»Fakten sind natürlich belastbarer, das verstehe ich. Hat es denn Spuren an der Stelle im Schilf gegeben, die ich Ihnen gezeigt habe?«

Kommissar Fass legte den Kopf schief und dehnte die Nackenmuskulatur. »Über den Stand der Ermittlungen kann ich nichts sagen. Ich muss dann auch mal weiter, habe heute noch einen Termin bei der Rechtsmedizinerin.«

Fass verabschiedete sich mit einem Nicken und verschwand im Stechschritt.

Zurück blieben Kupernikus und der Inhaber des Campingplatzes, Roger Gross.

»Er scheint schlechte Laune zu haben«, sagte Kupernikus.

»Der kriegt sich schon wieder ein. Was hatte das gerade zu bedeuten? Mit der Stelle im Schilf?«, fragte Gross.

»Vielleicht habe ich zufällig die Stelle entdeckt, an der das Board mit der Leiche zu Wasser gelassen wurde«, erklärte Kupernikus.

»Und wo ist das?«

Kupernikus erklärte es ihm.

Roger schien erleichtert. »Das Gelände gehört nicht mehr zum Himmelreich. Ich fahre da jeden Morgen mit dem Board vorbei und habe gestern nichts Auffälliges bemerkt.«

»Du fährst jeden Morgen dort vorbei?«

»Die Himmelreichrunde, schon gehört?«

Kupernikus schüttelte den Kopf.

Roger streckte den Arm aus und zeigte gen Osten. »Von hier aus unter der Eisenbahnbrücke hindurch in den Petzinsee, dann durch den Wentorfgraben in den Schwielow und durchs

Caputher Gemünde wieder in den Templiner See und zurück ins Himmelreich.«

»Sieh an. Das klingt anspruchsvoll. Wie lange bist du da unterwegs?«

»Eine gute Stunde. Ich lasse mir aber Zeit, da ich es als Meditation und Sport zugleich begreife. Meiner Meinung nach gibt es nichts Schöneres und Entspannenderes, als morgens vor allen anderen diese Runde zu drehen. Das Wasser ist ruhig, die Menschen sind es auch noch, und bevor die Hektik des Tages losbricht, bin ich zurück. Ohne die Himmelreichrunde würde mir echt was fehlen. Komm doch mal mit, dann zeig ich es dir.«

»Danke, ich bin nicht so gut auf dem Board.«

»Kein Problem, das hab ich noch jedem beigebracht.«

Roger Gross hatte eine optimistische Grundeinstellung, das gefiel Kupernikus, zusagen mochte er aber dennoch nicht.

»Und du hast das Board mit dem Hund darauf nicht gesehen?«, fragte er.

»Nee, hab ich nicht, aber das ist auch kein Wunder, ich war schon um sechs auf dem Brett, und an der Stelle, die du beschrieben hast, bin ich gegen zehn nach sechs vorbeigepaddelt.«

»Sieh an«, sagte Kupernikus, der sich ein wenig über diese genaue Aussage wunderte.

»Wie gefällt's dir denn bei uns im Himmelreich?«, fragte Roger.

»Also, bis auf die Leiche super!«

»Ja, wir sind ein bisschen anders hier. Freier, lockerer, wie eine große Familie. Und welche Familie hat keine Leiche im Keller – oder im See?« Roger lachte sein dröhnendes Lachen. Ein bisschen zu laut vielleicht, aber offen und ehrlich.

»Stimmt, das kommt in den besten Familien vor«, pflichtete Kupernikus ihm bei und nahm sich vor, auch in diese Richtung zu ermitteln.

»Wer einmal hier war, ich meine, so richtig hier war, mit Herz und Seele, der kommt immer wieder«, sagte Roger. »Wir haben jede Menge Dauercamper. Wenn du einen Platz brauchst, lass es mich wissen.«

»Das ist sehr freundlich. Wie lange hast du den Campingplatz schon?«

»'ne gefühlte Ewigkeit. Mehr als zwanzig Jahre. Hätte ich auch nie gedacht, dass ich mal Platzwart werde. Früher hatte ich 'ne Computerfirma, richtig gut laufender Laden. War aber zu stressig. Hier im Himmelreich hab ich mein Glück gefunden.«

Rogers Handy klingelte, und er ging sofort ran.

»Nee, auf keinen Fall, das muss alles ins Kühlhaus … Was? … Nee, den Schlüssel hab ich noch … Warte, ich komme rauf …«

Er steckte das Handy weg. »Ich muss. Es läuft mal wieder nicht ohne mich. Wir sehen uns beim Herbstfest?«

»Bestimmt.«

Roger erklomm die Uferböschung und verschwand zwischen den Wohntrailern der Dauercamper.

Kupernikus sah ihm lange nach und merkte sich, dass es ein Kühlhaus gab und Roger den Schlüssel dafür hatte.

SZENE 2
»Tussy 2«

AUSSEN. MITTAGSZEIT.
Caputh und Einsteinhaus.

»Ja, spinnen die denn?«

Es war herrlich anzuschauen, wie Annabelle Schäfer sich echauffierte. Ihre Wangen röteten sich, und ihre Stimme erhob sich in den Sopran. »Das ist doch gefährlich! Und zudem noch dumm! So etwas kann wirklich nur Männern einfallen. Kindsköpfe!«

Kupernikus hatte ihr soeben von dem Vorfall am Ufer des Himmelreichs berichtet, bei dem der junge Mitarbeiter um ein Haar ertrunken wäre.

Wie verabredet, hatten Annabelle und er sich um Punkt vierzehn Uhr an der Einfahrt zum Campingplatz Himmelreich getroffen. Zusammen mit Pinguin waren sie nun unterwegs zum Einsteinhaus in Caputh. Das war ein Fußmarsch von gut einer Stunde bei drückend schwülem Wetter.

Annabelle war in ein luftiges gelbes Kleid mit aufgedruckten roten Blumen gekleidet, dazu bequeme Birkenstock-Sandalen, geeignet für einen längeren Fußmarsch. An den Fußknöcheln glitzerten mehrere silberne Kettchen. Einige Schmetterlinge hielten sie wohl für eine attraktive Wiese und umflatterten sie. Zu dem Kleid trug sie eine verspiegelte Piloten-Sonnenbrille, was nicht passte, sie aber extrem cool wirken ließ.

»Unser guter Kommissar war der Theorie nicht abgeneigt«,

sagte Kupernikus. Er selbst trug, was er immer trug. Jeans, Boots, weißes Shirt, Hosenträger. Die Weste hatte er wegen der hohen Temperatur weggelassen, dafür aber sein geliebtes Baseball-Cap mit dem weißen Schriftzug »Oldskull« aufgesetzt.

»Und Sie?«, fragte Annabelle.

»Ich halte es für Unfug. Warum Herr Gross darauf pocht, liegt auf der Hand. Er macht sich Sorgen um ausbleibende Gäste zum Herbstfest. Aber ich kann mir beim besten Willen nicht vorstellen, dass sich jemand ein schweres Board um den Hals bindet, um es zu transportieren.«

»Überdies kann ich mir nicht vorstellen, dass der Hund danebensteht und zuschaut und sich dann entscheidet, auf das Board zu springen.«

Kupernikus blieb stehen. »Annabelle, Sie sind genial.«

»Ach ja?«

»Ja! Pinguin ist wasserscheu, wie ich beim Spaziergang festgestellt habe. Sie wäre niemals freiwillig auf das Board gestiegen. Jemand muss sie draufgesetzt haben, und das dürfte für das Opfer schwierig gewesen sein, da es sich ja unter dem Board befand.«

»Also handelt es sich zweifelsfrei nicht um einen Unfall, und es gibt einen Täter. Wie aufregend! Rufen Sie Kommissar Fass an und sagen Sie es ihm!«

Pinguin knurrte.

»Ich denke, wir warten damit. Lassen Sie uns schauen, ob er bei dieser Unfall-Geschichte mitmacht. Sind Ihnen eigentlich die Zuckungen aufgefallen beim Herrn Kommissar?«

»Die sind nicht zu übersehen. Er scheint sehr angespannt zu sein. Mein erster Mann, der Horst, hat auch darunter gelitten, und der war wegen seiner Fabrik immer angespannt.«

Kupernikus wartete einen Moment, ehe er sich traute zu fragen. »Darf ich fragen, wie oft Sie verheiratet waren?«

»Dreimal. Aber niemals geschieden.«

»Oh, das tut mir leid.« Kupernikus musste an die Äußerung des Anführers der paddelbewehrten Bürgerwehr denken, wusste aber nicht, was er damit anfangen sollte. Und so, wie er es immer gehalten hatte, schwieg er lieber, anstatt die Stille mit Unausgegorenem zu unterbrechen.

»Muss es nicht, ich hatte schöne Zeiten mit meinen Ehemännern. Und darum geht es schließlich, nicht wahr? Dass wir alle sterben müssen, ist ja klar. Hunde sterben vor ihren Besitzern, Männer meist vor ihren Frauen, so ist der Lauf des Lebens.«

»Ihre unbekümmerte Art, mit diesen Schicksalsschlägen umzugehen, imponiert mir«, sagte Kupernikus.

»Ach, bekümmert hat es mich schon, bei jedem meiner Männer, aber die Leichtigkeit kehrt zurück, wenn man vor allem an die schönen Zeiten denkt. Wie ist es denn mit Ihnen, mein lieber Kupernikus, waren Sie je verheiratet?«

»Nein, war ich nicht. Daran ist mein Opa schuld.«

»Wie denn das?«

»Indem er mir ständig ein und denselben Witz erzählt hat, als ich mich als Heranwachsender für Frauen zu interessieren begann.«

»Jetzt bin ich gespannt!«

Kupernikus räusperte sich und versuchte, die vom übermäßigen Zigarrenkonsum rauchige Stimme seines Großvaters nachzuahmen.

»Herr Doktor, ich möchte ewig leben, was kann ich tun?

Ganz einfach. Heiraten Sie.

Und als verheirateter Mann werde ich ewig leben?

Nein, aber der Wunsch verschwindet.«

Annabelle sah ihn an, und Kupernikus befürchtete schon, sie brüskiert zu haben, aber dann platzte plötzlich das Lachen aus ihr heraus. Ein herzliches, ehrliches, schamloses Lachen war das, ansteckend und befreiend. Er konnte gar nicht anders, als mitzulachen.

»Ist zwar ein Altherrenwitz, aber Ihren Großvater hätte ich gemocht«, sagte Annabelle, nachdem sie sich wieder eingekriegt hatte.

»Er Sie sicher auch.«

»Ich habe eine Idee, die Botschaft betreffend, die hinter der Tat stecken könnte«, sagte Annabelle schließlich. »Sie ist mir heute früh unter der Dusche gekommen.«

»Ich bin ganz Ohr.«

»Die Motorbootfahrer und Segler hier auf den Seen sind genervt von den vielen Stand-up-Paddlern. An schönen Tagen ist das Wasser voll. Viel zu voll, wie viele meinen.«

»Sie glauben, jemand will die Paddler vergraulen?«

»Als Motiv für einen Mord reicht das wohl nicht, will ich meinen. Aber vielleicht hat es einen handfesten Streit zwischen einem Motorbootfahrer und einem Paddler gegeben.«

»Hm.« Kupernikus nickte langsam. »Ein Streit, der auf dem Wasser nicht zu Ende gebracht wurde und mindestens einen nachtragenden Teilnehmer hinterließ. Nicht von der Hand zu weisen. Menschen haben schon für weniger getötet.«

Im Schatten großer alter Laubbäume marschierten Kupernikus und Annabelle am Ufer des Templiner Sees entlang. Sobald das Blätterdach zurückwich, brannte die Sonne auf sie hernieder, und Kupernikus beobachtete mit Sorge die dunklen Wolkentürme am Horizont. Die Straße, die auf die Wentorf-Insel führte, war einspurig und befand sich in schlechtem Zustand. Sobald ihnen ein Auto begegnete, mussten sie auf den Randstreifen ausweichen. Nach einer Weile bogen sie links auf die Geltower Chaussee ein, die sie zur Fähre Caputh-Geltow führte.

»Ich verstehe nur nicht, warum niemand den Toten vermisst«, gab Kupernikus zu bedenken. »Wenn es ein Gast des Campingplatzes ist, müsste das längst aufgefallen sein, selbst wenn er allein unterwegs war.«

»Möglicherweise ein Tagestourist, der nur zum Paddeln hergekommen ist. Aus Potsdam – oder gar Berlin.«

»Dann könnte es in der Tat länger dauern, bis die Identität feststeht.«

»Mein lieber Kupernikus, ich weiß, ich bin viel zu neugierig, und es geht mich ja auch nichts an, aber seit gestern Abend frage ich mich, was Sie damit gemeint haben, dass Sie die Hälfte Ihres Lebens davon geträumt hätten, Sherlock Holmes zu sein. Verraten Sie mir, was dahintersteckt?«

»Ach, nichts weiter. Ich löse einfach gern Rätsel.«

»Sie können sich mir ruhig anvertrauen. Bei mir ist Ihr Geheimnis in besten Händen.«

»Na ja, es ist mir ein wenig unangenehm.«

»Ich werde Sie nicht bedrängen.«

Kupernikus schwieg die nächsten Schritte, weil er nicht wusste, wie er es anfangen sollte.

»Ach was. Ich bedränge Sie doch. Meine Neugierde ist viel zu groß. Immerhin sind wir auf dem Weg zum Einsteinhaus, weil Sie den Hausmeister vernehmen wollen. Jawohl, vernehmen, genau dieses Wort haben Sie gestern gebraucht. So spricht doch nur jemand, der bei der Polizei war, oder täusche ich mich?«

»Na ja … ich habe so getan, als wäre ich bei der Polizei.«

»Das müssen Sie erklären, lieber Kupernikus.«

»Ich habe dreißig Jahre lang als Schauspieler gearbeitet.«

»Sie sind Schauspieler?« Annabelle blieb stehen, schob die Sonnenbrille ins kurze Haar und sah ihn aus ihren großen grünen Augen überrascht an.

»Ich war es. Seit fünf Jahren bin ich Vagabund.«

»Wissen Sie, mein Lieber, ich bilde mir viel auf meine Menschenkenntnis ein, aber darauf wäre ich niemals gekommen. Sie machen, wenn ich das sagen darf, einen Beamteneindruck.«

Kupernikus lachte trocken. »Ich nehme das als Kompliment.«

»Leider habe ich mein Leben lang so gut wie kein Fernsehen geschaut«, sagte Annabelle. »Machen Sie sich also bitte nichts daraus, dass ich Sie nicht erkannt habe.«

»Selbst wenn Sie Fernsehen geschaut hätten, wäre es kaum anders gewesen. Es hat bei mir immer nur für Nebenrollen gereicht. Niemand merkt sich die Gesichter oder Namen der Nebenrollen.«

»Und da haben Sie häufig den Kommissar gespielt?«

»Nun … eigentlich nie.«

»Ach. Sie sagten doch gerade, Sie hätten so getan, als wären Sie bei der Polizei.«

Kupernikus war klar, dass er jetzt mit der ganzen Wahrheit herausmusste. Annabelle würde nicht lockerlassen.

»Mein großer Traum war es, Tatort-Kommissar zu werden. Sie kennen doch die Tatort-Reihe, oder?«

»Natürlich. Der Tatort hat einige Jahre mein Sexleben geprägt.«

Kupernikus musste schlucken. Annabelle schaffte es immer wieder, ihn aus der Fassung zu bringen.

»Mein zweiter Mann war Tatort-Fan«, erklärte sie. »Und jeden Sonntag nach dem Tatort hatten wir Sex. Mein zweiter Mann, Heinrich, war der Langweiligste von allen.«

»Ich … also … ähm.«

Ein Transporter mit Gasflaschen rumpelte vorbei und ersparte es Kupernikus, sich mit einer Antwort zu blamieren.

»Und Ihr großer Traum ist nie in Erfüllung gegangen?«, fragte Annabelle, als der Transporter mit seinem Lärm fortzog.

»Nein, leider nicht. Ich habe oft genug vorgesprochen und vorgespielt, aber die Entscheidungsträger bei den Sendern fanden mich nie präsent genug für eine Hauptrolle.«

»Ich finde Sie sehr präsent, mein lieber Kupernikus.«

»Vielen Dank.«

»Gerne. Immerhin sind Sie der Held des gestrigen Tages.«

»Klingt ein wenig abgehalftert.«

»Unfug. Heldentaten überdauern die Zeit. Für Pinguin auf jeden Fall. Sie wissen ja, wer ein Leben rettet, rettet eine ganze Welt. Das gilt für Hunde ebenso wie für Menschen.«

Sie erreichten den Fähranleger.

»Ach, die Tussy hat gerade abgelegt«, rief Annabelle.

»Bitte?«

»Tussy, die Fähre. Ganz genau heißt sie Tussy zwei, denn es gab auch eine erste Tussy. Aber die Wartezeit beträgt nur ein paar Minuten.«

Kupernikus war erstaunt. Als er von der Fähre gehört hatte, hatte er sich eine längere Fahrt über den See vorgestellt, doch die kleine Fähre überwand nur einen schmalen Kanal. An der rechten Seite des Fähranlegers gab es das Büdchen, ein kleiner Holzkiosk mit einer großen gepflegten Grünfläche drum herum. Links hatte man einen fantastischen Ausblick auf den Templiner See, am Ufer gab es einen Steg, an dem kleine Motorboote vertäut lagen. Es herrschte reger Betrieb, viele Fahrradfahrer waren unterwegs, und dennoch lag über allem eine angenehme Entspanntheit. Kupernikus fühlte sich in die Fünfzigerjahre zurückversetzt, wie er sie aus Filmen kannte. So richtig schön oldschool war das hier. Ein echtes Kleinod, wie er fand.

Annabelle erwies sich als hervorragende Fremdenführerin. Sie erklärte ihm, dass es sich bei der Tussy 2 – Tussy 1 lag als technisches Denkmal unweit am Straßenrand – um eine Seilfähre handelte, die schon seit 1853 die Ortsteile Caputh und Geltow miteinander verband. Bei dem Kanal handelte es sich streng genommen um die Havel, die hier Caputher Gemünde hieß. Die Havel floss durch den Templiner See in den Schwielowsee und dann weiter in den Großen Zernsee. Auf ihr konnte man bis nach Brandenburg an der Havel schippern. Die kleine Fähre mochte zwar putzig wirken, so, als gäbe es sie nur, um die Touristen zu belustigen, aber alle fünf Jahre, wenn sie zum

Schiffs-TÜV musste und für drei Wochen auf dem Trockendock lag, zeigte sich, wie wichtig sie war. Der Umweg über die Dörfer betrug nämlich zwanzig Kilometer.

»Selbst Rettungswagen im Einsatz warten lieber hier ein paar Minuten auf die Fähre, als außen herum zu fahren«, schloss Annabelle.

Nach kaum zehn Minuten kehrte die Fähre ans diesseitige Ufer zurück. Nachdem sie sich geleert hatte, durften Autos, Fahrradfahrer und Fußgänger in ebendieser Reihenfolge hinauf. Als sie an der Reihe waren, das Ticket zu bezahlen, wurden sie vom Fährmann herzlich begrüßt.

»Immer schön, dich zu sehen, Frau Schäfer«, sagte der Fährmann und nahm Kupernikus zwei Euro ab für zwei Personen für die Hin- und Rückfahrt.

An den Rampen gingen die Schranken hinunter, und der Kollege des Fährmanns setzte über.

»Was macht die Gesundheit?«, fragte der Fährmann.

»Wir sind hier im Himmelreich, wie könnte es einem nicht gut gehen«, antwortete Annabelle.

»Von dem Toten im See hätte ich wohl eine andere Antwort bekommen«, sagte der Fährmann trocken.

»Ist das nicht schrecklich?«

»Schon. Aber einen holt sich der Schwielow jedes Jahr.«

»Wie bitte?«

»Weißt du das denn nicht?«, sagte der Fährmann und senkte die Stimme ins Verschwörerische. »Jedes Jahr holt sich der Schwielow ein Opfer.«

»Ach, das sind doch Ammenmärchen. Außerdem ist er nicht im Schwielowsee getrieben, sondern im Templiner See.«

»Und woher weißt du das so genau?«

»Mein Begleiter hier hat ihn herausgezogen«, sagte Annabelle nicht ohne Stolz in der Stimme.

»Ach, du warst das. Der Kopf war aber noch dran, oder?«

»War er«, antwortete Kupernikus, obwohl er das ja gar nicht wusste.

Plötzlich blieb die Fähre mit einem Ruck stehen, obwohl sie gerade erst abgelegt hatte.

»Ja, sag mal, du Pfeife, wo kommst du denn her!«, schrie unvermittelt der Fährmann und beugte sich über die Reling. »Die Fähre hat immer Vorfahrt vor euch Hobbypaddlern. Ist das denn so schwer zu kapieren?«

Ein Stand-up-Paddler, der auf Knien auf seinem Board hockte, paddelte in aller Seelenruhe vor der Fähre entlang und schien sich nicht für den schimpfenden Fährmann zu interessieren. Vielleicht hörte er ihn auch gar nicht; in den Ohren steckten diese neumodischen weißen Kopfhörer.

Des Fährmanns Kollege betätigte die Hupe, ein richtiges Nebelhorn, und der Paddler fuhr erschrocken zusammen, zeigte der Fähre den Stinkefinger, wurde dann aber schneller.

»Ich könnte kotzen!«, meckerte der Fährmann. »Nur noch Knallköppe unterwegs heutzutage.«

Die Fähre setzte sich in Bewegung, und der Fährmann widmete sich erneut Kupernikus. »Kannst du die Leiche beschreiben?«

»Wie meinen?«

»Na, das Gesicht. Wie sah sie aus?«

»Der Körper lag unter einem SUP-Board im Wasser. Ich habe ihn nicht genau genug gesehen, um ihn beschreiben zu können«, sagte Kupernikus etwas ungehalten, der Sensationsneugier wollte er keinen Vorschub leisten.

»Warum fragst du?«, wollte Annabelle wissen. »Hast du einen Verdacht, wer es sein könnte?«

Der Fährmann nickte mit ernster Miene. »Kevin ist nicht zum Dienst erschienen. Deshalb hat Otto einspringen müssen.«

Kupernikus erfuhr, dass es sich bei Kevin um einen jungen Mann handelte, der dem Fährmann in der Hauptsaison zur Hand ging.

»Haben Sie das der Polizei schon gemeldet?«, fragte Annabelle.

»Nee, der ist ja auch erst seit fünf Stunden überfällig … und das erste Mal ist es auch nicht. Aber ich hab zigmal versucht, ihn zu erreichen, und der geht nicht dran. Da mach ich mir schon Gedanken, auch wegen der Leiche und dem ganzen Scheiß in den Zeitungen.«

»Kevin fehlt häufiger?«, fragte Kupernikus.

»Ah, Sie kennen den ja nicht. Schwere Kindheit, Jugendheim, Diebstähle. Keiner wollte den haben, aber der hat ein gutes Herz am rechten Fleck. Und zupacken kann der auch. Aber woher soll er's wissen, wenn ihm nie jemand Zuverlässigkeit vorgelebt hat.«

»Tu mir einen Gefallen«, sagte Annabelle. »Wenn Kevin sich in den nächsten zwei Stunden nicht meldet, sag's der Polizei.«

Die Überfahrt auf die Caputher Seite des Gemündes dauerte nur eine Minute. Als Fußgänger durften sie zuletzt von Bord. Sie verabschiedeten sich von dem Fährmann und passierten bald darauf das Restaurant Fährhaus Caputh.

»Was halten Sie davon, Annabelle?«

»Der Kevin ist ein lieber Kerl, gerät aber immer wieder auf die schiefe Bahn. Gut möglich, dass er mit jemandem in Streit geraten ist.«

Rechts von ihnen lag die kleine Eisdiele Piccolo Gelato. Vor der Tür warteten Touristen darauf, bedient zu werden. Eifriges Stimmengewirr lag in der Luft.

»Oh, ich hätte so gern ein Eis!«, rief Annabelle.

»Na dann, betrachten Sie sich als eingeladen.«

Sie reihten sich in die Schlange ein.

»… und am Strand soll es eine Blutspur gegeben haben«, sagte eine Frau mit Strohhut zu einer anderen Frau ohne Strohhut, aber mit Baseballkappe.

»Er wurde wohl am Strand aufgeschlitzt und dann ins Wasser gezogen.«

»Nein!«

»Doch.«

»Man ist sich seines Lebens wirklich nirgends mehr sicher.«

»Ich habe gehört, der Kopf der Leiche fehlt. Wahrscheinlich treibt er noch im See.«

»Nein!«

»Doch.«

»Um Gottes willen!«

Als die beiden Damen an der Reihe waren, bestellten sie Vanilleeis mit Erdbeersoße und zogen schleckend und tratschend davon.

Annabelle bevorzugte Pistazie, Vanille und Schokolade. Kupernikus, der selten Eis aß, machte es ihr nach.

Mit dem Eis in der Hand wanderten sie weiter.

»Heute gibt es nur ein Thema hier, wie es scheint«, sagte Kupernikus.

»Ja, und morgen ist es ein anderes. Und dann ist der See auch wieder voller Boards.«

»Was sagt uns das über die Menschen?«

»Dass die Natur uns mit der Kraft der Verdrängung ausgestattet hat. Zum Glück. Wie sollte man in dieser verrückten Welt sonst zurechtkommen … Aber um noch einmal auf Sie zurückzukommen, lieber Kupernikus. Habe ich das richtig verstanden? Sie haben sich dreißig Jahre lang auf eine Rolle im Tatort vorbereitet?«

»Nicht ganz dreißig Jahre, vielleicht fünfundzwanzig. Aber ja, ich habe beinahe alles dafür getan. Jede Menge Krimis gelesen und angeschaut, aber auch Fachbücher zur Ermittlungsarbeit und Spurensicherung. Ich habe echte Kommissare bei ihrer Arbeit begleitet, habe versucht, mir ihren Sprachduktus, ihre Mimik und Gestik anzueignen. Wahrscheinlich wollte ich es viel zu sehr und war beim Vorsprechen immer ein zu übertriebener Kommissar.«

»Oh, das würde ich gern einmal hören!«

»Besser nicht.«

»Ach bitte, mein lieber Kupernikus. Machen Sie mir den Kommissar!«

»Ich weiß nicht …«

»Ich bin sicher, Sie können das ganz wunderbar.«

Weil sie ihn so anstrahlte, konnte Kupernikus nicht widerstehen.

Er trat einen Schritt auf sie zu, drückte die Brust raus, machte ein ernstes Gesicht und senkte die Stimme.

»Frau Annabelle Schäfer, ich verhafte Sie wegen des dringenden Verdachts, den Unbekannten aus dem Schwielowsee getötet zu haben. Sie können von Ihrem Recht Gebrauch machen, die Aussage zu verweigern, aber alles, was Sie sagen, kann vor Gericht gegen Sie verwendet werden. Haben Sie Ihre Rechte verstanden, Frau Schäfer?«

Annabelle applaudierte.

Passanten wichen aus und warfen ihnen erschrockene Blicke zu.

»Wunderbar, ganz wunderbar, mein lieber Kupernikus. Sie können doch mein Kommissar sein und ich Ihre Gehilfin, was halten Sie davon? Wir ermitteln gemeinsam im Falle des geheimnisvollen Toten im Himmelreich und zeigen dem zuckenden Kommissar, wie man das macht. Kupernikus ermittelt. Klingt doch toll! Was meinen Sie?«

»Klingt toll … und eigentlich stecken wir ja schon mittendrin, in diesem Fall.«

SZENE 3

»Quentin Tarantino«

AUSSEN. MITTAGSZEIT.
Campingplatz Himmelreich. Der Biergarten.

»Was ist das?«, fragte Henriette Gross.

»Ein Slider«, antwortete Nils Grützner. Die Sonne brannte ihm in den Nacken, und die schwüle Luft umgab ihn wie Watte, in der er kaum atmen konnte.

»Und was macht ein Schleider?«

»Der ist für die Kamerafahrten da. Darauf fährt später die Kamera elektrisch hin und her … so ähnlich wie bei einer Modelleisenbahn die Loks auf den Schienen.«

Henriette, acht Jahre alt, schob die Unterlippe vor, und Nils meinte zu sehen, wie sie in ihrem Kopf die nächste Frage formulierte.

Der musste er zuvorkommen.

»Du, sei mir nicht böse, ich hab echt viel zu tun. Die Lichtmasten müssen noch aufgestellt werden, und ich bin ganz allein, weil mein Kollege nicht aufgetaucht ist.«

»Darf ich trotzdem zusehen?«, fragte das Mädchen. Sie schien sich nichts aus der drückenden Luft zu machen. Aber sie musste darin ja auch nicht arbeiten, trug außerdem nur einen Bikini, und ihr feuchtes Haar ließ darauf schließen, dass sie gerade aus dem Wasser kam. Sie roch sogar noch nach See, das machte Nils neidisch. Sein Körper flehte förmlich um ein kühlendes Bad.

»Nee, du, ich muss mich konzentrieren, das geht nicht.«

»Ich will aber …«

»Nein! Hau jetzt ab, Kleine!«

Henriette zog einen Flunsch und lief davon.

Nils atmete durch.

Die Arbeit, die er hier auf dem Campingplatz Himmelreich für HotSat erledigte, reichte mindestens für drei Personen, aus Kostengründen waren sie aber nur zu zweit. Er selbst und ein Kollege, der über einen Subunternehmer angestellt war. Veit soundso. Der war nicht aufgetaucht. Bisher hatte ihm niemand sagen können, wo Veit abgeblieben war, eine Handynummer hatte Nils nicht, also blieb ihm nichts anderes übrig, als sich selbst um alles zu kümmern.

Er war genervt. Und da hatte ihm eine neugierige aufdringliche Achtjährige gerade noch gefehlt.

Nils wischte sich den Schweiß von der Stirn, zog die letzten Schrauben an dem Slider fest und brachte ihn in Position.

»Da doch nicht!«, scholl es aus einiger Entfernung. Sein Produktionsleiter Emre Can. Der hieß zwar wie der Fußballspieler, hatte aber nichts mit dem zu tun und wahrscheinlich auch nie Fußball gespielt. Dieser Emre war stark übergewichtig, schwitzte ständig und hatte ein cholerisches Gemüt. Alle hier fürchteten seine Wutausbrüche.

»Hoch! Die müssen hoch!«, rief er und kam auf Nils zu. »Wir brauchen Bilder von oben. Saugeile Kamerafahrten über die tanzende Meute, von oben in den Ausschnitt, you know.«

Emre Can trug ungünstigerweise ein blaues Hemd. Blau war bei dieser Hitze für jeden ungünstig, aber wenn man so schwitzte wie der Produktionsleiter, war es ein No-Go. Die nassen Flecken unter den Achseln vereinigten sich mit denen von unter den Männerbrüsten zu einem neuen Kontinent, und gemeinsam waren sie drauf und dran, den Rücken zu erobern.

Nils spürte Wut in sich aufsteigen. »Ich weiß«, sagte er, um Ruhe bemüht. »Aber ich bekomme die Slider nicht allein da rauf.«

Emre Can baute sich vor ihm auf und stemmte die pummeligen Fäuste in die Seiten. »Wieso allein? Sie haben doch Kollegen.«

»Eben nicht. Mein Kollege ist nicht zur Arbeit erschienen.«

»Und warum nicht?«

»Was weiß denn ich?«

»It's a poor workman who blames his tools«, haute Emre Can eine seiner amerikanischen Redewendungen raus. Nils hatte keine Ahnung, was das bedeutete. Gerüchten zufolge war Emre Can mal ein paar Jahre als Regieassi in Hollywood gewesen und hatte dort als einer von zwanzig Assistenten mit Quentin Tarantino gearbeitet – oder ihm seinen Kaffee gebracht. Seitdem benahm er sich, als hätte er *Django Unchained* selbst gedreht.

»Wissen Sie, was ein Ami sagen würde, statt sich zu beklagen?«

»Nö, und ist mir auch scheißegal.«

»Fortune favours the bold … also legen Sie einen Schlag zu, damit das hier rechtzeitig fertig wird.«

Nils kam aus der Hocke und zog sich die Hose hoch, die an seinen Beinen klebte. »Ich bin mir ziemlich sicher, dass die Berufsgenossenschaft es aus arbeitsschutzrechtlichen Gründen nicht erlaubt …«

Emre Can unterbrach ihn mit drohend ausgestrecktem Zeigefinger. »Und genau deshalb plays the music in Hollywood und nicht in Deutschland.«

Nils beobachtete, wie sich von links die kleine Henriette mit ihrem Vater, dem Inhaber des Campingplatzes, näherte. Wie eine Petze zeigte sie mit dem Finger auf ihn. Der nächste Ärger drohte.

»Henriette sagt, Sie haben sie weggeschickt?«, fragte Herr Gross.

»Wie heißt der Kollege, der fehlt?«, wollte Emre Can wissen.

»Und sie angebrüllt?«

»Er war voll gemein zu mir«, petzte Henriette.

Nils schwirrte der Kopf. Er hielt den schweren Schraubenschlüssel noch in der Hand und dachte kurz daran, irgendjemanden damit zum Schweigen zu bringen. Normalerweise hatte er eine lange Lunte, die musste man beim Film auch haben, gerade bei HotSat, wo an allen Ecken und Enden gespart wurde, aber auch die längste Lunte hatte ein Ende. Nicht mehr lange, und der Funke sprang auf die Ladung über.

»Papa, ich will zugucken!«, quengelte Henriette.

»Die Dinger müssen da rauf, egal wie«, forderte der Produktionsleiter.

»Sie können meine Tochter nicht anschreien und wegschicken. Der Laden gehört mir.«

Nils konnte sein Gesicht selbst ja nicht sehen, spürte aber, dass es feuerrot sein musste. Und das kam nicht vom Sonnenbrand.

»Lasst. Mich. In. Ruhe. Arbeiten«, stieß er gepresst und abgehackt aus, um einen Wutanfall zu vermeiden.

Emre Cam tippte auf seine Armbanduhr. »Time is money. Das muss bis um drei alles fertig sein, damit wir die Probeaufnahmen noch schaffen. Am Abend gibt's Gewitter, then nothing works anymore.«

»Ist mir scheißegal. Ich geh jetzt schwimmen.«

Nils warf den Schraubenschlüssel beiseite und machte sich mit wütenden Schritten auf den Weg zum See.

Emre Can wackelte ihm nach. »Hey, you can't leave.«

Herr Gross und seine Tochter folgten.

»Das ist aber falsch«, sagte Henriette. »Es muss heißen, ›you can't just go‹. In der Schule bin ich die Beste in Englisch.«

»Schön, sehr schön … Hören Sie mal …«, rief Emre Can Nils nach.

Doch Nils wollte nichts mehr hören. Er schaltete auf Durchzug. Zum einen Ohr rein, zum anderen raus. Ihm war jetzt alles egal. Wenn er gebadet hatte, würde er wieder ansprechbar sein.

Als er nur noch zwanzig Meter bis zum Ufer hatte, zog er im Gehen sein verschwitztes Shirt aus und warf es achtlos in den Sand.

»Fehlt jemand?«, fragte Herr Gross den Produktionsleiter.

»Offensichtlich. Irgendein Veit.«

»Wann hätte er hier sein sollen?«

»Heute früh um acht.«

»Wann haben Sie ihn zuletzt gesehen?«

»Wieso zuletzt? Heute war Arbeitsbeginn. Er hätte heute hier auftauchen sollen.«

»Igitt, Papa, der zeigt seinen Popo!«, schrie Henriette dazwischen.

Nils hatte Schuhe und Socken ausgezogen, jetzt stieg er hüpfend aus seiner Hose und Unterhose und pfefferte beides ebenfalls in den Sand. Nackt, wie seine Mutter ihn geboren hatte, trat er ins Seewasser.

»Geh deine Hausaufgaben machen«, sagte Herr Gross zu seiner Tochter.

»Ich will aber …«

»Nein. Schluss jetzt. Abfahrt, sonst werde ich sauer!«

Henriette fuhr ab. Sehr langsam und widerwillig, aber immerhin.

Nils tauchte unter und genoss es, wie sich das Wasser kühl um seinen Körper schloss. Mindestens ebenso genoss er es, die Leute am Ufer nicht mehr quatschen hören zu müssen. Da er aber nicht trainiert war darin, die Luft anzuhalten, tauchte er schnell wieder auf und schluckte dabei einen Mundvoll Wasser hinunter.

Emre Can und der Gross standen noch da und sahen ihn an.

»Kennen Sie diesen Veit näher?«, rief Gross, aber Nils spie nur Wasser aus, statt zu antworten.

Emre Can wischte sich den Schweiß von der Stirn und ließ ihn zu Boden tropfen. »Sie denken an die Leiche, oder?«

Herr Gross nickte.

»Was für eine Leiche?«, wollte Nils wissen.

»Die gestern hier im See trieb. Haben Sie das nicht mitbekommen?«

»Ohne Kopf!«, rief Henriette von hinten.

Ihr Vater fuhr herum. »Du sollst verschwinden«, rief er laut, und das Kind verschwand eilig.

»Hier war eine Leiche im See. Ohne Kopf?«

Plötzlich fühlte sich das Wasser gar nicht mehr so gut an.

»Ja, schon, aber das mit dem Kopf stimmt so nicht.«

In Nils' Mundraum breitete sich ein bitterer Geschmack aus, und er spürte seinen Mageninhalt rebellieren. Jetzt wollte er nur noch eins: raus aus dem verdammten Wasser.

Nackt stolperte er zum Schilf hinüber, beugte sich vor und kämpfte gegen den Würgereflex an.

»Wann sind Ihre Mitarbeiter hier angekommen?«, hörte er Herrn Gross fragen.

»Die Pensionszimmer stehen eine Nacht vorher bereit, aber da dieser Veit nicht zur Crew gehört, müsste ich das mit dem Subunternehmer klären«, antwortete Emre Can.

»Tun Sie das. Und vielleicht sollten wir die Polizei über das Fehlen des Mannes informieren. Soweit ich weiß, ist die Identität der Leiche noch nicht geklärt. Kann ja sein, dass es dieser Veit ist.«

Nils verlor den Kampf und übergab sich ins Schilf.

SZENE 4

»Einsteins Himmelreich«

AUSSEN. INNEN. FRÜHER NACHMITTAG.
Das Einsteinhaus in Caputh.

Das Einsteinhaus lag erhöht am Waldrand.

Das von hohen Kiefern eingerahmte zweigeschossige, rot gestrichene Holzhaus mit weißen Fenstern und Fensterläden machte einen einladenden und gemütlichen Eindruck.

Kupernikus wunderte sich, wie schlicht und bescheiden es wirkte. Immerhin hatte hier eines der größten Genies gelebt und gearbeitet, ein Physiker von Weltrang, ein Popstar der Wissenschaft.

»Da sind wir«, sagte Annabelle. »Das bekannteste Haus von Caputh. Ich habe gehört, mehr als vierzig Nobelpreisträger seien im Laufe der Jahre hier gewesen, um sich inspirieren zu lassen. Und jetzt Sie, mein lieber Kupernikus.«

»Und jetzt ich. Wenngleich weniger zur Inspiration.«

»Ja, wie spannend, nicht wahr? Vielleicht sind wir die Ersten, die es für eine Ermittlung aufsuchen!«

»Aber wir sollten das zunächst für uns behalten«, warnte Kupernikus.

»Natürlich. Ich weiß, ich bin ein kleines Plappermaul, aber wenn es sein muss, kann ich verschwiegen sein wie ein Grab.« Annabelle presste die Lippen zusammen, um zu demonstrieren, wie ein Grab schwieg.

Sie betraten das Grundstück durch die Pforte eines Holzzauns und stiegen drei Stufen eines Pflasterwegs hinunter auf die Eingangstür zu, die bereits offen stand. Durch die Tür ging es auf einen schmalen Flur, der nach links in die Tiefe des Hauses führte. Geradeaus öffnete sich ein großer quadratischer Raum, der mit Tischen und Stühlen ausgestattet wie ein Konferenzraum wirkte.

Der schmale Flur war mit schwarzen und weißen Kacheln schachbrettartig gefliest, Wände und Decken mit dunklem Holz vertäfelt. Auf der rechten Seite stand eine Tür offen. Geräusche drangen heraus. Ein leises, sich wiederholendes Stöhnen, das sehr nach einer Art von Anstrengung klang, für die es zwei Personen und wenig Kleidung brauchte.

Abrupt blieben Annabelle und Kupernikus stehen und sahen einander an. Annabelle lächelte verschmitzt, und das kleine Blitzen in ihren Augen ließ erkennen, dass sie keineswegs so peinlich berührt war wie Kupernikus.

»Die Liebe ist ein Zeitvertreib, man nimmt dazu den Unterleib«, flüsterte sie. »Erich Kästner.«

Kupernikus wollte den Rückzug antreten, doch Annabelle rief: »Hallo, ist jemand hier?«

Die Geräusche wurden von einem lauten Räuspern abgelöst, dann sagte eine männliche Stimme recht unfreundlich:

»Ick bin uff'm Jebiet.«

Annabelle zuckte mit den Schultern und ging drei Schritte vor bis an die offene Tür. Kupernikus folgte ihr.

Das kleine Bad war ebenfalls mit den schwarz-weißen Fliesen ausgelegt. Unter einem Fenster in Form eines Bullauges reichte eine alte Badewanne mit Löwenfüßen von Wand zu Wand. Über ein viereckiges Waschbecken neuerer Bauart beugte sich ein älterer Herr. Neben ihm offenbarte ein geöffneter Werkzeugkasten den Inhalt eines Profis – inklusive eines stählernen Flachmanns.

»Herr Feldmann!«, flötete Annabelle. »Fleißig wie immer!«

Der Mann drehte sich um. Er mochte an die siebzig Jahre alt sein, hatte schütteres graues Haar, ein schmales Gesicht mit tief eingegrabenen Falten und hellblaue Augen. Seine Nase signalisierte regelmäßigen Alkoholkonsum. Er trug eine blaue Arbeitshose und ein weiß-blau kariertes Hemd.

»Och, Frau Schäfer, Sie sind dit«, sagte er überrascht. Seine Stimme war tief und sonor. »Wat für ’ne Überraschung. Die Dichtung muss jewechselt werden, aber die Verschraubung is’ total verkalkt und lässt sich kaum lösen.«

»Brauchen Sie vielleicht Hilfe?«, bot Kupernikus an.

»Nee, hab’s schon. Wat wolltn ihr denn?«

»Darf ich Ihnen meinen Begleiter vorstellen. Björn Kupernikus. Er ist zu Gast im Himmelreich.«

Kupernikus schüttelte Feldmann die Hand. Für einen älteren Herrn hatte er einen erstaunlich kräftigen Händedruck. Seine Hände waren rau wie die eines Handwerkers, sein Atem roch nach Schnaps.

»Kopernikus?«, wiederholte Feldmann. »Wie der Wissenschaftler, wa? Dann passen Sie ja jut in det Haus.«

»Nicht ganz. Mit einem U statt einem O hinter dem ersten K. Hinter dem zweiten passt es aber wieder wunderbar.«

»Na ditte«, sagte Feldmann und wischte sich den Schweiß mit dem Unterarm ab. »Aber heute finden keene Jesteführungen statt.«

»Ach, das wusste ich gar nicht.« Annabelle klang enttäuscht. »Da haben wir den ganzen Weg vom Himmelreich hier hinauf umsonst gemacht?«

»Ihr seid bei die Hitze zu Fuß jeloofen?«

»Sind wir.«

Feldmann entdeckte Pinguin, und seine Augen weiteten sich.

»Oh, Sie ham jetzt ’nen Hund?«

»Ich denke, er gehört eher dem lieben Kupernikus.«

Kupernikus befürchtete, dass Annabelle mit der Tür ins Haus fallen und den Hausmeister nach seinem Hund fragen würde, weshalb er rasch von dem Thema ablenkte. »Vielleicht können wir uns dennoch umschauen? Dafür wäre ich wirklich dankbar.«

Feldmanns mürrischer Blick wechselte von Kupernikus zu Annabelle über den Hund und blieb dann an dem Wasserhahn hängen, den er bereits abgeschraubt hatte.

»Kuckt euch im Jarten um«, schlug er vor. »Ick bin in ein paar Minuten hier feddich, dann kann ick euch det Haus zeijen.«

»Ach, das ist aber lieb von dir. Danke schön. Kommen Sie, Kupernikus.«

Durch den Konferenzraum, der mit einem großen Kamin ausgestattet war, führte eine Tür auf eine hölzerne Terrasse hinaus. Kupernikus hielt sie für Annabelle auf, und sie traten hinaus. Sofort hüllte die Hitze sie wieder ein.

»Ein fantastischer Blick, nicht wahr?«, sagte Annabelle.

Da das Grundstück erhöht lag, bot der abschüssige Garten Ausblick auf den Ort Caputh, seine Hausdächer und Bäume und Gebäude. Und auf die immer dunkler werdenden Wolkentürme am Horizont.

»Früher, als Einstein das Haus bauen ließ, soll man von hier den See gesehen haben«, erklärte Annabelle. »Aber jetzt ist alles zugebaut und der Bewuchs zu hoch. Schade.«

Sie gingen die Stufen zum Garten hinunter. Das Gras war vertrocknet und gelbbraun. Auch die wohl neu angepflanzten Obstbäume wirkten nicht besonders frisch. Hier schien sich niemand für Gartenarbeit begeistern zu können.

»Herr Feldmann macht einen recht mürrischen Eindruck«, sagte Kupernikus, als sie außer Hörweite waren. »Sind Sie sicher, dass wir ihn nicht stören?«

»Ach was, er ist halt ein Berliner Original. Die sind so, haben jedoch das Herz am rechten Fleck. Man muss ihn nur erst kennenlernen.«

»Wussten Sie, dass heute keine Führungen stattfinden, Herr Feldmann aber hier sein würde?«

»Nein, aber ich habe es gehofft«, sagte Annabelle und lächelte verschmitzt. »Darf ich Herrn Feldmann eigentlich verraten, dass wir ermitteln? Das ist ja soooo spannend.«

Kupernikus schüttelte den Kopf. »Besser nicht. Manche Leute reagieren dann mit Verschlossenheit.«

»Aber doch nur die, die etwas zu verbergen haben, nicht wahr?«

»Nein, nicht nur. Nicht jeder lässt sich gern aushorchen.«

»Halten Sie Herrn Feldmann für den Täter?«

»Ich hatte gehofft, dass Pinguin sein Hund sein könnte, weil doch die Nachbarin mit dem roten Haar gesagt hat, der Hund belle nicht mehr. Und, na ja, Herr Feldmann lebt in der Nähe der Stelle, an der mutmaßlich das Mordboard zu Wasser gelassen wurde. Aber Pinguin hat nicht auf Herrn Feldmann reagiert und umgekehrt auch nicht. Das können wir wohl ausschließen.«

»Ach, das ist aber schade«, sagte Annabelle mit aufrichtiger Enttäuschung in der Stimme. »Dabei habe ich mich so auf die Vernehmung gefreut.«

»Wir können uns ja trotzdem mit Herrn Feldmann unterhalten und …«

»So, ick bin feddich!«, erklang es in ihren Rücken, und der Hausmeister kam auf sie zu. Pinguin betrachtete ihn eher gelangweilt, was auch an der Hitze liegen mochte, die selbst dem kleinsten Hund zusetzte.

»Wat wollt ihr über det Haus wissen?«, fragte Feldmann, während er sich mit einem Putzlappen die Hände abwischte.

Auf die Frage war Kupernikus nicht vorbereitet. »Nun ja … wurde Einstein hier geboren?«

»Nee, er stammte nich' aus Caputh. Der ist 1930 hierherjezogen, da war er schon längst Nobelpreisträger. Die Sache mit dem Haus war damals ein richtiges Politikum, kann ick euch sagen.«

»Ach.«

Feldmann nickte. »Wie sie so sind, die Herren Politiker. Großzügig zu Prominenten und unjerecht zum kleenen Mann. Daran hat sich nichts jeändert, seit Einstein hier lebte. Wussten Se, dat der Berliner Obaboss ihm hier am See ein Haus schenken wollte?«

»Nein, das wusste ich nicht«, antwortete Annabelle.

Feldmann wischte sich mit dem Putzlappen über die Stirn und steckte es in die Hosentasche. »Die waren so versessen uff den Nobelpreisträger, dat se, als se keene passende Hütte fanden, sogar in Erwägung zogen, rechtschaffene Mieter aus ihrem Zuhause zu werfen, damit der bekannte Professor eenziehen kann. Aber da hat der Einstein nich' mitjemacht. Der war nämlich von einem anderen Schlach.«

»Tatsächlich«, sagte Kupernikus.

Feldmann nickte. Das tat er sowieso andauernd, um seine Worte zu untermalen. »Einstein hat das Jeschenk abjelehnt und ditt Haus hier auf egene Kosten bauen lassen. Sechzigtausend Reichsmark. Der hat diesen Polletikafuzzis den Stinkefinger jezeigt. Weil er wusste, wat er von denen zu halten hatte. Is' ja heute nicht anders. Oder kümmern die in Beelin sich darum, dat wir hier 'ne bezahlbare Bleibe haben? Nüscht da. Die hocken doch mit diesen Immobilienhaien in ihren schicken Nobelrestaurants zusammen, soofen Champagner und lachen sich japutt über uns in Caputh.«

»Wann wurde das Haus erbaut?«, fragte Kupernikus.

»1929. Und man sacht, es war Einsteins Lieblingsplatz. Leida nich' lang. 1933 siedelte er wegen de Nazis nach Amiland über, und da war det Glück auch schon wieda rum. Er war ja sowieso en ausjemachter Vagabund, aber hier in Caputh hat er sich richtig wohljefühlt. Kennen Sie das Jedicht, dat er an seenen Sohn jechrieben hat?«

Kupernikus schüttelte den Kopf und beobachtete, wie Pinguin Feldmanns Bein intensiv beschnüffelte. Feldmann schien das nicht zu bemerken.

»Sei ein gutet faules Tier, streck alle viere weit von dir. Komm nach Caputh, pfeif auf die Welt, und auf Papa, wenn dir's jefällt«, rezitierte der Hausmeister.

»Sehr schön«, sagte Annabelle. »Das kannte ich auch noch nicht.«

»Wenn'r wollt, zeig ick euch kurz det Haus«, bot Feldmann an. »Aber viel Zeet hab ick nich'.«

Sie gingen hinein. Er zeigte ihnen die kleine Küche, das Arbeitszimmer Einsteins mit Blick über den Ort, sein Schlafzimmer und in der oberen Etage das Schlafzimmer seiner Frau sowie eine Kammer für die Hausangestellte und eine Gästetoilette.

Alles war mit Holz vertäfelt, und im Obergeschoss gab es ausschließlich Holzfußböden. Schließlich gelangten sie auf eine siebzig Quadratmeter große Terrasse, die noch einmal einen besseren Ausblick bot.

Sie gingen bis an die Westseite vor, stützten sich auf die Holzbalustrade und schauten in die Ferne.

»Det war eijentlich nur als Sommahaus jedacht, wa, aber Einstein blieb hier och übern Winter«, erklärte Feldmann.

Obwohl Kupernikus das alles sehr interessant fand, suchte er nach einer Möglichkeit, Feldmann private Fragen zu stellen. Leider bot sich kein eleganter Übergang, also musste er es anders versuchen.

»Leben Sie in Caputh?«, fragte er.

Feldmann nickte. »Meene Eltern hatten hier ein Sommerquartier. Deshalb kann ick mich jlücklich schätzen, een Grundstück am See mein Eigen zu nennen. Heute könnse ditt jar nicht mehr bezahlen.«

»Das klingt toll.«

»Na ja … is' nich' mehr wie früha. Die janzen Touristen, der Trubel, der Lärm, vor allem der Verkehr, wa. Und die Reichen aus der Stadt übernehmen mehr und mehr die Häuser. Nich' mehr lang, und Se finden hier keenen normalen Menschen mehr, mit dem Se reden können.«

»Ach, so schlimm wird es schon nicht kommen«, sagte Annabelle.

»Nich'?« Feldmann sah sie an. »Wie ich jehört hab, musst du auch bald raus, oder? Weil irgendein reicher Fuzzi dat Haus übernommen hat.«

Annabelle nickte. »Ja, das stimmt leider.«

»Komm zu mir«, bot Feldmann an. »Seit meene Frau tot is', hab ick jede Menge Platz in meinem Haus. Jetzt ist och noch mein Hund wech, da wird es langsam einsam.«

»Oh, das klingt nicht gut«, hakte Kupernikus ein. »Was ist mit Ihrem Hund?«

Feldmann zuckte mit den Schultern. »Krebs. Musste ihn einschläfern lassen. War besser so.«

»Großer Gott, Herr Feldmann, das tut mir furchtbar leid«, sagte Annabelle.

»Ach, wat soll's, so is' ditte mit den Hunden. Weeß man ja vorher. Ihrer hat aber och 'n bisschen viel of den Hüften, wat? Iss nicht jesund.«

Kupernikus warf Pinguin einen erstaunten Blick zu. War sie zu dick? Er fand nicht. Aber er fand sich selbst ja auch nicht zu dick. Also, schon dick, aber normal.

»Ich habe ihn erst seit gestern, und er wird wohl auch nicht bei mir bleiben können«, sagte er.

»Warum ditte?«

»Haben Sie von der Leiche im See gehört?«, fragte Annabelle.

»Klar. Wer nich'. Ach so. Dat ist der Hund von dem Supp?«

Er sprach es wie Suppe ohne e aus.

Annabelle nickte. »Der grässliche Kommissar wollte sie ins Tierheim stecken, da haben wir uns bereit erklärt, sie vorübergehend zu uns zu nehmen.«

Feldmann ging in die Hocke und streichelte Pinguin.

»Na, dann passt mal jut oof, dat der Mörder ihn sich nicht och noch holt. Ist ja schließlich 'n Zeuge.«

SZENE 5

»Der Tote aus dem See«

INNEN. NACHMITTAG.
Gerichtsmedizin.

»Nicht!«, rief er und zuckte zusammen. »Das ist immer noch zu stark.«

Kommissar Edgar Fass stand kerzengerade da, den blauen Kaschmirpullover über den Kopf gezogen, der Rücken entblößt.

»Weichei«, sagte die Stimme hinter ihm. »Und jetzt?«

Der nächste Stromstoß ließ sich besser ertragen. »Ich denke, das geht.«

»Meiner Meinung nach ist es aber zu schwach. Du willst doch eine Verbesserung erreichen, oder nicht?«

»Ja, schon, aber ich kann nicht den ganzen Tag zuckend durch die Gegend laufen. Die Leute gucken schon komisch.«

»Musst du selbst wissen. Mir wäre es ja egal, wie die Leute gucken, Hauptsache, ich fühle mich besser.«

Dr. Sabrina Petrich steckte das kleine Gerät zurück in die Gesäßtasche des Kommissars. Es war durch zwei dünne Kabel mit zwei Sensoren verbunden, die in Höhe des sechsten Halswirbels auf der Nackenmuskulatur klebten. Dort sendeten sie in regelmäßigen Abständen kleine Stromstöße in seine dauerhaft verhärtete Muskulatur.

Fass hatte schon alles ausprobiert, um die Anspannung in dem Bereich loszuwerden, jedoch ohne Erfolg. Sabrina Petrich, die Rechtsmedizinerin, hatte ihm diese Therapie empfohlen.

Ob sie wirklich half, musste sich erst noch herausstellen. Aber er würde alles versuchen, um die dauerhaften Kopfschmerzen loszuwerden.

»So, fertig«, sagte Sabrina, nachdem sie die Sensoren neu platziert hatte, und Fass ließ den Pullover herunter.

»Schon mal über die Ursachen deiner Verspannungen nachgedacht?«, fragte sie und ging voraus.

Sie trug noch die Kleidung aus dem Kampfsporttraining. Eine rote Hose, ein weißes Trägershirt, dazu einen braunen Gürtel um die Taille. Da sie barfuß war, patschten ihre nackten Füße auf das gewienerte Linoleum im Keller des Krankenhauses. Ihr langes schwarzes Haar hatte sie zu einem Pferdeschwanz gebunden, der von einer Seite zur anderen schwang, während sie vor ihm herlief. Sie hatte einen tollen Hüftschwung, fand Fass. Überhaupt fand er sie sehr attraktiv, trotz oder wohl gerade wegen ihrer ausgeprägten Muskulatur. Bizeps und Trizeps zeichneten sich deutlich unter der straffen Haut ab, zudem waren ihre Schultern äußerst athletisch. Sie war so alt wie er, achtunddreißig, aber viel besser in Form.

»Jeden Tag«, antwortete Fass. »Und manchmal denke ich, ich bin im falschen Job. Aber aufhören ist keine Lösung. Und jetzt habe ich auch noch diese Leiche an der Backe. Ich hasse Leichen in kleinen Orten. Da stecken meistens Abgründe dahinter.«

»Ich nicht«, sagte Sabrina Petrich. »Der Tod ist der einzige Zustand, in dem Menschen nicht mehr lügen.«

Sie zog ihre Berechtigungskarte durch den Scanner, der gab einen Piepton von sich, und die schwere Flügeltür öffnete sich. Sie betraten das Reich der Rechtsmedizin, das im Keller des alten Gebäudes direkt an der Havel lag. Die Kacheln an den Wänden waren uringelb, und es roch nach Putzmitteln und Chlor. Eine Mischung, die Fass den Magen umdrehte.

Sabrina Petrich sah ihn an. »Vielleicht brauchst du einfach nur eine Frau.«

Sie hatte sehr dunkle und schmale Augen und einen festen Blick, der Fass durch und durch ging. Er spürte, dass er rot wurde unter diesem Blick. Natürlich trugen ihre direkten Worte auch dazu bei. Vor allem, weil er sie toll fand.

»Ich denke, es liegt am Druck«, wich er aus.

»Sag ich doch«, erwiderte sie. »Der Druck muss weg.«

Sie klatschte in die Hände, und das Geräusch wurde von den gekachelten Wänden zurückgeworfen.

»So, wo sind denn all meine lieben Leichen?«

Fass verzog das Gesicht. Vor der Obduktion der Wasserleiche aus dem Himmelreich hatte er sich gedrückt, aber Sabrina hatte ihn vor drei Stunden angerufen, um ihn persönlich auf ein paar Dinge hinzuweisen – und seinen Elektroschocker neu zu justieren.

Streng genommen war sie bereits im Feierabend, hatte sich aber bereit erklärt, nach ihrem Training noch einmal ins Institut zurückzukehren. Also folgte er ihr in den Obduktionsraum. Die Kälte darin setzte ihm zu. Er mochte es lieber warm und kuschelig. Hier war alles hart und glatt und glänzend und abweisend.

»An der Todesursache hat sich nichts geändert, oder?«

»Nee. Ertrunken ist ertrunken. Aber wie schon am Telefon gesagt, hatte der Mann eine erhebliche Menge Alkohol im Blut.«

»Was schätzt du, wie viel er getrunken hat?«

»Eine halbe Flasche Wodka bestimmt.«

»Oha! Nicht von schlechten Eltern. Dann kann es doch ein Unfall gewesen sein?«

Sabrina Petrich wog den Kopf von einer Seite auf die andere.

»Ich weiß nicht so recht …«

Sie hatte schöne volle Lippen und kleine Grübchen in den Mundwinkeln. Fass mochte ihr kantiges Kinn, es strahlte Selbstbewusstsein aus.

»Warum hast du eigentlich nie geheiratet?«, fragte sie und öffnete die Tür des Kühlfachs mit der Nummer drei.

»Heirate nie, wenn du verliebt bist«, antwortete er.

»Wann denn sonst?«

»Danach. Wenn die rosaroten Wolken den Gewitterwolken gewichen sind. Das ist nämlich die Realität. Wenn's dann noch passt, passt es auch.«

Sabrina lächelte. »Das mag ich an dir. Diese romantische Art, die Dinge zu betrachten.«

Sie zog die Rollbahre mit der Leiche heraus. Im Film wäre sie abgedeckt gewesen, hier war sie es nicht. Fass bekam den Anblick unzensiert und in allerbester kaltweißer LED-Ausleuchtung.

Die Leiche sah darin naturgemäß sehr tot aus, bewundernswert war aber, wie gut das Licht Sabrina Petrich stand. Es ließ die Adern auf ihren trainierten Armen blau leuchten. Fass stand auf Muskeln. Leider waren seine eher unterentwickelt. Eine Frau wie sie würde sich wohl nie für ihn begeistern können – auch wenn er sich noch so viel teure Kleidung kaufte.

»Der Mann ist zwischen dreißig und fünfunddreißig Jahre alt. Sehr gut in Form. Trainiert. Keine Vorerkrankungen, außer einer alten Wunde, die vermutlich von einem Messerstich stammt. Gut verheilt. Er ist eins achtzig groß und wiegt siebenundsiebzig Kilo. Haarfarbe blond. Augenfarbe blau. Stark tätowiert, wie du sehen kannst.«

Das war tatsächlich nicht zu übersehen. Der tote Körper war eine Leinwand.

»Schade drum«, sagte Sabrina Petrich. »Sind richtige Kunstwerke dabei. Schau mal hier. Ein Erzengel, der eine nackte Frau mit einem Schwert aufspießt. Oder hier. Eine nackte Frau am Kreuz. Ich denke, der Mann war sehr religiös.«

»Sarkasmus an einer Leiche? Man könnte meinen, du magst keine Tattoos.«

»Sogar sehr, ich habe selbst welche, aber nicht solchen Dreck.«

Fass speicherte die Information ab.

»Hat er Drogen genommen?«, fragte er und bekam einen Stromstoß in den Nacken. Wieder zuckte er leicht. Wahrscheinlich würde er sich nie daran gewöhnen.

»Keine Hinweise. Aber schau mal hier.«

Sabrina Petrich ging ans Fußende, hob den Unterschenkel des Toten an und deutete auf einen Bereich in der Mitte der Wade, die ebenfalls tätowiert war. Eine Flamme, die sich vom Fuß den Unterschenkel hinauf bis zum Knie wandte.

»Wegen des Tattoos habe ich es zuerst gar nicht gesehen. Wie sieht das für dich aus?«, fragte sie und drückte ihm eine Lupe in die Hand.

Kommissar Fass richtete sie auf den Punkt aus, auf den Sabrina mit dem Finger zeigte. Ihre Nägel waren blau lackiert. Blau war schon immer seine Lieblingsfarbe gewesen. Er hatte Mühe, sich auf die dunklen Punkte innerhalb des Tattoos zu konzentrieren.

»Keine Ahnung. Sag du es mir.«

»Wie ein Biss. Nicht besonders stark. Ein kleiner Hund vielleicht, der einmal gezwackt hat.«

»Ein Biss! Hm. Da war ein Hund auf dem Board.«

»Habe ich gehört. Wie groß?«

»Eher klein. Krumme, kurze Beine. Ungefähr so.«

Fass zeigte mit den Händen die Größe des Hundes. Mehr als eine Handtasche war es nicht.

»Könnte von der Höhe her passen.«

»Demnach hätte vielleicht sein eigener Hund ihn gebissen?«

Sie zuckte mit den Schultern. »Das musst du herausfinden. Das hier wollte ich dir auch noch zeigen.«

Sie nahm die rechte Hand des Toten und hob sie an. »Verblichene Tattoos auf den Knöcheln. Ich würde sagen, unser Freund war mal im Knast.«

Viel war von den Tattoos nicht mehr zu sehen, aber Sabrina hatte recht.

»Konntest du herausfinden, was da stand?«

»Das Übliche. No Mercy.«

»Keine Gnade«, sagte Fass nachdenklich. »Das klingt nach Rockermilieu. Aber er hat diese Tattoos bleichen lassen, alle anderen an seinem Körper allerdings nicht. Da wollte jemand seiner Vergangenheit entkommen.«

»Vielleicht hat sie ihn trotzdem eingeholt.«

»Und das im Himmelreich.«

Ein erneuter Stromstoß schien Fass für diese Bemerkung zu bestrafen.

»Übrigens saßen die Spanngurte ziemlich fest, wie du sehen kannst. Alle vier haben deutliche Spuren hinterlassen.«

Fass konnte die Spuren erkennen. An den vorderen Unterschenkeln, der Hüfte, dem Bauch und dem Brustkorb in Höhe der Achseln. Dass der oberste Gurt nicht um den Hals gespannt war, hatte er schon gestern am Ufer festgestellt. Seiner Meinung nach unterstützte das die Unfallthese.

»Sag mal, machst du Stand-up-Paddling?«, fragte er die Rechtsmedizinerin.

»Viermal die Woche. Immer kurz vor Sonnenuntergang. Es gibt nichts, was mich mehr entspannt. Solltest du auch mal probieren. Vielleicht kannst du dann auf die Stromstöße verzichten.«

Die Chance, die sich Fass plötzlich bot, konnte er nicht ungenutzt verstreichen lassen.

»Würdest du es mir beibringen?«

»Klar, warum nicht.«

SZENE 6

»Ein Sturm zieht auf«

AUSSEN. NACHMITTAG.
Campingplatz Himmelreich.

Die ersten Regentropfen, groß wie Untertassen, klatschten in den Staub auf der Zufahrt ins Himmelreich. Über ihnen grollte es, als würde Gott mit Felsbrocken würfeln. Aber nach Einsteins Theorie würfelte Gott ja nicht.

Kupernikus blickte besorgt zum Himmel hinauf. Der hatte sich mittlerweile komplett zugezogen und changierte zwischen Dunkelgrau und Schwarz.

»Ich glaube, das schaffen Sie nicht mehr bis nach Hause, Annabelle. Lassen Sie uns besser Schutz in meinem Camper suchen.«

»Ist das eine Einladung, mein Lieber?«

»Selbstverständlich.«

»Dann nichts wie los.«

Sie beschleunigten ihre Schritte. Der Rückweg vom Einsteinhaus hatte länger gedauert als gedacht. Das lag an der Hitze, aber auch an einem Besuch am Schloss Caputh sowie in einem kleinen Café mit Souvenirshop, das sich *Havelerie* nannte. Dort hatten sie einen Kaffee getrunken, und Kupernikus hatte einen grünen Kaffeebecher mit rotem Aufdruck von Einsteins Gesicht erworben.

Auf dem Campingplatz herrschte emsige Betriebsamkeit. Da wurden hektisch Markisen eingefahren, Stühle und Tische zusammengeklappt, Vorzeltteppiche eingerollt, Wäsche von provisorischen Leinen gezerrt, Grills gesichert und Luftmatratzen unter Wohnwagen in Sicherheit gebracht. Apokalyptische Endzeitstimmung machte sich breit.

Die Temperatur lag bei dreißig Grad, der Geruch nach Ozon in der Luft, und bereits seit einer Stunde schwiegen die Tiere. Kein Vogelgezwitscher, kein Hundegebell. Die Natur duckte sich unter dem bevorstehenden Unwetter, nur die Menschen waren natürlich noch auf den letzten Drücker unterwegs.

Ein junger Mann auf einem Elektroroller kam Kupernikus und Annabelle entgegen. Im Mundwinkel hing eine Zigarette, der schlanke Oberkörper war nackt, er trug abgewetzte Shorts und an den Füßen Crocs in Camouflage-Optik. Immer wieder hielt er kurz an und sprach mit den aufgeregten Campingästen.

Thiago, wie Kupernikus schnell erkannte. Nur trug er jetzt kein Piratentuch. Sein kurzes Haar war blondiert und stand in starkem Kontrast zu seiner braunen Haut.

»Alles jut sichern und festbinden, der Wetterdienst warnt vor Minitornados. Und bleibt drinnen, bis es vorbei ist.«

Was er sagte, klang alarmierend, er selbst wirkte tiefenentspannt.

Er blieb auch vor Kupernikus stehen.

Diesmal blieb Pinguin entspannt. Auf dem Roller schien Thiago ihr sympathischer zu sein als auf einem Board.

»Na, Babo, den ganzen Tag mit deinem Girlfriend-Material rumgemerkelt und jetzt einen auf dalli, dalli machen? Wird aber auch Zeet. In fünf Minuten jeht hier die Welt unter«, sagte er, ohne die Zigarette aus dem Mundwinkel zu nehmen.

»So schlimm wird es doch wohl nicht werden«, entgegnete Kupernikus, der nur die zweite Hälfte der Ansprache verstanden hatte.

»Bist du lost, Digga? Wenn das Wetter über den Schwielow kommt, geht's hier krass ab. Aber sag ma, bist du nicht der, der das Mordboard aus dem Wasser gezogen hat?«

»Ich war behilflich, ja.«

»Slay, Mann, echt krasse Nummer. Respekt. Hätteste aber auch gestern sagen können. Und det ist die Fellnase, die oben druff stand?«

»Ist sie, ja.«

»Und das ist Annabelle. Mein Name ist Kupernikus.«

»Ich bin Thiago. Halb Finne, halb Brasilianer, nur falls Fragen aufkommen sollten«, stellte er sich Annabelle vor.

»Freut mich, Thiago.«

Thiago nickte anerkennend. »Läuft bei dir, Kupernikus, wa? Ick bin hier das Mädchen für allet. Wenn wat iss, bin ick euer Mann, egal was.«

Obwohl die Apokalypse in den Startlöchern stand und die Menschen rundherum in Panik gerieten – woran Thiago nicht ganz unschuldig war –, hockte er entspannt und mit rundem Rücken auf seinem Moped und machte keine Anstalten, das Gespräch beenden zu wollen. Immer mehr der erstaunlich großen Regentropfen wirbelten den Staub auf, und es störte den jungen Mann überhaupt nicht, dass sie auf seine nackte Haut fielen.

»Vielen Dank. Sag mal, Thiago, du hast den Hund nicht zufällig vorher schon einmal gesehen? Hier auf dem Platz oder in der Nähe.«

Thiago betrachtete Pinguin und wiegte den Kopf hin und her.

»Weirde Frage, Digga, ich weiß nicht, der sieht aus wie jeder andere Köter och. Vielleicht, vielleicht nicht, müsste mal rumfragen.«

»Das wäre hilfreich.«

Ein Donnerschlag erschütterte die Luft, und Annabelle zuckte zusammen.

Thiago bog die Mundwinkel nach unten und blickte in die Kronen der hohen Kiefern, durch die in diesem Moment eine kräftige Windböe fuhr.

»Wyld. Das wird ein Baumfäller«, sagte Thiago ohne erkennbare Gefühlsregung. »Eenen oder zwee haben wir jedes Jahr. Normal, Alter.«

»Aha, sehr beruhigend, dass es normal ist. Dann müssen wir uns ja keine Sorgen machen. Dennoch sollten wir uns jetzt beeilen.«

»Hundo P. Wo steht ihr denn?«

»Na, hier.«

»Nee, Bro, mit dem Camper. Wo steht ihr?«

»Ganz vorn am Wasser.« Kupernikus deutete in die Richtung, und ein Riesenregentropfen fiel ihm in den Nacken.

»Super Platz, Mann, nur nicht bei so einem Wetter. Da jeht der Wind voll rein. Das wird litty. Haltet euch jut fest. Muss dann weiter. Auf bald!«

Er tippte sich gegen die Stirn, gab Gas und sauste geräuschlos davon.

»Ich mag entspannte Menschen«, sagte Annabelle und ließ keinen Zweifel daran, wie ironisch sie es meinte.

»Was ist das eigentlich für eine Sprache?«, fragte Kupernikus, während sie schnellen Schrittes weitergingen.

»Jugendslang mit ein bisschen Berlinerisch, würde ich sagen.«

Eine kräftige Windböe fuhr unter die Markise eines Wohnwagens. Der Besitzer war gerade dabei, die Befestigungshaken aus der Erde zu ziehen. In letzter Sekunde krallte sich das dünne Männchen an die Gelenkarme der Markise und verhinderte, dass sie davonflog. Für einen Moment hob das Leichtgewicht jedoch vom Boden ab und wirkte wie ein Drachenflieger auf dem Weg in die Wolken.

Kupernikus übergab Pinguin, eilte hinüber und ergriff den anderen Gelenkarm der Markise. Er war gewichtig genug, dem Wind Paroli zu bieten. An den Metallstangen hängend, warteten sie einen Moment, bis die Windbö nachließ.

»Jetzt schnell einfahren!«, rief Kupernikus.

Das dünne Männchen tat, wie ihm geheißen. Er kurbelte, was das Zeug hielt, und als die Markise in der Kassette verschwunden war, bedankte er sich überschwänglich.

»Wenn das vorbei ist, kommt doch auf ein Bier und eine Wurst vorbei, ihr seid herzlich eingeladen, meine Frau macht den besten Kartoffelsalat, das bin ich euch mindestens schuldig, weil ohne euch meine Markise jetzt auf dem Weg in die Karpaten wäre.«

Sein Überschwang kannte keine Grenzen. Kupernikus sagte zu, dann liefen sie schnell weiter.

SZENE 7
»Der Beobachter«

AUSSEN. NACHMITTAG.
Campingplatz Himmelreich.

Für sein Vorhaben war es von großem Vorteil, dass der Campingplatz Himmelreich jetzt, da in einigen Bundesländern Herbstferien waren, zwar nicht voll besetzt, aber doch gut gefüllt war.

Zudem spielte das Wetter mit. Die drückende Luft machte die Leute träge. Ein träger, müder Geist beobachtete nicht besonders gut.

Der Himmel verdunkelte sich zusehends, als er den Fuß ins Himmelreich setzte. Nicht mehr lange, dann würde es zu regnen beginnen. Er zog sich die Kappe tiefer ins Gesicht und marschierte los. Obwohl er genau wusste, wo das alte Wohnmobil stand, ging er nicht zielstrebig, weil das auffällig gewesen wäre. Er tat so, als müsse er sich nur die Beine vertreten.

Am Wohnmobil angekommen, schaute er sich unauffällig in alle Richtungen um. An dem kleinen Strand tummelten sich noch Badende, andere brachten sich bereits vor der herannahenden Gewitterfront in Sicherheit.

Er griff in seine Hosentasche, um den vorbereiteten Zettel herauszuholen, klappte ihn auseinander, um ihn noch einmal zu lesen, und ein Regentropfen fiel darauf.

Sofort löste sich die Tinte auf.

Schnell steckte er den Zettel zurück in die Tasche.

Mist. Das hatte er nicht bedacht.

Sein Plan hatte vorgesehen, den Zettel hinter den Scheibenwischer des Wohnmobils zu klemmen. Nach dem Gewitter aber würde man ihn nicht mehr lesen können.

Dann eben morgen, entschied er und machte sich auf den Rückweg.

Die Regentropfen wurden mehr und mehr.

Wenn er nicht klatschnass werden wollte, musste er sich beeilen. Doch als er um die Kurve bog, sah er den komischen Kauz und die Malerin auf dem Weg stehen.

Rasch zog er sich hinter die Kurve zurück.

Gewiss würde er einen anderen Weg finden, um ungesehen aus dem Himmelreich verschwinden zu können, doch plötzlich schoss ihm eine Idee ein.

Gar nicht mal schlecht, dachte er sich. Dann wäre er wenigstens nicht umsonst hierhergekommen.

Also kehrte er zu dem alten Wohnmobil zurück.

SZENE 8

»Der Fliegende Holländer«

AUSSEN. NACHMITTAG.
Campingplatz Himmelreich.

Der Gewitterregen schwang sich auf, ein Monsunregen zu werden. Kupernikus nahm Pinguin auf den Arm, da sie auf ihren kurzen, krummen Beinchen nicht die Schnellste war. Die letzten fünfzig Meter rannten sie. Zum Glück hatte Kupernikus die Markise schon am Vormittag eingefahren, als er von den drohenden Gewittern gehört hatte. Dergleichen überließ er niemals der Hoffnung oder dem Zufall. Im Leben auf möglichst alles vorbereitet zu sein, verhinderte Chaos und Leid und verhalf zu einem niedrigen Stresslevel.

Sie kamen an einem kleinen Zweipersonenzelt vorbei, aufgestellt von offenbar unerfahrenen Campern. Die Leinen waren nicht straff genug gespannt, das Zelt beugte sich der Wasserlast, und man konnte sehen, wie die Personen in dem Zelt mit Händen und Füßen verzweifelt dagegen drückten.

In diesem Augenblick war Kupernikus dankbar für sein altes Wohnmobil. Otto bot Schutz vor jedem Wetter.

Kupernikus hielt Annabelle die Tür auf und musste sie unter großem Krafteinsatz gegen den Wind zuziehen. Plötzlich waren die Geräusche der heraufziehenden Apokalypse wie abgeschnitten. Ihr Blick ging durch das große Fenster auf den See hinaus. Der Anblick war phänomenal. Über dem dunklen Wasser zog eine Regenfront heran, dicht wie der Vorhang bei einer Theatervorstellung, dahinter schien die Welt nicht mehr zu existieren. Schaumkronen garnierten den See, Wellen schwappten gegen das Ufer, den Steg und die Hausboote, die kräftig schwankten. Blitze durchschnitten den schwarzen Himmel, mehrere Luftmatratzen machten sich auf die Reise nach Jerusalem. Menschen waren keine mehr zu sehen.

»Was ist das?«, stieß Annabelle aus und deutete auf den See hinaus.

Kupernikus erkannte sofort, was sie meinte.

Aus Osten kam ein Boot auf den Campingplatz zu. Wie der Fliegende Holländer oder, besser, wie die *Black Pearl* aus der Filmreihe *Fluch der Karibik* stieß es aus der Regenwand hervor. Das Boot war deutlich größer als alle anderen, die hier vertäut lagen, eine richtige kleine Jacht mit Kajüte und Fenstern und allem Drum und Dran. Sie sah neu und schnittig aus, doch der Skipper schien Probleme zu haben. Im Schlingerkurs hielt die kleine Jacht auf den Anleger des Campingplatzes zu.

»Wie will der denn bei dem Wetter festmachen?«, fragte Kupernikus gegen das Donnergrollen an.

Unvermittelt, als hätte jemand einen Eimer ausgeschüttet, klatschte der Regen gegen die Plastikscheibe und trommelte so stark auf das Dach des Campers, dass man sein eigenes Wort nicht mehr verstand. Wie gebannt starrten Annabelle und Kupernikus hinaus. Sturzbäche aus Regenwasser liefen an der Scheibe hinab und behinderten die Sicht.

Dennoch erkannte Kupernikus eine Gestalt auf dem Steg, die mit den Armen ruderte. Thiago, der immer noch in Shorts unterwegs war. Die kleine Jacht hielt auf ihn zu. Ein Seil flog durch die Luft, wurde aufgefangen, und mit einem geschickten Manöver drehte der Skipper die Jacht mit dem Steuerbord gegen den Steg.

Ein fahler Blitz stieß in den See. Der Donnerschlag folgte umgehend.

Pinguin fiepte. Annabelle auch. Sie hielt sich sogar die Ohren zu.

»Ich habe Angst vor Gewitter«, rief sie gegen den Lärm an. »Sind wir hier wirklich sicher?«

Kupernikus, der gern die Szene am Steg weiter beobachtet hätte, musste sich um Annabelle kümmern.

»Aber sicher doch«, sagte er. »Ich habe Dutzende Gewitter in diesem Camper überstanden, nie ist etwas passiert. Seien Sie unbesorgt, Annabelle. Kommen Sie, setzen Sie sich, ich bereite uns einen Tee zu. Welchen Tee mögen Sie?«

»Kamillentee.«

»Sehr gut, den habe ich an Bord.«

Wenige Minuten später dampften zwei Tassen auf dem Tisch vor sich hin und verbreiteten den Geruch von Kamille. Draußen trommelte der Regen, aber nicht mehr so stark, man konnte sich nun unterhalten – und das leise Tropfgeräusch hören.

»Es tropft in die Teetasse«, sagte Annabelle.

»Herrschaftszeiten, bitte nicht schon wieder.«

Kupernikus kannte das schon. Ein Problem, das sich zwar immer wieder reparieren ließ, eigentlich aber eine grundlegende Reparatur erforderte, die allerdings eine Stange Geld kosten würde. »Die verdammte Dachluke.«

»Vielleicht liegt es am Fluchen«, schlug Annabelle vor.

»Nein, das liegt an einer dreißig Jahre alten Dichtung«, erwiderte Kupernikus unwirsch.

Er schob einen Eimer dorthin, wo zuvor die Teetasse gestanden hatte. Nun tropfte es noch viel lauter, bis Annabelle auf die glorreiche Idee kam, ein Geschirrtuch in den Eimer zu legen. Kupernikus' Laune war im Keller. Morgen würde er auf dem Dach seines Campers herumkriechen, das Loch suchen und es mit Silikon abdichten müssen. Flickwerk, das kaum länger hielt als das Wetter im Norden.

»Warum nennen Sie das Wohnmobil eigentlich Otto?«, fragte Annabelle.

»Mögen Sie den Namen nicht?«

»Doch, sehr sogar, aber gibt es einen Grund dafür?«

»Sogar zwei Gründe«, erklärte Kupernikus. »Zum einen hat er einen Ottomotor, viel wichtiger aber noch ist die ursprüngliche Bedeutung des Namens Otto. Der steht für Besitz, und ich besitze kaum mehr als ihn und alles darin.«

SZENE 9

»Die Pipi-Lounge«

INNEN. NACHMITTAG.
In der Pipi-Lounge.

Er hatte sich in die Pipi-Lounge geflüchtet. Dabei handelte es sich um einen großen Toilettenwagen, wie man ihn von Volksfesten und Festivals kannte. Darin war es zwar unerträglich warm, und es roch nach Pipi und Toilettenreiniger, aber das war immer noch besser, als draußen im Sturzregen zu stehen.

Zwischendurch hatte er durch den Türspalt hinausgespäht, hatte Menschen in Hektik flüchten und Luftmatratzen vorbeifliegen sehen. In dem alten Camper des komischen Kauzes war das Licht eingeschaltet worden, und er hatte sie und ihn darin herumwurschteln sehen.

Und als er endlich seine Chance gekommen sah, sah er trotz des Unwetters jemanden auf den Toilettenwagen zukommen. Rasch zog er sich in die linke der beiden Kabinen zurück und verriegelte sie von innen.

Der Wagen bewegte sich, als die offenbar schwergewichtige Person eintrat. Er hörte, wie der Regenschirm ausgeschlagen wurde.

»Verfluchtes Sauwetter«, schimpfte der Mann. Dann rüttelte er erst einmal an seiner Tür, obwohl das rote Besetztzeichen doch eigentlich eine klare Sprache sprach. Schließlich betrat er die Kabine neben ihm und schloss ebenfalls ab.

Er verhielt sich still, atmete kaum, tat so, als wäre er nicht da.

Der Mann stöhnte und ächzte, während er sich die Hose herunterzog.

Er versuchte, noch flacher zu atmen.

Neben ihm schien der Mann unter seiner gestörten Verdauung zu leiden. Er kämpfte und drückte und presste, als handele es sich um einen Geburtsvorgang. Scham schien er ob der Geräuschkulisse nicht zu empfinden.

Er selbst hatte seit jeher einen Pfahl im Kopf, wenn es darum ging, neben anderen Menschen sein Geschäft zu verrichten. Jedes noch so kleine Geräusch war ihm unangenehm, und es war ihm noch unangenehmer, andere dabei belauschen zu müssen.

Der Geruch wurde unerträglich.

Er musste hier raus.

Als er gerade die Flucht antreten wollte, sagte der Fremde in der Kabine neben ihm:

»Sorry dafür, wir hatten heute Kohlrouladen, und die vertrage ich eigentlich nicht.«

Er wusste nicht, was er sagen sollte.

»Und das eine oder andere Bier zu viel hatte ich auch, aber was will man machen bei dieser Hitze, da hab ich den ganzen Tag Durst.«

»Kein Problem«, quetschte er mühsam zwischen den Lippen hervor, weil er nicht unhöflich sein wollte.

»Gut zu hören, es gibt ja so viele, die auf dem Bock alles totschweigen, dabei ist das doch total menschlich …«

Er stöhnte und presste.

»Was für ein Unwetter, oder? Hoffentlich fällt uns kein Baum auf den Kopf. So als Schattenspender sind die Kiefern ja toll, aber Sturm halten die nicht aus. Bist du schon länger da?«

»Ein paar Tage.«

»Wir seit einer Woche. Ist echt nett hier, und oben im Biergarten kann man richtig gut essen. Toller Platz. Und dann die Sache mit der Leiche …« Er lachte trocken. »Wann hat man schon mal so ’ne Unterhaltung auf’m Campingplatz. Was meinste, war das ’n Suizid?«

»Keine Ahnung«, sagte er und unterließ es, den Mann zu verbessern und darauf hinzuweisen, dass er keine Unterhaltung von Kloschüssel zu Kloschüssel wollte.

»Meine Else sagt ja, dass es bald einen zweiten Toten geben wird, weil es nie nur einen allein gibt. Deshalb bleiben wir länger als geplant. Ich glaube ja, hier ist ein Serienmörder unterwegs, die sind überall, diese ganzen Durchgedrehten. Das liegt am Handy, sag ich dir, diese ganze Strahlung, das ist nicht gut fürs Gehirn, da wird man völlig meschugge. Else und ich haben kein Handy und wollen auch keins. Ist auch gar nicht nötig, ich könnt die Else auch ohne Strahlung umbringen …«

Der Mann lachte sich fast tot über seinen Witz und grunzte dabei.

»Ich bin übrigens der Gerd«, sagte er zwischen zwei Grunzern.

Das war der passende Moment, abzuhauen.

»Ich muss dann los«, sagte er, entriegelte die Toilettentür und flüchtete aus der Pipi-Lounge. Er beeilte sich, weil er befürchtete, der Mann könnte die Tür öffnen, um ihm etwas hinterherzurufen.

Es fühlte sich nach Befreiung an, in das tosende Gewitter hinauszutreten. Rückblickend betrachtet war es eine schlechte Idee gewesen, sich in dem Toilettenwagen zu verstecken.

Bis zu dem alten Wohnmobil des komischen Kauzes brauchte er keine zwanzig Sekunden, war aber nass bis auf die Haut, als er es erreichte. Durch die Plastikscheibe sah er die beiden drinnen auf und ab gehen, bezweifelte aber, dass sie ihn sehen konnten. Der Regen war noch immer sehr dicht, außerdem war es dunkel. Er drückte sich an die hintere linke Seite, dort gab es kein Fenster. Sein Blick ging zurück zur Pipi-Lounge. Der Mann saß noch immer auf dem Bock, wahrscheinlich wollte er nicht so schnell zurück zu seiner Else. Bei schlechtem Wetter wurden Wohnwagen schnell zu Beziehungsfallen.

Erst als er überzeugt war, dass niemand ihn beobachtete, legte er sich auf den Boden und kroch unter das Wohnmobil. Viel Platz war nicht darunter, aber für ihn reichte es.

Zwischen Nasenspitze und Unterboden blieb noch eine Handbreit frei.

Leider floss das Regenwasser unter den Camper und damit auch in seine Unterhose. Das war unangenehm, und er befürchtete eine Blasenentzündung, aber immerhin passierte genau das, was er sich erhofft hatte.

Das alte Gefährt war so schlecht isoliert, dass er die Gespräche darin hören konnte.

SZENE 10
»Hoppelpoppel«

INNEN. SPÄTER NACHMITTAG.
Kupernikus' Wohnmobil.

»Ich weiß, was Sie jetzt brauchen, mein lieber Kupernikus«, sagte Annabelle.

»Ach ja. Was brauche ich denn? Außer ein dichtes Dach.«

»Wir machen Hoppelpoppel.«

Kupernikus verschluckte sich an seinem Kamillentee. »Bitte, was?«, stammelte er zwischen zwei Hustern.

»Haben Sie etwa keinen Hunger?«

»Doch, schon, aber ...«

»Na also! Zeigen Sie mal, was Sie an Vorräten dahaben. Vielleicht reicht es ja für Hoppelpoppel.«

Kupernikus, der sich unter Hoppelpoppel zunächst etwas vollkommen anderes vorgestellt hatte, zeigte Annabelle sein Vorratsfach und den Kühlschrank.

»Na wunderbar!«, rief Annabelle fröhlich aus. »Es ist alles vorhanden.«

»Was, bitte, ist Hoppelpoppel?«

»Kennen Sie das nicht?«

»Nie gehört.«

»Dann lassen Sie sich überraschen. Sie können mir gern zur Hand gehen. Viele Köche verderben vielleicht den Brei, nicht jedoch nur zwei.«

»Sieh an, noch eine Alltagspoetin.«

Annabelle drückte ihm zwei Zwiebeln in die Hand und befahl, sie in kleine Würfel zu schneiden. Sie widmete sich derweil den Kartoffeln. Während draußen das Unwetter vorüberzog, der Regen auf das Dach trommelte und langsam den Eimer auf dem Tisch füllte, schnippelten die beiden und unterhielten sich dabei.

Kupernikus hätte lieber geschwiegen und sich über die Tropfen geärgert, die in den Eimer fielen, aber Annabelle war nach Kommunikation.

»Herr Feldmann hat mir so leidgetan«, sagte sie. »Er war ohnehin schon einsam, und jetzt hat er nicht einmal mehr einen Hund.«

»Ja, das ist traurig. Ich habe tatsächlich daran gedacht, Pinguin bei ihm zu lassen.«

»Ach, mein lieber Kupernikus, Sie haben ein gutes Herz. Mir ging der gleiche Gedanke durch den Kopf. Warum haben Sie es nicht getan?«

»Wegen seiner Äußerung.«

»Meinen Sie, weil er gesagt hat, dass der Mörder auf der Suche nach Pinguin sein könnte?«

»Feldmann könnte recht haben. Immerhin laufe ich herum und frage, ob jemand den Hund kennt oder ihn zuvor gesehen hat. Das könnte der Täter mitbekommen haben, und wer weiß, was passiert, wenn Hund und Täter aufeinandertreffen.«

»Stimmt, Sie haben recht, daran habe ich nicht gedacht«, sagte Annabelle nachdenklich. »Meinen Sie denn, die Gestalt, die uns gestern Abend aus dem Schilf heraus beobachtet hat, war vielleicht auf der Suche nach Pinguin?«

»Gut möglich. Immerhin war sie ganz schön aufgeregt. Pinguin meine ich, nicht die Gestalt.«

»Dann haben wir einen Hund adoptiert, der streng genommen ein Zeuge ist«, schlussfolgerte Annabelle. »Das ist wirklich spannend, so wie in diesem Film mit Harrison Ford, kennen Sie den?«

»Der einzige Zeuge … der war aber ein Mensch. Um genau zu sein, ein Kind.«

»Pinguin könnte uns also auf die richtige Fährte führen, wenn es uns gelingt, sie mit jemandem zusammenzubringen, den sie entweder für den Mörder hält oder der etwas über ihre Herkunft weiß.«

»Es wäre einfacher, sie könnte reden.«

»Pinguin, du süße Maus«, wandte Annabelle sich an die Hündin. »Sag doch mal, war die Leiche unter dem Board dein Herrchen? Und wenn ja, wer hat ihn getötet?«

Pinguin zeigte kein Interesse. Nach all der Anstrengung hatte sie sich auf dem Beifahrersitz zusammengerollt.

»Ich fürchte, wir werden uns deutlich mehr anstrengen müssen, um diesen Fall zu lösen, mein lieber Kupernikus«, sagte Annabelle aufgeräumt.

Kupernikus war fertig mit den Zwiebeln und bekam den Auftrag, den Schinken aus seinem Kühlschrank ebenfalls in Würfel zu schneiden. Annabelle war noch mit den Kartoffeln beschäftigt, die sie in Spalten schnitt.

»Wie gehen wir jetzt weiter vor?«, fragte sie.

»Nun«, hob Kupernikus an. »Es kann nicht schaden, sich einmal bei der Fernsehproduktion umzuhören. Und ich habe einen Mann beobachtet, der sich sehr für den Versuch interessiert hat, die Unfalltheorie zu beweisen. Angeblich ist er Schauspieler.«

»Oh, wie spannend. Ein Kollege von Ihnen?«

»Möglich, ich kenne ihn nicht.«

»Aber Sie halten ihn für verdächtig!«

»Nicht so schnell, Annabelle. Vorerst will ich ihn befragen, vielleicht hat er was zu sagen. Und sollt' er sich verdächtig machen, hat er später nichts zu lachen.«

»Sie sollten sich Ihre Gedichte notieren, lieber Kupernikus.«

»Ach was, so was will niemand lesen. Im Mittelalter wäre ich wahrscheinlich Blödelbarde geworden, mehr nicht.«

»Das war ein wichtiger Beruf. Die Menschen lachen gern. Also, nicht alle natürlich, es gibt jede Menge Miesepeter, aber ich lache für mein Leben gern, deshalb dürfen Sie sich in meiner Gegenwart nach Herzenslust poetisch austoben. Vielleicht schreibe ich einfach mit und veröffentliche später einen Gedichtband. Kupernikus dichtet. Klingt super, oder?«

»Zunächst einmal dichtet er die Dachluke ab«, gab Kupernikus säuerlich zurück.

»Sie Spielverderber. Wer wird sich denn von ein bisschen Wasser die Laune verderben lassen.«

Als alles geschnippelt und vorbereitet war, machte Annabelle sich daran, Hoppelpoppel zuzubereiten. Kupernikus sah ihr dabei zu, weil er wissen wollte, was ihn erwartete, und sie sich standhaft weigerte, zu verraten, um was es sich dabei handelte. Natürlich ließen die Zutaten einen Verdacht zu. Besonders, als sie ihn darum bat, seine letzten fünf Eier aufzuschlagen und zu verrühren.

»Und einen Schuss Milch hinein«, wies Annabelle ihn an und briet derweil die Zwiebeln und den Speck in einer großen Pfanne auf der Gasflamme an.

Im Camper breitete sich ein himmlischer Duft aus. Kupernikus' Magen vermeldete lautstark Vorfreude.

Annabelle gab die Eier in die Pfanne und Gewürze dazu. Salz, Pfeffer, Kümmel und Muskat. Sie hatte die Angewohnheit, sich die Gewürze zuerst auf die Handfläche zu streuen, um sie in kleinen Portionen dem Gericht zuzuführen. Dann ließ sie jedes Mal ein wenig in der Handfläche übrig, so als sei es zu viel, bevor sie es dann doch noch hinterherwarf.

»Eigentlich brauchen wir noch Majoran, aber den haben Sie leider nicht«, sagte sie.

Kupernikus hatte Majoran noch nie vermisst, jetzt aber schon. Es gefiel ihm, wie Annabelle in seiner Kombüse wirkte. Er selbst hielt Kochen für einen Kampf, und dementsprechend ging er es an. Wild entschlossen, eisern, zupackend, zielorientiert. Annabelle allerdings zelebrierte und zauberte, es war eine Freude, ihr zuzuschauen.

»Und hier kommt meine kleine Geheimzutat.« Sie nahm die Ketchupflasche aus dem Kühlschrank und gab einen kräftigen Schuss in die Pfanne. »Ohne Ketchup schmeckt es fad.«

Nach ein paar Minuten waren die Eier gestockt und das Essen fertig. Annabelle füllte es auf Teller und stellte sie neben den Wassereimer auf den Tisch.

»Voilà, Hoppelpoppel!«

»Haben Sie sich den Namen ausgedacht?«, fragte Kupernikus. »Für mich sieht das aus wie ein Bauernfrühstück.«

»Banause! Bauernfrühstück! Was für ein langweiliges Wort. Nein, das ist Hoppelpoppel, ein Gericht aus der Berliner Küche.«

»Eigenartiger Name. Woher stammt der?«

»Nun, laut Duden ist es aus den Worten *hoppeln*, das aus dem Landschaftlichen stammt, und *bobbeln* gebildet, das für etwas Vermischtes steht«, erklärte Annabelle.

»Was Sie alles wissen.«

»Und wollen Sie wissen, was es so besonders macht?«

»Ich kann's kaum erwarten.«

»Erst probieren.«

Sie setzten sich einander gegenüber an den Tisch und rückten dicht an das große Aussichtsfenster, um den Eimer nicht zwischen sich zu haben. Der Regen hatte weiter nachgelassen, und der Himmel draußen über dem See wurde bereits wieder heller.

Kupernikus probierte.

»Schmeckt hervorragend«, sagte er mit vollem Mund.

»Natürlich tut es das.«

»Und? Was macht es so besonders?«

»Das liegt doch auf der Hand, mein lieber Kupernikus. Man bekommt gute Laune, wenn man Hoppelpoppel isst. Spüren Sie es schon?«

Kupernikus schob sich eine weitere Gabel Hoppelpoppel in den Mund, kaute ausgiebig darauf herum und tat so, als wolle er den Humor herausschmecken.

»Sie haben recht«, sagte er schließlich. »Ich spüre förmlich, wie es mein Zwerchfell massiert.«

»Keine Ironie, mein Lieber! Aber finden Sie nicht auch, dass der Name eines Gerichts das Esserlebnis beeinflusst? Maultaschen. Bäh! Aber Gottesbscheißerle, das klingt lecker. Bauernfrühstück, nee danke. Aber Hoppelpoppel, da geht einem doch das Herz auf.«

»Unbedingt! Woher kommt Ihr Faible für lustiges Essen?«

»Von meiner Großmutter mütterlicherseits. Sie war der Meinung, dass man mit dem richtigen Essen alle Krankheiten heilen und schlechte Laune vertreiben kann. Es muss einfach sein, gut schmecken, darf beim Kochen nicht nerven, und der Name muss lustig sein.«

»Ihre Großmutter muss eine tolle Frau gewesen sein.«

»Wir waren uns sehr ähnlich. Sie hat eine Weile hier in Caputh gelebt, ich war in den Sommerferien häufig bei ihr. Deswegen bin ich auch hierher zurückgekommen. Romantische Kindheitserinnerungen …«

Kupernikus bemerkte, dass Annabelles Stimme nicht mehr so fröhlich klang wie noch vor wenigen Sätzen. Vielleicht wirkte Hoppelpoppel bei ihr nicht so richtig.

»Darf ich Sie etwas fragen?«

»Natürlich.«

»Herr Feldmann hat gesagt, dass Sie bald aus Ihrem Haus rausmüssen. Was steckt dahinter?«

»Ein leidiges Thema, das viele Menschen hier betrifft. Die Reichen aus Potsdam und Berlin kaufen sich hier an der Seenplatte ein. Es ist ja auch ideal. Kurze Wege raus aus der Stadt, und schon ist man im Himmelreich. Ideal fürs Wochenende oder einen Kurzurlaub zwischendurch für die gestressten Manager und CEOs. Oder Schauspieler, davon gibt's so einige, die Filmstudios Babelsberg sind schließlich nicht weit. Ich selbst lebe hier nur zur Miete, und mein Vermieter, Herr Wagenknecht, hat das Haus verkauft. Er hat keine Erben und lebt selbst im Pflegeheim. Um die Kosten zu decken, ist ihm wohl nichts anderes übrig geblieben.«

»Warum haben Sie das Haus nicht gekauft?«

»Das hätte ich gern, und ich wäre auch bereit gewesen, einen angemessenen Preis zu bezahlen. Aber diese Investmentfirma, die es gekauft hat, zahlt noch mal einen ganz anderen Preis. Ungefähr doppelt so viel, wie ich hätte aufbringen können.«

»Das ist unfair.«

»Das ist der Markt. Alles überhitzt. In zehn Jahren sind die Grundstücke hier das Dreifache wert, deshalb bezahlen sie jetzt schon das Doppelte.«

»Und wohin gehen Sie? Haben Sie etwas anderes hier in der Nähe gefunden?«

Annabelle schüttelte den Kopf. »Nein, aber ich habe auch noch ein halbes Jahr Zeit. Notfalls kann ich ja zu Herrn Feldmann ziehen. Und dann heirate ich ihn und erbe sein Haus.«

Sie lachten, aber es war ein Lachen, in dem Traurigkeit mitschwang. Hoppelpoppel zum Trotz.

Und bei Kupernikus erneut die Frage, was der Chef der Bürgerwehr, Herr Decker, mit seiner Bemerkung gemeint haben könnte, dass Annabelle am allerwenigsten Schutz brauchte …

KAPITEL 3

SZENE 1

»Rettinghaus«

INNEN UND AUSSEN. FRÜHER MORGEN.
Campingplatz Himmelreich.

Kupernikus schlief stets bis halb sieben.

Aber nicht an diesem Tag.

Denn Pinguin wollte sich nicht an diese Regel halten. Schon ab Viertel vor sechs tippelte sie im Camper auf und ab, und ihre Krallen klapperten auf dem Holzfußboden. Hin und wieder blieb sie vor dem Alkoven stehen, in dem Kupernikus sich schlafend stellte, sah hinauf und fiepte verzweifelt. Kupernikus glaubte, sie wolle es sich bei ihm gemütlich machen, und er war wild entschlossen, nicht nachzugeben, doch als er ein leises Plätschern vernahm, sprang er eiligst aus dem Bett.

Zu spät.

Klein, wie sie war, hatte Pinguin doch einen recht beachtlichen See direkt vor die Tür gesetzt.

»Nein, nein, nein!«, schimpfte Kupernikus. »Das ist pfui, das darfst du nicht.«

Barfuß, in karierten Boxershorts und mit seinem Schlafshirt, das bedruckt war mit dem Kopf eines nachdenklich dreinblickenden Gorillas, kletterte er die Leiter hinunter. Rasch legte er Pinguin die Wäscheleine um den Hals, stieß die Tür auf, trat in die Pfütze und stolperte in die vom Gewitter gereinigte frische Morgenluft. Er band Pinguin an die nächste Kiefer.

»In diesem Camper werden keine Geschäfte gemacht!«,

mahnte Kupernikus mit erhobenem Zeigefinger. »Es reicht, wenn Wasser durchs Dach läuft.«

Pinguin legte den Kopf schief, sah ihn fragend an, dann stellte sie sich plötzlich auf die Hinterbeine und machte Männchen – oder Frauchen? Konnte man ein Verhalten gendern?, schoss es Kupernikus durch den Kopf, und ihm fiel die rothaarige Frau mit den Johannisbeerhänden ein.

»Na, so was«, sagte er und ging in die Hocke. »Du kannst ja Kunststücke.«

Pinguin ließ sich von ihm streicheln.

»Wir drehen gleich eine Runde, aber zuvor muss ich deinen See entfernen, bevor er ins Holz eindringt.«

Kupernikus wollte zurück in den Camper, als ihn etwas innehalten ließ. Ein weißes Blatt Papier steckte hinter dem Scheibenwischer auf der Beifahrerseite.

Er zog es hervor und klappte es auseinander.

Kümmer dich um deinen eigenen Kram, sonst machst du eine Bootsfahrt.

Der Satz war von Hand geschrieben, aber sehr krakelig, so als habe der Schreiber – oder die Schreiberin – versucht, die eigene Handschrift zu verstellen.

Kupernikus hob den Blick und sah sich um.

»Suspekt. Äußerst suspekt«, murmelte er.

Das Himmelreich schlief noch. Es war dämmrig, die Sonne ging erst um kurz nach sieben auf. Da war niemand zu sehen, der den Zettel hinter den Scheibenwischer gesteckt haben könnte. Gut möglich, dass es in der Nacht passiert war, dachte Kupernikus. Gegen zwanzig Uhr hatte es aufgehört zu regnen, kurz darauf hatte er Annabelle zu ihrem Haus begleitet und an der Pforte gewartet, bis drinnen das Licht angegangen war. Ohne Umwege war er zum Campingplatz zurückgekehrt, hatte noch die Toilette aufgesucht, sich gewaschen und die Zähne geputzt und war dann zu Bett gegangen. Da war es bereits dunkel gewesen, und er könnte den Zettel hinterm Scheibenwischer übersehen haben.

Wie auch immer: Jemand schien es für angemessen zu halten, ihm auf diese Art eine Warnung zukommen zu lassen, und der zweite Teil des Satzes konnte ja nur bedeuten, dass es ihm genauso ergehen würde wie dem Toten unter dem Board.

Das warf Fragen auf.

1. *Wen hatte seine Herumfragerei aufgescheucht?*
2. *Warum stand da Bootsfahrt statt SUP-Fahrt?*
3. *Wer fiel auf dem Campingplatz nicht auf und kannte sich aus?*

Kupernikus nahm den Zettel mit.

Im Moment musste er sich um Wichtigeres kümmern.

Nämlich den See in seinem Camper.

In Ermangelung eines Wischlappens oder von Papiertüchern tat er das mit dem Handtuch, mit dem er sonst seinen Körper abtrocknete. Er würde es später in die Waschmaschine im Servicegebäude stopfen. Danach suchte er nach etwas, das ihm als Beutel für den anstehenden Spaziergang dienen konnte, da er seinen letzten Müllbeutel gerade selbst nutzte, fand allerdings nur die Aldi-Tüte vom letzten Einkauf dort. Nun ja, die war zwar etwas zu groß, würde ihren Zweck aber wohl erfüllen. Danach könnte er sie in den Baum hängen und beim nächsten Mal wiederverwenden. Plastik einzusparen war schließlich wichtig.

Gab es eigentlich Forschungen dazu, wie viel Plastik für Hundekot verbraucht wurde? Das wäre doch mal interessant zu wissen. Und dann könnte man auch gleich mitklären, ob es nicht umweltverträglicher wäre, die Hinterlassenschaften der Hunde wieder einfach dem natürlichen Kreislaufsystem zu überlassen.

Kupernikus kleidete sich an und zog die schwarze Lederweste über ein zerknittertes weißes Leinenhemd, da es draußen doch etwas kühl war. Derart gerüstet brach er zu einer ungewohnten morgendlichen Gassirunde auf.

Schon nach den ersten Metern merkte er, dass sich etwas geändert hatte. Obwohl er viel zu früh und viel zu abrupt aus dem Schlaf gerissen worden war und obwohl er seine zwei Tassen Kaffee noch nicht gehabt hatte, spürte er nicht dieses Ungehaltensein, das ihn sonst jeden Morgen in den Tag hinein begleitete.

Stattdessen erfreute er sich an der Stille und Leere auf dem Campingplatz. Die anderen Gäste schliefen noch. Er war als Einziger unterwegs. Pinguin pendelte hoch konzentriert von einer Wegseite zur anderen wie eine Flipperkugel in einem Automaten. Schließlich fand sie einen passenden Maulwurfhügel als Toilette. Einfach irgendwo hinzumachen schien nicht ihr Ding zu sein, sie brauchte eine Erhöhung.

Kupernikus entdeckte eine gelbe Kinderschaufel, die wohl der gestrige Sturm hierhergeweht hatte. Er sah sich um, ob ihn jemand beobachtete. Nein, keine Gefahr. Also schnappte er sich die Schaufel, schob den benachbarten Maulwurfshügel von dem Gang darunter, bugsierte Pinguins Haufen hinein, schaufelte Sand obendrauf und trampelte alles ordentlich fest.

Und dann musste er gegen seinen Willen darüber nachdenken, dass das Entsorgen von Exkrementen eine zentrale Rolle im Leben auf einem Campingplatz spielte. Oder besser, man beschäftigte sich beim Campen viel intensiver damit als zu Hause. Back to the roots, sozusagen.

Sein Weg führte ihn hinunter ans Ufer.

Plötzlich hatte er ein schlechtes Gewissen dem Maulwurf gegenüber. Dessen Tag begann nun wohl ähnlich unschön wie Kupernikus'.

Am Ufer nahm er Pinguin die Leine ab, setzte sich auf eine Bank, stellte die noch ungenutzte Aldi-Tüte ab und ließ den Blick über den See gleiten.

Die Sonne ging auf und warf ein rotes Tuch übers Land. Die Luft war klar, der Himmel blank geputzt, das Wasser still. Ein paar Enten flogen unter dem Radar dicht über der Wasseroberfläche, aber selbst die schwiegen, so als sei es unhöflich, früh am Morgen schon Entenlärm zu machen.

Die Stille war göttlich.

Gott war Stille, Schweigen und das Denken darin. Das hatte Kupernikus nicht gelesen oder gehört, er empfand es in diesem Moment einfach so.

Leider musste er an das Paddleboard denken. An die Leiche darunter und die Warnung an seiner Windschutzscheibe.

Das war weniger göttlich, sondern zutiefst menschlich. Also, nicht die Leiche unter dem Board, sondern das Töten. Vielleicht, sinnierte Kupernikus, war der erste Mensch auf der Welt gleichzeitig der Letzte gewesen, der nicht in Versuchung geraten war, zu töten. Allein war alles friedlich, aber dann kam einer oder eine dazu, und noch einer und noch eine – und schon wurde fleißig gemeuchelt und gemordet.

Etwas schob sich in dieses Gesamtbild und erregte Kupernikus' Interesse.

Er sah genauer hin.

Es handelte sich um ein Stand-up-Board mit einem Mann darauf, nicht darunter. Und es kam aus der entgegengesetzten Richtung wie jenes, auf dem Pinguin unfreiwillig unterwegs gewesen war.

In fließenden, ruhigen Bewegungen stach der Mann das Paddel in die gläsern wirkende Wasseroberfläche und glitt so leicht darüber, als biete sie keinerlei Widerstand. Da er sich vor der Sonne bewegte, war er lediglich als schwarzer Scherenschnitt zu erkennen. Mittelgroß, gut gebaut, ohne Bauchansatz, mit breiten Schultern.

Erst als er auf den Steg zuhielt, erkannte Kupernikus jenen Mann vom Hausboot, der angeblich Schauspieler war.

Charles Rettinghaus, soweit Kupernikus sich erinnerte.

Was für ein wunderbarer Zufall!

Der Stand-up-Paddler steuerte nicht den Steg an, sondern eine flache betonierte Stelle am Ufer, an der man wohl mit etwas Geschick trockenen Fußes an Land gelangen konnte. Tatsächlich ließ er elegant die Spitze des Boards aufs Ufer gleiten, ging mit flinken Schritten auf dem Board nach vorn und sprang an Land.

Das hatte Kupernikus schon bei Thiago beobachtet und erkannte neidlos den Profi an.

»Das würde ich auch gern können«, rief er dem Mann zu.

Ohne darauf zu reagieren, zog der erst einmal sein Board aus dem Wasser. Kupernikus näherte sich ihm mit Pinguin an der Wäscheleine und der Aldi-Tüte in der Hand.

Rettinghaus trug knielange schwarze Shorts und ein rotes Shirt mit der Aufschrift *Fanatic*. Mit dem Paddel in der Hand trat er Kupernikus entgegen. »Reine Übungssache.«

»Und wie lange muss man dafür üben?«

»Nicht lange.«

»Mein Name ist Björn Kupernikus«, stellte Kupernikus sich vor und streckte die Hand aus.

»Charles Rettinghaus. Ich habe schon von Ihnen und dem Hund gehört. Ist ja kaum zu glauben, was hier im Himmelreich passiert.«

Rettinghaus sah smart aus mit seiner coolen Sonnenbrille, die er nicht abnahm, dem gut geschnittenen Gesicht, dem grau melierten Haar, das dünner zu werden begann, und der ungesunden Bräune. Er mochte Ende fünfzig sein, hatte aber die athletische Figur eines Fünfunddreißigjährigen. Darüber hinaus hatte er eine angenehm tiefe Stimme und sprach langsam und akzentuiert, wie jemand, der es gewohnt war, dass die Menschen ihm zuhörten.

»Sind Sie häufig mit dem Board unterwegs?«, fragte Kupernikus.

»Zwei- bis dreimal die Woche, jedenfalls den Sommer über. Übrigens, hier im Himmelreich duzen wir uns. Ich bin Charlie.«

»Und ich Björn.«

»Der Hund stand auf dem Board mit der Leiche, nicht wahr, Björn?«

»Ja, und seitdem ich ihn da runtergeholt habe, ist er in meiner Obhut. Du weißt nicht zufällig, wem er gehören könnte?«

Charlie schüttelte den Kopf. »Nein, keine Ahnung. Sonst hätte ich mich längst gemeldet. Soweit ich weiß, ist die Identität des Toten noch nicht geklärt, oder?«

»Das ist auch mein Wissensstand.«

»Möchtest du einen Kaffee?«, fragte Charlie. »Oben auf meinem Hausboot hat man einen tollen Blick über den See.«

»Nur, wenn es keine Umstände macht.«

»Natürlich nicht. Ich packe nur rasch das Brett beiseite.«

Rettinghaus verstaute sein Board in einer Art Regal aus Eisenstangen, in dem weitere SUP-Boards lagerten. Er legte sein Paddel obendrauf und ging voran. Kupernikus und Pinguin folgten.

»Eine Frage«, rief Kupernikus ihm hinterher. »In diesem Regal kann jeder sein Board verstauen?«

»Nein, nur die Dauercamper aus den Hausbooten und Mobilheimen.«

»Und kannst du sagen, ob eventuell eines fehlt?«

»Ach, die wechseln so oft, ich glaube, da hat niemand mehr einen Überblick. Und Roger hat auch noch einige da rumliegen.«

»Ist eines als gestohlen gemeldet?«

»Ich kann mir denken, worauf du hinauswillst, aber davon weiß ich nichts. Die Dauercamper sind jetzt gegen Ende der Saison auch nicht immer hier, also würde so ein Diebstahl nicht unbedingt sofort bemerkt werden.«

»Theoretisch kann jeder an die Boards ran?«

»Ja, schon, dieser Bereich hier ist zwar von dem öffentlichen Teil des Campingplatzes abgegrenzt, und durch die Schranke kommt man nur mit einem PIN, aber man kann daran vorbeigehen. Und vom Wasser aus kommt man ja auch dran.«

Am Ende eines Stegs, an dem mehrere Hausboote vertäut lagen, erreichten sie das von Rettinghaus. Ein graues Rechteck aus Metall auf einem flachen Bootskörper mit Dachterrasse sowie jeweils einer kleinen Terrasse am Heck und am Bug.

Nur wenige Meter entfernt lag die kleine Jacht, die Kupernikus gestern Nachmittag beim Anlegen beobachtet hatte.

»Schöne Jacht«, sagte Kupernikus, der von Booten überhaupt keine Ahnung hatte. »Ich habe gestern während des Gewitters beobachtet, wie sie angelegt hat. Ein gewagtes Manöver, wie ich fand.«

»Nicht für Olarius.«

»Wer ist Olarius?«

»Der Eigentümer. Und der ist reich genug, um sich einen Skipper zu leisten. Nie gehört?«

»Nein. Sollte ich ihn kennen?«

»Nicht, wenn du nicht aus Berlin kommst oder von drum herum.«

»Komme ich nicht.«

»Da ist Olarius eine große Nummer. Investments. Immobilien. Autohäuser. Man munkelt, er sei auf dem besten Weg zur ersten Milliarde.«

»Sieh an. Und so jemand kommt hierher?«

»Soweit ich weiß, kommt er jedes Jahr zum Herbstfest mit dem Boot direkt aus Berlin hier angeschippert. Alte Verbundenheit mit dem Campingplatz oder so. Früher, als er noch nicht so reich war, kam er wohl häufig mit dem Wohnmobil.«

»Man kann von hier aus mit dem Boot nach Berlin fahren?«

»Ja, sicher, dauert gar nicht mal lang. Du kannst zum Abendessen bis mitten in die Stadt fahren.«

Rettinghaus ging mit einem großen Schritt an Bord. Kupernikus wollte, konnte ihm aber nicht folgen. Der Spalt zwischen Steg und Boot war höchstens dreißig Zentimeter breit, aber Pinguin weigerte sich standhaft, ihn zu überqueren. Sie stemmte die Beine in den Steg und verlagerte ihr Gewicht nach hinten, und so klein sie auch war, gelang es Kupernikus nicht, sie zu sich zu ziehen.

»Sie ist ein wenig wasserscheu«, erklärte er. Ihm blieb nichts anderes übrig, als Pinguin auf den Arm zu nehmen. Sie streckte alle viere von sich und sah sehr unglücklich aus. »Was ist denn, meine Kleine? Hier wird dir nichts passieren. Das ist ein stabiles Boot.«

Sie glaubte ihm vermutlich nicht, konnte aber auch nicht verhindern, auf das stabile Boot getragen zu werden.

Kupernikus folgte Rettinghaus durch einen schmalen Gang in einen großen Wohnraum von mindestens sechzig Quadratmetern. Er verband Küche, Esszimmer und Wohnzimmer und öffnete sich durch eine Panorama-Glasfront zum Wasser hin. Hinter der Scheibe schloss sich eine schmale Terrasse mit Gartenmöbeln und einem professionellen Gasgrill an.

Rettinghaus bereitete in der Küche Kaffee in einem sündhaft teuer aussehenden Vollautomaten zu, der vermutlich genauso viel gekostet hatte wie Kupernikus' ganzer Camper. Den hatte er für zehntausend Euro bekommen, weil er damals fahruntüchtig gewesen war. Ein waidwunder Oldie, der sein Dasein in der Scheune eines anderen waidwunden Oldies gefristet hatte, bis er von einem dritten Oldie, nämlich Kupernikus, entdeckt und repariert worden war.

»Latte Macchiato? Chai Latte? Cappuccino?«

»Kaffee. Schwarz. Bitte.«

»So mag ich das«, sagte Rettinghaus. »Wer braucht schon dieses neumodische Zeugs.«

»Nett hast du es hier«, sagte Kupernikus, wenn er auch nicht verstand, warum man ein Hausboot brauchte, wenn man es wie ein Haus an Land einrichtete. Wo blieb der Reiz des Besonderen? Das maritime Flair?

»Ja, ich bin zufrieden. Hier unten sind Wohnbereich, Bad, Schlafzimmer und ein kleines Büro, oben drüber die Dachterrasse. Ist ein netter Sommersitz.«

Als Rettinghaus zwischen Küchenzeile und Kühlschrank hin- und herging, kam er Pinguin zu nahe. Die Hündin fletschte die Zähne, bellte und schnappte nach Rettinghaus' nackter Wade. Im letzten Augenblick konnte er das Bein zurückziehen.

»Holla!«, rief er erschrocken. »Was ist denn mit dem Hund los?«

»Ich weiß es nicht. Ich nehme an, es liegt daran, dass sie auf dem Wasser ist.«

»Binde sie besser irgendwo an, bevor noch ein Unglück passiert.«

Kupernikus band die Wäscheleine an das Bein des Esszimmertischs. Pinguin verkroch sich unter den Tisch, behielt Rettinghaus aber aufmerksam im Auge. So angespannt hatte Kupernikus sie bislang nicht erlebt.

Er bekam einen Becher Kaffee in die Hand gedrückt und folgte seinem Gastgeber über die Außentreppe hinauf auf die Dachterrasse. Er hatte nicht übertrieben: Der Blick über den morgendlichen See mit der aufgehenden Sonne im Osten war fantastisch. Sogar sein Wohnmobil konnte Kupernikus sehen.

»Was für ein Ausblick. Hier lässt es sich wahrlich aushalten«, schwärmte er.

»Ja, ist ganz okay, aber man gewöhnt sich daran. Nachts ist es allerdings cool. Da sind die Sterne so nah, dass du denkst, du befindest dich im Himmelreich.« Er lachte über seinen kleinen Scherz.

Sie machten es sich in Klappstühlen gemütlich und tranken von dem Kaffee. Kupernikus ließ es sich nicht anmerken, aber schon der erste Schluck war enttäuschend. Kein Körper, keine

Note, kein Abschluss. Er war nicht halb so aromatisch wie der, den Kupernikus in seiner French-Press für dreißig Euro zubereitete. Nun ja, der schöne Schein hatte noch nie etwas über Qualität ausgesagt.

»Ich hörte, du bist Schauspieler?«, begann Rettinghaus.

»Ich war bis vor ein paar Jahren Schauspieler.«

»Jetzt nicht mehr?«

Kupernikus schüttelte den Kopf. »Ich war es leid, hinter jeder Rolle hinterherbetteln und mich verbiegen zu müssen. Das ist nicht gut fürs Ego. Jetzt bin ich Nomade, sehe die schönsten Plätze des Landes und führe das entspannte Leben eines Privatiers.«

»In diesem klapprigen Oldtimer?«

»Der bringt mich zuverlässig überall dorthin, wo ich hinmöchte, und ich kann ihn selbst reparieren, was bei den modernen Dingern ja gar nicht mehr geht.« Er musste Rettinghaus ja nicht erzählen, wie oft das der Fall war, und dass es durchaus nerven konnte, alles selbst reparieren zu müssen.

»Jeder, wie er mag«, sagte Rettinghaus. »Wir sind uns nie bei Dreharbeiten über den Weg gelaufen, oder?«

»Nicht, dass ich wüsste. Ich hatte aber auch nur Nebenrollen. Und wer interessiert sich schon für die Nebendarsteller.«

»Die muss es ja auch geben«, sagte Rettinghaus jovial.

»Was man bei der Bezahlung nicht merkt. Dein Hausboot sieht aus, als würdest du Hauptrollen spielen.«

»Ja, es läuft gut. Gerade letztes Jahr habe ich eine Hauptrolle abgedreht. *Radio Killer*. Ist gerade bei den Streamingdiensten voll durchgestartet und hat in den Staaten erste Preise eingeheimst. Ich spiele den charismatischen, aber psychopathischen Killer.«

»Streamingdienste? Nicht im Kino?«

Rettinghaus warf ihm einen beleidigten Blick zu. »Kino ist tot. Willkommen in der neuen Zeit. Wenn du heute wer sein willst, musst du bei den Streamingdiensten zu sehen sein.«

»Sieh an, wusste ich nicht. Einen Streamingdienst habe ich noch nie genutzt. Ich gehe nach wie vor lieber ins Kino. Zum Glück zeigen die auch im toten Zustand noch Filme.«

Rettinghaus trank von seinem Kaffee. Es wirkte, als müsse er irgendwas in seinem Hals hinunterspülen. Danach nickte er gedankenverloren und blickte auf den See hinaus.

»Du synchronisierst auch?«, fragte Kupernikus.

»Ja, vor allem für amerikanische Serien. Ich bin die Stimme von Negan aus *Walking Dead.*«

»Nie gehört.«

»Walking Dead? Diese Zombieserie, die schon seit Jahren höchst erfolgreich läuft? Die kennt doch jeder.«

»Wo läuft die denn? Bei Streamingdiensten?«

»Ja, klar, wo denn sonst.«

Kupernikus zuckte mit den Schultern. »Wie gesagt, da bin ich raus.«

Rettinghaus beugte sich vor, und sein Gesicht veränderte sich. Plötzlich hatte es etwas Bedrohliches, verlor aber seinen Charme nicht. Er trug immer noch die Sonnenbrille, die hatte er selbst in der Küche nicht abgesetzt.

»Ich zähle bis drei. Wenn du diesen Ort dann nicht verlassen hast, wickele ich dich in Stacheldraht ein und werfe dich in den See. Da kümmern sich dann die Fische um dich.«

Sie starrten einander an, und Kupernikus entschied, weiterhin den Ahnungslosen zu spielen. Natürlich kannte er sowohl *Walking Dead* als auch Negan, aber wenn man Menschen in Gesprächen ein wenig die Oberhand ließ, redeten sie mehr, als sie müssten. Das hatte Kupernikus durch die Rolle eines komischen Kauzes gelernt, der für eine Versicherung Betrugsfälle aufdeckte. Tu so, als hättest du keine Ahnung, dann wollen die Leute dir automatisch helfen.

Also spielte Kupernikus den Irritierten, bis Rettinghaus sich auf die Knie schlug und lachte. »Keine Panik, Björn, ich habe nur den Negan gemacht.«

Diesmal klang sein Lachen wie das eines kleinen Jungen, der gerade seiner kleinen Schwester eine Haarsträhne abgeschnitten hatte. Hier zeigte sich der echte Rettinghaus hinter dem Synchronsprecher.

Kupernikus ließ sich zurück in den Stuhl sinken. »Das wusste ich natürlich.«

»Wusstest du nicht.«

»Stimmt, wusste ich nicht. Du bist wirklich gut.«

»Ach, das ist doch gar nichts. Man muss nur lange genug üben. Ich synchronisiere schon seit Jahrzehnten, da macht mir keiner was vor. Robert de Niro, Sylvester Stallone, Arnold Schwarzenegger, James Bond … alles meine Freunde. Also die deutschen Stimmen, meine ich.«

»Sieh an. Der heißt tatsächlich James Bond?«

»Was? Nein, natürlich nicht. Daniel Craig meine ich.«

»Und sprichst du auch einen Hollywood-Star, den ich kennen könnte?«

»Jean-Claude van Damme.«

»Sagt mir nichts.«

»Das gibt's doch gar nicht! Dieser Actionheld und Kampfsportler aus Belgien? Muscles from Brussels? Bloodsport?«

Kupernikus schüttelte den Kopf.

»Jamie Foxx?«, legte Rettinghaus nach.

Kupernikus schnippte mit den Fingern. »Ja, den kenne ich. Das ist der aus Akte X, nicht wahr?«

»Nein! Die Rolle hieß Fox. Fox und Mulder. Mann, du hast ja wirklich keine Ahnung. Aber Robert Downey Jr., den kennst du doch. Komm schon, mach mich nicht schwach. Du bist immerhin Schauspieler, wenn auch nur für Nebenrollen.«

Kupernikus nickte. Er wollte es nicht übertreiben mit seiner vorgespielten Ahnungslosigkeit. Natürlich kannte er jeden der Namen, die Rettinghaus erwähnte.

»Der hat Sherlock Holmes gespielt, den kenne ich.«

»Jaaa, bingo! Na endlich.« Rettinghaus schien regelrecht erleichtert.

Ein guter Zeitpunkt, ihn mit einer Frage zu überraschen. »Hast du vorgestern auch eine Runde auf dem Paddleboard gedreht?«

»Was?«

»Eine Paddelrunde. Vorgestern. In der Früh?«

»Na klar.«

»Aber das Board mit dem Hund ist dir nicht aufgefallen?«

»Ach, jetzt fällt es mir wieder ein. Vorgestern bin ich erst spät aufgestanden und habe die Runde dann wegen der Hitze ausfallen lassen.«

»Ach, wie schade. Ein Augenzeuge wäre wirklich hilfreich gewesen.«

»Leider kann ich damit nicht dienen. Und wenn, hätte ich selbstverständlich längst mit diesem Kommissar gesprochen. Wie heißt der eigentlich?«

»Fass«, antwortete Kupernikus leise, damit Pinguin es nicht mitbekam.

»Und was war das gestern für eine merkwürdige Aktion, bei der du dabei warst?«, wollte Rettinghaus wissen.

»Der Kommissar wollte herausfinden, ob der Mann bei einem Unfall ums Leben gekommen sein könnte.«

»Unfall? Echt?«

»Einem äußerst unglücklichen Unfall.«

»Na ja, unglaubliche Dinge passieren immer wieder.«

Als sei dies eine weltbewegende Erkenntnis, über die sie sich wie die großen Philosophen des alten Griechenland den Kopf zerbrechen mussten, schwiegen sie einen Moment und ließen die Blicke übers Wasser gleiten. Also, Rettinghaus ließ gleiten. Kupernikus beobachtete ihn.

Schließlich fragte er: »Lebst du schon lange hier auf dem Hausboot?«

»Erst seit dem letzten Jahr. War verdammt schwierig, etwas zu finden.«

»Ist die Gegend hier sehr gefragt?«

»Das kannst du laut sagen. Eigentlich wollte ich ein Haus mieten, aber da war nichts zu machen. Die Einheimischen sitzen hier auf ihren alten Klitschen wie die Maden im Speck. Keiner will verkaufen oder vermieten.«

»Vielleicht solltest du den Negan rauslassen und ihnen ein Angebot machen, das sie nicht ablehnen können«, schlug Kupernikus vor.

Rettinghaus warf ihm einen abschätzenden Blick von der Seite zu, als wolle er herausfinden, ob das ernst gemeint war. Es entstand eine unangenehme Situation, die aber rasch von dem gellenden Schrei einer Frau unterbrochen wurde. Unten begann Pinguin laut zu kläffen.

»Ach du Scheiße!« Rettinghaus sprang auf und verschüttete dabei seinen Kaffee. »Vanessa. Die habe ich total vergessen.«

»Chaaaarliiiiie … Hiiiiilfeeee«, kam es verzweifelt von unten.

Rettinghaus spurtete die Außentreppe hinunter. Da ganz offensichtlich Pinguin in irgendwas involviert war, folgte Kupernikus ihm ebenso eilig.

Im großen Wohnraum des Hausboots bot sich ihnen der Anblick eines Kampfes auf Leben und Tod. In einer Ecke des Raumes stand die verängstigte Pinguin, und weil sie nicht weiter zurückweichen konnte, hatte sie eine Verteidigungshaltung mit hochgezogenen Lefzen und aufgestellter Bürste eingenommen. Wieder zeigte sie, dass Wehrhaftigkeit keine Frage der Größe war – was Kupernikus mit seinen eins siebzig gefiel.

In die gegenüberliegende Ecke presste sich eine junge Frau, groß und schlank, die Kupernikus auf höchstens dreißig Jahre schätzte. Sie trug sehr knapp geschnittene und in Teilen durchsichtige Unterwäsche – untenrum. Oben war sie komplett nackt und hielt sich schützend die Arme vor die Brüste. Kupernikus war Gentleman genug, um nicht länger als einen Augenblick hinzuschauen, dann wandte er sich ab und kümmerte sich um Pinguin.

»Herrschaftszeiten, was machst du für ein Theater wegen dieser Minitöle!«, rief Rettinghaus.

»Der wollte mich beißen … ich bin so erschrocken, weil … weil …«

Sie brach in Tränen aus und wollte offensichtlich getröstet werden. Rettinghaus nahm sie in die Arme.

»Ich glaube, du nimmst das Monster besser mit«, sagte er an Kupernikus gewandt. »Wer weiß, vielleicht hat er dem Mann ja doch den Kopf abgerissen.«

Vanessa schrie entsetzt auf, und Pinguin bellte wie von Sinnen.

Kupernikus löste die Leine und verließ mit ihr das Hausboot.

Sobald er draußen war, brach drinnen ein Streit vom Zaun.

SZENE 2

»Die Stechpaddeltiger«

AUSSEN. VORMITTAG.
Seeufer Templiner See.

Die Stechpaddeltiger.

So hieß der Kanuclub unweit des Campingplatzes Himmelreich, dessen Vorsitzender ein gewisser Lothar Decker war. Der wiederum in seiner Freizeit mal eben rasch eine Bürgerwehr zur Abwehr örtlicher Serienmörder gegründet hatte.

Das Logo des Vereins war an Kreativität nicht zu überbieten: Ein vor Muskelpaketen strotzender Tiger mit Sonnenbrille und coolem Grinsen stach ein Paddel in einen aufgewühlten See. Hinter ihm glühte rot die untergehende Sonne in Jerry-Bruckheimer-Licht.

Hätte Kupernikus die Herren des Vereins nicht bereits kennengelernt, er hätte sie sich bei Betrachtung des Schildes genauso vorgestellt, wie er sie erlebt hatte: Zupackend. Testosterongesteuert. Sportlich. Und vielleicht ein kleines bisschen aggressiv.

Das Schild befand sich an der schmalen Zufahrt zum Clubgelände, ebenjenem Weg, auf dem die drei Herren vorgestern Abend aus der Dunkelheit aufgetaucht waren.

Nach dem aufschlussreichen Gespräch mit Charlie waren Pinguin und Kupernikus zum Camper zurückgekehrt, um zu frühstücken. Für Pinguin hatte es Hundefutter gegeben, das sie tags zuvor in Caputh gekauft hatten. Kupernikus hatte sich seinen geliebten Kaffee gekocht, noch immer mit der Blue-Jamaika-Bohne, die er bald zu wechseln gedachte. In Caputh hatte er bereits einen kleinen Kaffeeladen entdeckt. Dort würde er bestimmt eine interessante Bohne finden.

Dazu hatte er zwei Scheiben Graubrot mit Nutella gegessen, sein Standardfrühstück. Nicht unbedingt gesund, aber lecker. Er freute sich jeden Morgen darauf. Und was nützte das gesündeste Frühstück mit irgendwelchen Flocken, Samen und Früchten, wenn man sich nicht darauf freute und es lustlos in sich hineinstopfte? Da wurde man ja durch schlechte Laune krank. Dann doch lieber durch schlechtes Essen.

Insofern gab er Annabelle, oder besser, ihrer Großmutter durchaus recht, dass Essen eine heilende Wirkung hatte.

Während seines Frühstücks mit Blick auf den See hatte Kupernikus seinen Plan für den Tag entworfen. Der Abend stand fest. Auf dem Campingplatz fand das Herbstfest statt. Musik, Tanz, Essen und Trinken. Annabelle bestand darauf, sich von ihm dorthin ausführen zu lassen. Und wenn Kupernikus eines bereits über Annabelle gelernt hatte, dann, dass man ihr nichts abschlagen konnte, was sie sich in den Kopf gesetzt hatte.

Was war das eigentlich für eine furchtbare Redewendung? Jemandem etwas abschlagen? Da kamen ihm ganz andere Bilder in den Kopf, die mehr mit Rittern und Schwertern und Köpfen zu tun hatten denn mit einer nicht erfüllten Bitte.

Wie auch immer: Der Tag war noch frei, und Kupernikus wollte ihn nutzen, um Antwort auf eine Frage zu finden, die ihn umtrieb. Und die erhoffte er sich von den Stechpaddeltigern, denn immerhin hatte deren Vorsitzender die Frage aufgeworfen.

Der Weg zum Vereinsgelände war dicht bewachsen. Die Bäume und Büsche rechts und links bildeten einen grünen Tunnel. Darin war es dunkel, und Kupernikus hatte das Gefühl, auf der abschüssigen Straße auf einen Abgrund zuzugehen. Auch Pinguin benahm sich anders. Er lief nicht wie sonst so weit vor, wie es die Wäscheleine erlaubte, sondern blieb bei ihm.

Jeder Schritt dämpfte die Stimmung weiter ein.

Aber Kupernikus wollte eine Antwort, deshalb ging er weiter.

Merkwürdige Geräusche drangen durch den Tunnel.

Es klang nach einer Stimme, die sehr weit entfernt Befehle erteilte, von denen Kupernikus nur einzelne Wortfetzen verstehen konnte. Schrie da jemand Zahlen in den Wind?

Der Weg machte eine scharfe Rechtskurve und endete an einem hüfthohen Metalltor. Daran waren zahlreiche Schilder befestigt.

Privatgelände.

Betreten verboten.

Videoüberwachung.

Eltern haften für ihre Kinder und deren Kinder.

Vorsicht vor dem Hund.

Wir verkaufen nicht!

Das letzte Schild war am auffälligsten. Wegen seiner Größe, und weil es von Hand geschrieben war. Rote Farbe auf weißem Grund. Große, schreiende Buchstaben.

»Sollen wir es dennoch wagen?«, fragte Kupernikus Pinguin. Die sah ihn zweifelnd an, die Rute zwischen die Hinterläufe geklemmt.

»Ja, du hast schon recht, das wirkt alles nicht besonders einladend. Aber manchmal muss man etwas wagen, um Antworten zu bekommen auf seine Fragen.«

Pinguin sah ihn fragend an.

»Nein, nicht Goethe. Kupernikus.«

Zu seiner Überraschung fand er die Fußgängerpforte neben dem Tor unverschlossen vor – also Kupernikus, nicht Goethe. Und warum auch nicht? Wer diese Schilder ignorierte, ließ sich auch von einem Schloss nicht aufhalten.

Ein Hund kam ihnen nicht entgegen, doch die Sache mit der Videoüberwachung war nicht gelogen.

Die erste Kamera entdeckte Kupernikus schon nach wenigen Schritten in drei Metern Höhe an einem Metallmast. Ob sie in Betrieb war, ließ sich nicht sagen, aber das kreisrunde, gewölbte schwarze Auge wirkte Furcht einflößend.

Nach einer weiteren Kurve zeigte sich plötzlich der See. Ein akkurat gemähtes, tiefgrünes Rasenstück bildete das Ufer, eingefasst von zwei Holzstegen, die in U-Form verliefen und zum See hin eine Durchfahrt gewährten.

Direkt am Wasser duckte sich ein alter Bootsschuppen ins Schilf, die beiden Flügel im Giebel standen weit offen. Das Holz der Wände war von der Sonne schwarz gebrannt, das Dach bestand aus schwarzen Eternitplatten, auf denen Moos ein Biotop bildete. Im Inneren lagerten Kajaks und Kanus. Rechter Hand, am Waldrand, stand das Vereinshaus. Neben der Eingangstür des lang gestreckten, eingeschossigen Holzgebäudes mit weißen Fenstern und roten Schindeln wehten an zwei Masten Fahnen mit dem Logo des Vereins. Auf einem Leuchtschild über der Tür wiederholte sich das Logo, eingerahmt vom Markennamen einer bekannten Biersorte.

Die Stimme, die Kupernikus schon auf dem Weg gehört hatte, kam vom Wasser her.

Dort entdeckte er drei schlanke Kajaks, die in hoher Geschwindigkeit aufs Ufer zuhielten. Sie schienen sich ein Wettrennen zu liefern. Eines der Kajaks hatte deutlich Vorsprung vor den beiden anderen, die ungefähr gleichauf waren. Und dann gab es noch das vierte Boot. Kein Kajak, sondern ein kleines Motorboot. Darin saß ein Mann mit Megafon, und seine elektrisch verstärkte Stimme vertrieb die Vögel aus dem Schilf.

»Achtdreiunddreißig … Das hatten wir schon besser … Jetzt strengt euch endlich mal an! … Ihr wollt Tiger sein? … Ich habe schon Enten schneller paddeln sehen! … Achtzweiundfünfzig … Na los, die letzten Meter … Ich will euch bluten sehen …«

Die muskulösen Männer in ärmellosen weißen Trikots knieten in ihren Booten auf einem Bein, das andere war aufgestellt. In fließenden, schnellen Bewegungen stachen sie die Paddel ein und brachten die Boote mit kraftvollen Bewegungen vorwärts.

Nachdem der Erste eine gedachte Linie zwischen den offenen Enden der u-förmigen Stege durchfahren hatte, riss er die Arme hoch und stieß einen Jubelschrei aus. Es war Kupernikus ein Rätsel, wie der Mann in diesem schmalen Boot die Balance halten konnte. Es war dünn wie ein Bleistift.

Die beiden anderen Boote fuhren Sekunden später in das U ein, jubilierten aber nicht. Erschöpft ließen sie Arme und Schultern sinken.

»Nicht schlecht, Jungs, nicht schlecht … Aber das hatten wir echt schon besser … Sechzig dreizehn … keine Bestzeit.«

Langsam tuckerte das Motorboot an den Steg. Der Mann darin packte das Megafon weg und konzentrierte sich aufs Anlegen. Kupernikus erkannte Lothar Decker, den Anführer der kleinen Bürgerwehr. Ob einer der Ruderer auch dabei gewesen war, konnte er nicht sagen.

Kupernikus beobachtete, wie die Kanuten ihre Boote auf das Ufer steuerten und ausstiegen. In der einen Hand das Stechpaddel, schleppten sie mit der anderen die offenbar nicht sehr schweren Boote Richtung Bootshaus. Die drei waren jung und athletisch, und Kupernikus glaubte, sich zu erinnern, dereinst auch so gut in Form gewesen zu sein. Nun allerdings verschwanden von oben gesehen seine Füße unter seinem kleinen Bauch, und das machte ihn im direkten Vergleich mit diesen Recken ein wenig wehmütig.

Über den Steg kam Decker auf ihn zu. Er trug das Megafon und eine blaue Thermoskanne mit dem Logo der Stechpaddeltiger darauf.

Argwöhnisch fixierte er Kupernikus.

»Kann ich helfen?«, fragte er schon von Weitem, wobei seine Stimme keinerlei Hilfsbereitschaft signalisierte.

Pinguin bellte ihn an, bis Kupernikus sie überreden konnte, still zu sein.

»Hallo, Herr Decker, mein Name ist Kupernikus, erinnern Sie sich?«

In zwei Metern Entfernung blieb Decker stehen. »Nee. Hatten wir schon das Vergnügen?«

»Ja, vorgestern Abend, ganz kurz. Ich war in Begleitung von Annabelle Schäfer.«

»Ach ja, richtig, jetzt erinnere ich mich. Sherlock Holmes.« Decker lachte verächtlich, setzte sich erneut in Bewegung und hielt auf das Bootshaus zu. Kupernikus blieb nichts anderes übrig, als ihm zu folgen.

»Das sah toll aus. Trainieren Sie für einen Wettbewerb?«

»Für was sollte man sonst trainieren?«

»Solche Kajaks habe ich noch nie gesehen.«

»Das sind keine Kajaks, sondern Kanadier.«

»Sieh an! Und hockt man darin, statt zu sitzen, weil die so schmal sind?«

»Genau. Speziell diese Boote sind nur fünfunddreißig Zentimeter breit. Ihr Hintern würde da nicht reinpassen.«

Diese Bemerkung fand Kupernikus überflüssig, und sie tat ihm weh. Seinen Hintern hatte er bisher für sehr in Ordnung gehalten.

»Das Rudern sah jedenfalls sehr professionell aus«, sagte er, um sich dennoch bei Decker ein wenig anzubiedern. Schließlich war er auf eine Antwort aus.

»Wir rudern nicht, wir paddeln. Und zwar mit Stechpaddeln.«

»Ach, deshalb die Stechpaddeltiger.«

Kupernikus kam ein wenig außer Atem, weil Decker immer schneller ging.

»Jungs«, rief er den athletischen Recken zu. »Wenn die Boote sauber sind, treffen wir uns zur Nachbesprechung in Raum eins. Haut einen Schlag ran, in spätestens zehn Minuten erwarte ich euch dort.«

Er stellte das Megafon ab und drehte sich zu Kupernikus um. »Ich habe nicht viel Zeit. Was wollen Sie? Paddeln ja wohl kaum.«

»Geben Sie Kurse im Stand-up-Paddeln?«

Deckers Miene verhärtete sich. Sie war ohnehin schon alles andere als weich, wechselte jetzt aber von bretthart zu granithart. »Wollen Sie mich verarschen? Damit hier noch mehr von diesen Vollpfosten herumeiern und den See verstopfen? Machen Sie das auf irgendeinem Baggersee, aber nicht hier, wo ernsthafter Wassersport betrieben wird.«

»Das klingt nach einem Konkurrenzkampf.«

»Quatsch. Das sind keine Konkurrenten, sondern Ärgernisse. Also, wenn das jetzt geklärt ist, wünsche ich noch einen schönen Tag.« Decker stapfte Richtung Vereinsheim.

»Übrigens habe ich die Leiche aus dem See gezogen«, rief Kupernikus ihm hinterher.

Decker blieb stehen und drehte sich um. »Ach, Sie waren das.«

»Ja, und diese süße kleine Hundedame stand oben auf dem Board. Sie haben sie nicht zufällig vorher schon einmal gesehen?«

Decker schüttelte den Kopf. »Nee, warum?«

»Na ja, die Leiche ist nicht identifiziert, und es würde helfen, zu wissen, zu wem dieser Hund gehört.«

»Keine Ahnung. Mich interessiert viel mehr, dass da draußen ein Mörder herumläuft und unsere Frauen und Kinder nicht mehr sicher sind.«

»Aber es ist doch ein Mann ums Leben gekommen.«

»Ja, dieses Mal. Und nächstes Mal?«

»Warum sollte es ein nächstes Mal geben?«

»Weil das immer so ist, oder nicht? Und weil unser sogenannter Rechtsstaat ein einziges Sodom und Gomorra ist. Ich verlasse mich jedenfalls nicht auf die Polizei.«

»Dabei dürfte es Ihnen doch ganz recht sein, wenn es einen SUP-Sportler weniger gibt auf Ihrem See.«

Decker kam einen Schritt näher. »Was wollen Sie damit sagen?«, presste er mit gefährlich gedämpfter Stimme zwischen den Lippen hervor.

»Es klang ja gerade nicht so, als wären das Ihre allerbesten Freunde.«

»Wollen Sie mir irgendwas unterstellen?«

»Das liegt mir fern.«

»Sollte es auch. Und ich glaube, es ist besser, wenn Sie jetzt verschwinden, bevor hier was passiert.«

»Ach, ich bin kein ängstlicher Typ.«

»Sollten Sie vielleicht besser sein.«

»Das ist aber keine Drohung, oder?«

»Von mir?« Decker lachte auf. »Nee, sicher nicht. Wer mit der schwarzen Witwe rummacht, dem muss man nicht mehr drohen.«

»Wie war das?«

Decker lächelte süffisant. »Die schwarze Witwe. Annabelle Schäfer. Kennt doch hier jeder.«

»Was, bitte, soll das denn bedeuten?«

»Bei der müssen Sie vorsichtig sein. Man sagt, sie hat bereits drei Ehemänner unter die Erde gebracht.«

»Ach, sagt man das.«

»Ich weiß nichts darüber, und es geht mich auch nichts an, aber man sagt, sie hätte bei jedem einen guten Schnitt gemacht. Waren allesamt wohlhabend, wenn Sie verstehen, was ich meine.«

»Was ich verstehe, ist, dass Sie hier Gerüchte aufgreifen und verbreiten.«

Decker zuckte mit den breiten Schultern. »Sie haben gefragt, also bekommen Sie eine Antwort. Wenn die Ihnen nicht passt, ist das nicht mein Problem. Viel Glück fürs weitere Leben.« Er lachte leise und ließ einen konsternierten Kupernikus zurück.

Die Recken kamen auf ihrem Weg vom Bootshaus zum Vereinsheim an ihm vorbei. Pinguin begann, böse zu knurren und zu bellen.

Einer der Jungs warf Kupernikus einen Blick zu, der ihm einen kalten Schauer über den Rücken trieb.

SZENE 3
»Ralle und Luzie«

AUSSEN. VORMITTAG.
Beim bunten Haus.

1. Warum das Schild »Wir verkaufen nicht«?
2. Warum hat Pinguin Lothar Decker angebellt?
3. Warum ist Decker so offensichtlich gegen SUPs?

Diese Fragen hatten zwar nichts zu tun mit der Antwort, die Kupernikus von Lothar Decker bekommen hatte, nichtsdestotrotz mussten sie geklärt werden.

Weshalb Kupernikus nicht sofort zum Campingplatz zurückkehrte, sondern einen Weg einschlug, den er bereits kannte. Denn dank diesen weiteren Fragen machte sich in Kupernikus das Gefühl breit, dem Wesen des Falles näherzukommen.

Beim Wesen des Falles handelte es sich um dessen Kern, bestehend aus Motivation und Emotion. Im Grunde war es wie bei einer Sonnenfinsternis. So wie Erde und Mond durch eine besondere Konstellation zueinander imstande waren, Dunkelheit auf die Sonne zu legen, verschatteten Motivation und Emotion die Seele eines Menschen. In diesem Stadium taten sie dann Dinge, die sie bei Lichte betrachtet nie getan hätten.

Nach zwanzig Minuten Fußmarsch kam das bunte Haus in Sicht. Pinguin hatte keine Lust mehr zu laufen. Ihre kurzen, krummen Beinchen waren wohl nicht für Weitwanderungen gemacht.

»Na, komm schon«, bat Kupernikus und zog an der Leine. »Wenn wir zu Hause sind, darfst du auch in meinem Bett ausruhen.«

Für den Moment ließ sie sich überzeugen, und Kupernikus fragte sich, warum er mit dem Hund wie mit einem Menschen sprach.

Die Antwort war simpel.

Warum nicht.

Im Vorgarten des bunten Hauses war es still an diesem Vormittag. Obwohl die Johannisbeersträucher noch immer voller Früchte hingen, war die rote Frau nicht zu sehen. Stattdessen hockten zwei Krähen auf dem Dachfirst und schrien sich an wie ein streitendes altes Ehepaar.

Kupernikus sah keine Klingel, aber auch keine abwehrende Schilderflut, also drückte er das alte, schräg in den Angeln hängende Tor auf und betrat das Grundstück. Das Tor knarrte. Die Krähen stellten ihren Streit ein, ihre Aufmerksamkeit galt jetzt Pinguin und ihm. Krähen waren aufmerksame Beobachter, und wahrscheinlich betrachteten sie alle anderen Lebensformen als potenzielle Opfer. Ihre Blicke ließen diese Vermutung jedenfalls zu.

Aber obwohl die Krähen schwiegen, hörte Kupernikus weiterhin Streitlärm. Pinguin ebenfalls, wie ihre aufgestellten Ohren bewiesen.

Dieser Lärm kam aus dem hinteren Bereich des Grundstücks, der von vorn nicht einsehbar war. Um Geräuschlosigkeit bemüht, schlich Kupernikus an dem bunten Haus vorbei. Um die Haustür herum sah es aus wie auf einem Flohmarkt. Alle möglichen Dinge lagen wild durcheinander: Gummistiefel, Filzpantoffeln, Gießkannen in groß und klein, Schaufeln und Schäufelchen, Körbe, Holzkisten, Kaffeetassen, Gartenzwerge und kleine Kunstwerke aus Ton, vor allem Schnecken mit überdimensional großen Augen.

Je weiter Kupernikus in den dschungelartigen Garten eindrang, desto lauter wurde das Gefecht.

Keine Frage, da stritten sich zwei Menschen wie ein altes Krähenehepaar.

Bald konnte er sie sehen.

Die rote Frau stand in einem Gewächshaus, davor ein Mann, bei dem es sich vermutlich um Ralle handelte. Ralle war dürr wie eine Bohnenranke, hatte langes, flachsblondes Haar und einen kleinen Wikingerbart in der gleichen Farbe. Er trug lediglich ausgeblichene Shorts und Gummistiefel, in der Hand hielt er zusammengerolltes Papier, mit dem er wie mit einem Schlagstock immer wieder auf und nieder fuhr, während er auf die Frau einredete.

Die trug ihre roten Dreadlocks offen, sodass von ihrem Gesicht zunächst nichts zu sehen war. Sie war barfuß und in eine Latzhose mit abgeschnittenen Hosenbeinen gekleidet. Die Haut an ihren Beinen war voller Tattoos, auch am Oberkörper hatte sie welche. Da sie unter der Latzhose nichts weiter trug, lugten ihre Brüste immer mal wieder hervor. Denn genauso wie Ralle redete sie mit dem ganzen Körper.

Pinguin brachte sich hinter Kupernikus in Sicherheit.

Zum Glück bellte sie nicht. So konnte Kupernikus den Streit belauschen, ohne bemerkt zu werden.

»Schon wieder zweihundert Euro Tierarztkosten für die verdammten Schafe. Die bringen überhaupt nichts ein und kosten nur«, schimpfte Ralle.

»Das trifft nicht nur auf die Schafe zu«, entgegnete die Johannisbeerfrau.

»Was soll das denn bitte heißen? Wer hat denn diesen verfluchten Kartoffelacker angelegt, auf dem die Hälfte verfault und die andere Hälfte zu klein ist, um sie zu verkaufen? Und wer hat vorher gesagt, dass niemand diese scheißsaure Johannisbeermarmelade kauft, wenn sie im Supermarkt nicht mal die Hälfte kostet und auch noch süß ist? Ich könnte in meinem Job zehnmal so viel verdienen und müsste nur halb so viel arbeiten …«

»Dann geh doch zurück in deinen miesen Computerjob und lass dich knechten wie die anderen Schafe da draußen.«

»Ja, vielleicht mache ich das sogar, bevor ich hier auch noch Schafe schlachten muss, damit wir nicht verhungern.«

»Hier wird überhaupt nichts geschlachtet. Du hast einfach keinen Mut zum Risiko und knickst bei der kleinsten Belastung ein. Dann kommt einer und wedelt mit Geldscheinen, und du springst darauf an wie der Rest dieser degenerierten Konsumzombies da draußen.«

»Das stimmt nicht, und das weißt du ganz genau!«

Ralle fuchtelte mit der Papierrolle gefährlich nah am Gesicht der roten Frau herum, und Kupernikus fragte sich, ob er eingreifen sollte, bevor ein Unglück geschah. Doch mit einem Mal kippte die Situation.

Die beiden verstummten und starrten einander an. Dann warf Ralle die Papierrolle fort, sie sanken sich in die Arme und begannen, sich wild und leidenschaftlich zu küssen. Seine Hände krallten sich in die rote Flut auf ihrem Kopf, ihre in seinen Hintern. Die Frau trug rosafarbene Gummihandschuhe, doch das schien beide nicht zu stören. Ralle riss der Frau den Latz herunter, drückte sie in das Gewächshaus und gegen die Glaswand, sodass Kupernikus ihren nackten Rücken am Glas kleben sehen konnte.

Das Gewächshaus wackelte.

Pinguin entschied sich, nun doch zu bellen.

Ralle riss die Augen auf, und ihre Blicke begegneten sich.

Das war ihm wohl ein bisschen peinlich, weil die rote Frau ihm bereits die Shorts vom Hintern gestreift hatte – der Stoff staute sich nun auf den gelben Gummistiefeln. Eine Unterhose trug er nicht. Unterwäsche schien hier verpönt zu sein.

Ralle sagte etwas, und sie stellten ihren Liebesreigen ein.

Die rote Frau fuhr barbusig herum. Kupernikus drehte sich weg, hob entschuldigend die Hand und rief: »Tut mir leid.«

Und das tat es wirklich. Wie konnte man sich nur so große Metallringe in die Brustwarzen machen lassen? Allein die Vorstellung der Schmerzen verursachte ihm Schmerzen. Und wie hätte er ahnen können, dass sich ein handfester Streit in Sekundenschnelle in Leidenschaft verwandelte.

»Hau ab, du Spanner!«, rief Ralle wütend.

Nun musste Kupernikus doch wieder hinsehen, denn Ralle zog seine Hose hoch, schnappte sich einen Spaten, der zwischen den Kartoffeln im Boden steckte, und kam drohend auf ihn zu.

Pinguin baute sich schützend vor ihm auf, knurrte und stellte das Rückenhaar auf.

»Hau ab, oder ich schwöre, ich schlage dir den Schädel ein.«

Die Sonne reflektierte im Stahlblatt des Spatens.

»Ich bin Polizist!«, log Kupernikus im Angesicht des herannahenden Todes in Form eines halb nackten Möchtegernwikingers in Gummistiefeln.

»Er soll verschwinden! Mach, dass er verschwindet!«, schrie die Frau und ordnete ihren Latz.

Ralle, eben noch zu allem bereit, ließ sich durch Kupernikus' Lüge irritieren und hielt vor dem alles entscheidenden Schlag inne. »Polizei? Wieso Polizei?«

»Wegen des Toten im See.«

»Was haben wir damit zu tun?«

Der Spaten sank zu Boden. Ralles Blick aus stahlblauen Augen war beängstigend intensiv. Er atmete stoßweise, und Kupernikus konnte die Rippen an dem dürren Körper zählen. Allerdings war der Sixpack beneidenswert, wenn er auch vermutlich Hunger geschuldet sein musste. Ein Zustand, den Kupernikus nur schlecht ertrug. Also eigentlich gar nicht.

»Wir suchen nach dem Besitzer dieses Hundes«, erklärte

Kupernikus und deutete auf Pinguin, dessen Bürste ihn immer noch um mindestens drei Kleidergrößen größer wirken ließ.

»Den kenn ich, der war schon mal hier. Der hat was von Verkaufen gefaselt«, rief die Johannisbeerfrau.

Sie kam aus dem Gewächshaus und gesellte sich zu Ralle, blieb aber hinter ihm. »Der gehört zu denen.«

»Er hat gesagt, er ist Polizist«, entgegnete Ralle.

»Nie und nimmer.«

»Zeigen Sie Ihren Dienstausweis«, verlangte Ralle. Sein Griff um den Spaten wurde wieder fester.

»Nun, ich bin nicht wirklich Polizist …«

»Sag ich doch!«, unterbrach ihn die Frau. »Der lügt!«

»Aber Kommissar Fass von der örtlichen Mordkommission bat mich, herauszufinden, wem der Hund gehören könnte.«

Pinguin knurrte.

Ralle auch.

»Was für eine bescheuerte Geschichte. Sieh bloß zu, dass du Land gewinnst.«

»Also wissen Sie nicht, wo der Hund hingehört?«

»Ich hab Ihnen doch schon gesagt, Sie sollen bei Feldmann fragen.«

»Habe ich. Sein Hund ist an Krebs gestorben.«

»Geschieht ihm recht, dem alten Nazi.«

»Luzie!«, ermahnte Ralle sie.

Immerhin kannte Kupernikus jetzt ihren Namen und fand ihn passend. Die rote Luzie.

»Hierher gehört der Hund nicht«, sagte Ralle. »Also verschwinden Sie jetzt endlich!«

»Darf ich noch eine Frage stellen?«

»Nein.«

»Ich habe gehört, dass die Menschen hier vor Ort sich dagegen wehren, von Immobilienhaien aus Berlin vertrieben zu werden. Reagieren Sie beide etwa deshalb so feindselig auf Fremde?«

Das war die eigentliche Frage, die Kupernikus ihnen hatte stellen wollen. Das Schild bei den Stechpaddeltigern, die Andeutung des Hausmeisters des Einsteinhauses, Annabelles baldiger Auszug und das Missverständnis hier, als Kupernikus fragen wollte, ob die Frau ihm Johannisbeeren verkaufen würde, ließen die Vermutung zu, dass in und ums Himmelreich beim Thema Immobilienbesitz einiges im Argen lag.

»Tun Sie nicht so scheinheilig. Sie gehören doch zu denen und versuchen hier, sich mit einem Hund einzuschleimen.«

Kupernikus schüttelte den Kopf. »Nein, das stimmt nicht. Ich bin wirklich nur ein Camper im Himmelreich, der zufällig einen Toten aus dem See gefischt und dabei diesen Hund gerettet hat. Mehr nicht.«

»Sie haben den Toten rausgeholt?«, fragte Ralle.

»Ja, und der Hund hat oben auf dem Board gestanden. Die Polizei wollte ihn ins Tierheim bringen, da habe ich vorgeschlagen, ich könnte versuchen, über den Hund herauszufinden, wer der Tote ist.«

»Die Bullen wissen also nicht, wer das ist?«

»Nein, die Identität ist nach wie vor ungeklärt.«

Ralle und Luzie sahen einander an, und Kupernikus hatte den Eindruck, dass sie sich etwas entspannten.

»Wie sieht er denn aus?«, fragte Ralle.

»Der Tote? Weiß ich nicht, ich habe ihn nicht gesehen, nur seine Hand … er war ja unter ein SUP gebunden. Vermissen Sie jemanden?«

»Nee«, kam es etwas zu schnell wie aus der Pistole geschossen aus beiden Mündern.

»Aber wenn hier jemand zu so etwas fähig ist, dann der alte Feldmann. Der hatte eine militärische Ausbildung in der DDR.«

»Na ja, ich glaube nicht, dass man ihm dort beigebracht hat, einen Menschen unter ein SUP zu schnallen«, entgegnete Kupernikus.

»Jetzt hör mal auf, Hass auf den Feldmann zu schieben«, sagte Ralle. »Der ist auch nur ein Opfer.«

»Er hat mich eine Hexe genannt!«

»Und du ihn einen Nazi.«

»Aber er zuerst!«

»Merkst du selbst, oder? Wir kindisch du bist.«

»Das muss ich mir von dir nicht sagen lassen. Wenn hier einer ein Kindskopf ist, dann ja wohl du. Diese bescheuerte Idee mit den Inka-Gurken. Als ob in Deutschland jemand Inka-Gurken kaufen würde.«

»Aber die sind gut gegen Bluthochdruck«, wehrte sich Ralle, und es sah so aus, als würden die beiden wieder in Streit geraten. Weil Kupernikus Latz und Hose an Ort und Stelle wissen wollte, mischte er sich deeskalierend ein.

»Wie ist das denn jetzt mit der Immobiliensache?«, fragte er.

Beide sahen ihn an, als wäre er erst in dieser Sekunde aufgetaucht.

»Immobilien?«, fragte Ralle.

»Ja. Gibt es jemanden, der dieses Haus kaufen will?«

»Um die alte Bruchbude geht's doch gar nicht«, sagte die rote Luzie. »Auf das Grundstück sind die geil. Ein Hektar, mit Seezugang. Unser Grundstück ist das Ankergrundstück, damit die ihre scheiß Marina entwickeln können. Aber wir verkaufen nicht. Oder, Ralle?«

Ralle wusste offenbar nicht so recht, was er antworten sollte.

»Die haben sieben Millionen geboten«, presste er schließlich hervor.

»Ob sieben, siebzig oder siebenhundert Millionen, scheißegal, hier geht's um einen Systemkampf. Es muss endlich Schluss sein damit, dass die Superreichen unser Land okkupieren.«

»Sieben Millionen«, sagte Kupernikus und nickte beeindruckt. »Sie müssten nie wieder arbeiten.«

Die rote Luzie trat einen Schritt vor. »Zeigen Sie mir einen Menschen, der nie wieder arbeiten will.«

Aus einem ersten Impuls heraus wollte Kupernikus auf sich selbst zeigen, tat es aber nicht. Er hätte gern noch länger als Schauspieler gearbeitet. Nur erniedrigen lassen wollte er sich dafür nicht.

»Sie könnten sich die Arbeit aussuchen«, wich er aus.

»Das haben wir schon. Wir arbeiten mit unseren Händen in der Erde. Es gibt nichts Sinnvolleres.«

Ralles Blick zeigte, dass ihm wohl doch das eine oder andere einfiel.

»Wer hat denn so viel Geld geboten?«, fragte Kupernikus.

»Keine Ahnung«, sagte die rote Luzie. »Da kommt immer mal wieder jemand und wedelt mit einem Scheck. Irgendwelche Konzerne, Spekulanten, Banken, einer heißt Hans Olarius. Der versucht es schon seit Jahren.«

»Die Gegend hier hat sich zu einem beliebten Wochenendtrip-Gebiet für reiche Städter entwickelt«, erklärte Ralle, der den Spaten jetzt dazu nutzte, sich darauf abzustützen. Seine verblichene Shorts war schon wieder ein Stück weit über seine mageren Arschbacken nach unten gerutscht. »Die wollen hier eine Marina errichten, dafür brauchen die eine Menge Land. Aber die Ufergrundstücke sind alle in Privatbesitz. Und an den Alteingesessenen beißen die sich die Zähne aus. Wir haben dieses Grundstück gleich nach der Wende gekauft, da war es noch spottbillig.«

»Was ist eine Marina?«, fragte Kupernikus. Er wusste das zwar, aber es war immer besser, die Leute reden zu lassen.

»Ein Jachthafen. Mit allem Drum und Dran. Teure Hotels, Restaurants, Wellnesstempel. Dann kommen die Bootsbesitzer am Wochenende aus Berlin hier angeschippert und können schön unter sich bleiben.«

»Ein Herr Olarius ist gestern mit seinem Boot auf dem Campingplatz angekommen«, sagte Kupernikus.

»Echt?«, machte Luzie. »Jede Wette, der versucht es schon wieder.«

»Ist der denn an der Marina beteiligt?«

»Der hat überall die Finger drin!«

»Sagen Sie, fahren Sie Stand-up-Board?«

»Hä?«, machten Ralle und Luzie zugleich.

»Diese Paddleboards, die …«

»Wir wissen, was das ist«, unterbrach Luzie Kupernikus. »Sehen wir etwa so aus, als hätten wir Zeit für so einen Kinderkram?«

»Ich wollte nur …«

»Wir rackern uns hier jeden Tag von frühmorgens bis spätabends ab, um unseren Biohof auf die Erfolgsschiene zu bringen …«

»Und lassen die Kohle dann in den Hintern der Schafe spritzen«, sagte Ralle und bückte sich nach der Papierrolle, bei der es sich wohl um die Tierarztrechnung handelte. »Damit die Viecher gut kacken können.«

»Versuchen Sie es doch mit Johannisbeeren«, schlug Kupernikus vor.

Dafür fing er sich einen Blick von der roten Luzie ein, der es ihm geraten erscheinen ließ, das Weite zu suchen.

SZENE 4
»Der Mordanschlag«

AUSSEN. MITTAG.
Schleuse Caputh.

Der Wagen kam von vorn, die Sonne spiegelte sich in der Windschutzscheibe, sodass Kupernikus den Fahrer nicht erkennen konnte, aber der schien nicht die Absicht zu haben, anzuhalten oder auf der engen Straße auszuweichen.

Kupernikus schnappte sich Pinguin und sprang ins Gebüsch.

Rücksichtslos schoss der Wagen vorbei.

Kupernikus versuchte, sich das Kennzeichen zu merken, denn das war ein glasklarer Mordversuch. In dem Moment, als er dem Wagen hinterherschaute, stieg der Fahrer auf die Bremse, und die Bremsleuchten flammten auf.

Sekunden später die weißen Rückfahrleuchten.

Er kam zurück.

Wollte es noch einmal versuchen.

Kupernikus wog seine Möglichkeiten ab.

Durchs Gebüsch konnte er nicht, es war zu dicht, außerdem gab es dahinter einen Maschendrahtzaun. Blieb der Bahndamm auf der anderen Straßenseite. Wenn er es schaffte, ihn wenigstens bis zur Hälfte zu erklimmen, war er zumindest vor einem erneuten Angriff mit dem Wagen geschützt.

Mit Pinguin auf dem Arm sprintete er hinüber, schlug sich durch einen Graben und wollte sich gerade den geschotterten

Damm hinaufkämpfen, als er Bremsen quietschen und sofort darauf den Ruf hörte: »Kupernikus, warten Sie!«

Er drehte sich um.

Kommissar Fass quälte sich aus dem Wagen. Das war dann doch eine Überraschung. Dass der Kommissar ihn töten wollte, hatte er nicht erwartet.

»Was sollte das denn?«, fragte Kupernikus erbost. »Sie hätten den Hund und mich beinahe umgebracht.«

»Entschuldigung … dieses verdammte Ding … Herrschaftszeitennocheins …«

Mit hektischen Bewegungen zog Fass seinen Pullover aus und nestelte an den Kabeln herum, die darunter zum Vorschein kamen. Er riss sich zwei schwarze Noppen vom Rücken und zog ein kleines Gerät aus der vorderen Hosentasche. Wütend warf es alles zusammen in den Fond des Wagens.

Kupernikus ging zu ihm.

»Geht es Ihnen gut?«, fragte er und ließ Pinguin hinunter.

»Ach … zum Teufel, dieses Elektrostimulationsding bringt mich noch um.«

»Oder andere. Mich zum Beispiel.«

»Ja, tut mir leid, ich habe Sie im Gegenlicht nicht gesehen, weil ich gerade mit diesem verfluchten Ding beschäftigt war.«

Fass' Gesicht war rot vor Anstrengung, er schwitzte stark, auch unter den Achseln. Insgesamt bot er einen so bemitleidenswerten Anblick, dass Kupernikus gewillt war, ihm die Unachtsamkeit zu verzeihen.

»Das trifft sich gut«, sagten sie beide unisono, und sofort darauf, ebenso unisono:

»Ich wollte sowieso mit Ihnen sprechen.«

Da mussten sie beide grinsen.

»Kommen Sie«, sagte Kommissar Fass. »Auf den Schreck lade ich Sie auf ein Bier ein.«

Sie stiegen in seinen Wagen. Pinguin kam in den Fußraum, was alles andere als sicher war, aber sie fuhren auch nur fünf Minuten bis zum kleinen Büdchen an der Caputher Fähre. Kupernikus blockierte eine Picknickbank, während der Kommissar zwei Bier holte und sogar noch eine Schale Wasser für den Hund mitbrachte. Dafür stieg er in Kupernikus' Achtung auf ein neues Level.

Sie setzten sich einander gegenüber und stießen wortlos an. Pinguin verzog sich in den Schatten unter den Tisch. Kupernikus hatte Ausblick auf den Fährbetrieb und die Promenade des Caputher Gemündes, auf der reger Betrieb herrschte.

»Hat sich der Fährmann bei Ihnen gemeldet?«, fragte er, als ihm das Gespräch von gestern einfiel.

Fass nickte. »Hat er. Gestern schon. Für ungefähr zwei Stunden hatte ich die Hoffnung, die Identität des Toten klären zu können. Aber es handelt sich nicht um Kevin. Der Fährmann war in der Gerichtsmedizin, um ihn zu identifizieren, doch er ist es nicht. Mittlerweile ist Kevin auch wiederaufgetaucht. Er hat sich mit Wodka weggeschossen und den halben Tag im Delirium verbracht.«

»Dann steht die Identität nach wie vor nicht fest?«

»Nein, steht sie nicht. Und das ist echt ein Problem.« Kommissar Fass wirkte verzweifelt.

»Ein Urlauber vielleicht?«

»Auch der würde doch von jemandem vermisst werden.«

Kupernikus zuckte mit den Schultern. »Ich bin allein unterwegs. Bis mich jemand vermisst, würde es auch eine Weile dauern.«

»Na ja, kann schon sein, aber wir kommen nicht weiter, wenn wir die Identität nicht kennen, und ich wollte Sie fragen, ob der Hund irgendwie weitergeholfen hat.«

»Und genau deswegen wollte ich Sie sprechen«, sagte Kupernikus. »Niemand hat den Hund wiedererkannt, niemand scheint ihn zu vermissen. Das spricht dafür, dass Pinguin zum Opfer gehört und dass beide nicht von hier sind.«

»Ja, okay, damit sind wir keinen Schritt weiter.«

»Ich finde schon, dass uns das weiterbringt. Wir können davon ausgehen, dass das Opfer von außerhalb hierhergekommen ist und den Hund mitgebracht hat. Jetzt müssen wir nur noch herausfinden, was er hier wollte. Der Grund wird mit dem Motiv für den Mord zusammenhängen.«

»Wenn es denn ein Mord war«, warf Fass ein. »Das Opfer war zum Zeitpunkt seines Todes stark alkoholisiert.«

»Bitte, Herr Kommissar, Sie glauben doch nicht ernsthaft an einen Unfall?« Kupernikus fiel Annabelles Erkenntnis ein. »Ich kann Ihnen versichern, es war keiner. Pinguin ist wasserscheu, sie wäre niemals allein auf das Board gesprungen, da muss jemand nachgeholfen haben. Und das war ganz sicher nicht das Opfer, denn das befand sich ja unter dem Board.«

Fass sah Kupernikus mit zusammengezogenen Augenbrauen an.

»Was ist?«, fragte Kupernikus.

»Unsere Gerichtsmedizinerin sagt, der Mann wurde nicht lange vor seinem Tod von einem Hund in die Wade gebissen.«

»Sieh an.«

»Von einem kleinen Hund.«

Beide schauten unter den Tisch, wo Pinguin in aller Seelenruhe schlief. Sie schien sich keiner Schuld bewusst zu sein.

»Kennen Sie eigentlich einen Tierarzt hier in Caputh?«, fragte Kupernikus.

»Es gibt nur einen. Frau Dr. Stoffregen. Warum? Ist der Hund krank?«

»Es kann ja nicht schaden, sie untersuchen zu lassen«, wich Kupernikus der Frage aus.

»Wie auch immer … wo war ich stehen geblieben?«

»Bei der Bisswunde in der Wade des Opfers.«

»Genau. Man kann wohl vermuten, dass der Mann eine kriminelle Vergangenheit hat. Er ist stark tätowiert und hat auch typische Knast-Tattoos«, führte Fass aus.

Kupernikus trank von seinem Bier, wischte sich den Schaum aus dem Bart und nickte nachdenklich. »Niemand hier kennt Pinguin«, sagte er schließlich. »Aber ein Hund ist immer auch ein Kommunikations-Trigger, wie ich feststellen konnte. Über einen Hund kommt man mit anderen Menschen ins Gespräch, viel leichter als ohne. Und man erfährt so einiges, wenn man mit den Menschen spricht … oder besser, sie sprechen lässt. Am Ende geht es immer ums Zuhören.«

»Und was haben Sie gehört, Kupernikus?«

»Kennen Sie die Geschichte vom Einsteinhaus?«

»Nicht besonders gut, warum?«

»Man wollte dem großen Physiker und Nobelpreisträger hier am See ein Haus schenken und war angeblich sogar bereit, dafür andere Menschen vor die Tür zu setzen. Nur weil Einstein da nicht mitgemacht hat, ist es nicht dazu gekommen.«

»Aha. Und was hat das mit dem Toten aus dem See zu tun? Um Einstein handelt es sich sicher nicht.«

»Es scheint aber eine Analogie zu damals zu geben.«

»Sie sprechen in Rätseln, Kupernikus. Und ich habe Kopfschmerzen wegen dieses verfluchten Reizstromgeräts und bin nicht in der Lage, Ihnen zu folgen.«

»Es gibt Wut in Caputh«, sagte Kupernikus. Er konnte nicht umhin, sich einzugestehen, dass er ein wenig Genugtuung dabei empfand, den Kommissar auf die Folter zu spannen.

»Die ganze Welt ist voller Wut«, sagte Fass.

»Ja, aber hier ist sie konkret. Einige Menschen fürchten, sie könnten ihre Häuser und Grundstücke verlieren. Angeblich gibt es Bestrebungen großer Investoren, hier eine Marina zu errichten.«

»Jetzt bin ich enttäuscht«, sagte Fass. »Das ist nichts Neues. Seit Jahren wird darüber geredet, die Zeitungen berichten, die lokalen Politiker streiten sich, aber es tut sich nichts. Meines Wissens ist das Ding vom Tisch. Für diese Informationen hätten Sie nicht mit dem Hund durch die Gegend laufen müssen.«

»Wenn das vom Tisch ist, wie Sie sagen, warum reagieren die Leute dann so feindselig? Und warum werden Häuser aufgekauft?«

»Hier wechseln ständig Häuser ihre Besitzer. Das ist ein Feriengebiet, da ist das normal. Und unter den Alteingesessenen gibt es immer wieder Ressentiments gegen Hinzugezogene. Das ist ebenfalls normal.«

»Mag sein, aber ich habe das Gefühl, dass sich in diesem Spannungsfeld etwas entladen könnte … oder schon entladen hat.«

»Können Sie das präzisieren?«

»Haben Sie von der Bürgerwehr gehört?«

»Was für eine Bürgerwehr?«

»Ein gewisser Lothar Decker geht mit kräftigen Jungs vom Kanuclub Stechpaddeltiger nachts Patrouille, weil er meint, man müsse die Menschen hier beschützen, weil es die Polizei nicht kann oder tut.«

»Das ist doch eine Unverfrorenheit ohnegleichen! Ich kenne Lothar Decker. Er gehört zu denen, die hier immer wieder für Unruhe sorgen, aber jetzt geht er zu weit.«

Zwischendurch hatte Fass sich ein wenig beruhigt und seine Gesichtsfarbe sich normalisiert, jetzt stieg der Rotpegel wieder an.

»Ich habe ihn als aggressiv empfunden«, sagte Kupernikus.

»Sie haben mit ihm gesprochen?«

»Habe ich, und vielleicht sollten Sie das auch tun.«

»Sie müssen mir nicht sagen, was ich tun oder lassen soll. Ich kenne die Menschen hier besser als Sie.«

»Man wird betriebsblind, wenn man zu lange im selben Betrieb arbeitet.«

»Was wollen Sie damit andeuten?«

»Rein gar nichts. Ich gebe hier nur Informationen an Sie weiter, die ich zusammen mit Pinguin gesammelt habe. Ich könnte sie auch für mich behalten.«

»Aber den Hund nicht.«

»Bitte?«

»Wenn ich es will, konfisziere ich den Hund als Beweismittel.«

»Ist das Ihr Ernst?«

»Sehe ich aus, als würde ich scherzen?«

Kupernikus war nicht ganz klar, wieso das Gespräch, das doch eigentlich ganz nett begonnen hatte, plötzlich derart aus dem Ruder lief. Lag es tatsächlich nur daran, dass der Kommissar keine Informationen von der Bürgerwehr hatte und seine peinliche Berührtheit hinter Ärger verstecken musste?

Oder steckte mehr dahinter?

»Den Hund bekommen Sie nicht«, sagte Kupernikus. Bockig sein konnte er auch, im Übrigen besser als die meisten anderen.

»Wollen Sie es darauf ankommen lassen?«

»Sind Sie eigentlich gerade im Dienst?«

»Bin ich. Und deshalb nehme ich den Hund jetzt mit.«

»Sie haben Alkohol getrunken«, sagte Kupernikus bierernst.

»Noch nicht einmal ein Bier.«

»Spielt keine Rolle. An einen Beamten werden andere Maßstäbe angesetzt. Wenn Sie in Ihr Auto steigen, zeige ich Sie an … und sage dann gleich mit aus, dass Sie mich beinahe über den Haufen gefahren haben … wahrscheinlich auch schon alkoholisiert.«

»Wagen Sie es nicht, mich …«

Fass' Handy klingelte. Er warf einen Blick aufs Display und nahm sofort ab. »Was gibt's?«, fragte er ungehalten.

Er hörte zu, und seine Gesichtszüge entglitten ihm völlig. »Das darf doch nicht wahr sein!«, schrie er ins Telefon. »Seit wann verschwinden hier Leichen?«

Er beendete das Gespräch und sprang auf.

»Ich muss los.«

»Warten Sie. Die Leiche ist verschwunden? Unsere Leiche?«

»Das ist nicht unsere Leiche, und Ihre schon gleich gar nicht. Ich habe keine Ahnung, was passiert ist, aber sie ist aus der Gerichtsmedizin verschwunden.«

»Wann?«

»Wahrscheinlich letzte Nacht, aber das ist nicht sicher … und es geht Sie auch nichts an. Ich muss jetzt wirklich los.«

Eilig stapfte Kommissar Fass davon.

Kupernikus blickte ihm lange nachdenklich hinterher und stellte sich drei weitere Fragen.

1. *War es Zufall, dass die Leiche betrunken war und der Fährmannsgehilfe Kevin sich mit Wodka weggeschossen hat?*
2. *Warum reagierte Fass so aggressiv?*
3. *Warum stiehlt jemand die Leiche?*

»Suspekt, äußerst suspekt«, murmelte Kupernikus.

SZENE 5

»You made my day«

AUSSEN. NACHMITTAG.
Campingplatz Himmelreich.

»Hey, you! Yes, you … with the radioface.«

Kupernikus drehte sich synchron mit Pinguin nach dem Rufenden um. Beim Wasserballett-Wettbewerb hätten sie dafür den ersten Platz belegt.

Gerade waren sie von der Tierärztin Dr. Nancy Stoffregen zurückgekehrt. Eine nette, unterhaltsame Frau, die Pinguin für einen gesunden und ungewöhnlich klugen Hund von fünf Jahren hielt. Darüber hinaus hatte sie interessante Neuigkeiten für Kupernikus herausgefunden.

Aber das musste warten.

Von den Toilettenräumen her kam ein schwergewichtiger Mann auf sie zu, der noch damit beschäftigt war, seine schwarze Jogginghose hochzuziehen. An den Füßen trug er schwarze Boots, die nicht zugeschnürt waren und aus denen Senkel und Lasche heraushingen. Das weiße Shirt umwehte seinen Körper wie ein Segel, auf der linken Brust leuchtete das Logo von Hot-Sat.

»Ich kenne dich«, sagte der Mann, den Kupernikus nicht kannte – und auch nicht kennenlernen wollte. Nach einem langen Tag mit Antworten, die bewertet und durchdacht werden wollten, wünschte er sich eine Dose kaltes Bier unter der Markise seines Campers – mit den Füßen auf künstlichem Rasen.

»Sieh an«, brummelte Kupernikus, ohne im Schritt innezuhalten. Pinguin schien es auch eilig zu haben, von dem Mann wegzukommen. Die eingezogene Rute verhieß nichts Gutes.

»Wait a moment«, sagte der Dicke und schnippte mit den Fingern, wohl, um seine geistige Leistungsfähigkeit anzuheizen.

»Ich habe keine Zeit, a moment zu waiten«, sagte Kupernikus und wollte sich davonmachen.

»Du bist dieser steirische Kürbiskernbauer … Siegfried Quehenberger. Ja, exactly!«

Kupernikus war perplex. Und stoppte nun doch. Pinguin, im Vorwärtsdrang begriffen, prallte in die Leine.

Noch nie hatte ihn jemand auf diese Rolle angesprochen. Vor zehn Jahren hatte er für eine Staffel der erfolgreichen Krimiserie »Auf da Alm, da gibt's an Mord« einen alten steirischen Grantler gespielt, der sich als Vater der Hauptdarstellerin entpuppte und dann unter seinem eigenen Traktor ums Leben kam, was sich später als Mord herausstellte. Pro Folge hatte er sieben Filmminuten gehabt, davon vier mit Text, der nicht selten lediglich aus Herumgebrummel bestanden hatte.

»Habe ich recht?«, fragte der Dicke und zeigte mit ausgestrecktem Zeigefinger auf ihn.

Kupernikus wollte alles abstreiten, dann mischte sich aber sein geschmeicheltes Ego ein und übernahm das Sprachzentrum.

»Ja, der Quehenberger … ganz richtig.«

Der Dicke, der furchtbar schwitzte, streckte die Hand aus. »Emre Can. Regisseur. Ich fand deine Rolle super. Man hätte dir eine eigene Reihe als Almöhi geben sollen. Der deutsche Mann in den Bergen, oder so.«

Kupernikus fühlte sich noch mehr geschmeichelt, weil er die amerikanische Serie aus den Siebzigern mit Grizzly Adams geliebt hatte. Seine Rolle als Kürbiskernbauer hatte er allerdings überhaupt nicht damit in Verbindung gebracht. Weder kam ein Bär darin vor noch ein Muli treibender Mad Jack.

»Na ja«, tat Kupernikus bescheiden. »Es war ja nur eine kleine Nebenrolle.«

»What are you doing here?«

»Wie meinen?«

»Was machst du hier? Dreharbeiten in Potsdam?«

»Nein. Urlaub im Himmelreich.«

»Crazy. Hast du Lust, ein bisschen zu schauspielern?«

»Ich? Wieso?«

»Ich bin Produktionschef und Regisseur von Camperando. Wir drehen hier immer mal wieder im Himmelreich, und heute Abend ist Herbstfest, da laufen die Kameras natürlich heiß, und es könnte nicht schaden, jemanden dabeizuhaben, der weiß, was er tut.«

»Ach, besser nicht. Ich bin schon lange raus aus dem Geschäft.«

»Being an actor is not an occupation, but an appeal«, sagte Emre Can.

Kupernikus' Englischkenntnisse begrenzten sich auf wenige Worte, die von Can verstand er nicht, nickte aber, als hätte er gerade einen Satz in seiner Muttersprache gehört.

»Great! You made my day! Wenn es allzu langweilig wird, könnten wir einen Streit mit anschließender Keilerei einbauen, was meinst du?«

»Also, ich …«

»Oder die Kamera belauscht dich dabei, wie du von der Leiche erzählst, die jemand hier aus dem See gezogen hat. Davon hast du gehört, oder?«

»Schon, aber …«

»Wahrscheinlich handelt es sich bei dem Toten um einen unserer Lichttechniker.«

»Was?«

Emre Can nickte bedeutsam. »Veit soundso … Nachnamen hab ich vergessen. Ist nur ein kleines Licht, aber eben verschwunden, seit der Tote aufgetaucht ist.«

»Und er wurde identifiziert?«

Kupernikus musste sich doch sehr wundern, dass Kommissar Fass ihm diese Information vorhin vorenthalten hatte.

»Nee, wir suchen nach jemandem, der das kann, aber da er über einen Subunternehmer online eingestellt war und niemand ihn persönlich kennt, gestaltet es sich schwierig. Soweit ich weiß, sucht die Polizei gerade nach Verwandten.«

»Und dieser Veit soundso, paddelte der gern?«

Emre Can runzelte die Stirn. »Weiß ich doch nicht.«

»Ist er tätowiert?«

»Ich hab den Kerl noch nie gesehen. Woher soll ich das wissen. Warum interessiert dich das?«

»Ach, nur so. Ich habe den Toten aus dem Wasser geholt.«

»Nicht your Ernst!«

»Absolut mein Ernst.«

»Du warst das! Und dann ist das der Hund, der auf dem Mord-Board stand?«

»Ganz genau.«

Emre Cans Gesicht hellte sich auf. »Aber I have a great idea! Du machst heute Abend den Kommissar! Führst sozusagen undercover Vernehmungen durch, um die Identität des Toten aus dem Schwielow herauszufinden.«

»Er trieb aber im Templiner See.«

»Scheißegal, wo er trieb, Hauptsache, er trieb tot irgendwo herum. Mann, das wird geil. Mordermittlungen im Himmelreich. Honorar kann ich dir allerdings keines zahlen.«

»Ich weiß nicht …«

Es gab da eine Stelle in Kupernikus' Innerem, die jedes Mal zu jucken begann, wenn er die Chance kommen sah, einen Kommissar spielen zu dürfen. Hinzu kam, dass der Fall immer interessanter wurde, jetzt, da die Leiche verschwunden war. Daher fiel sein Protest eher zurückhaltend aus.

»Aber ich. Das wird super. Wir müssen nichts proben oder so, du machst es genauso, wie du meinst, und ich sorge dafür, dass die Kamera dich verfolgt, möglichst hidden, dann haben wir found footage material, ist sowieso gerade der hot shit … das wird richtig cool.«

Kupernikus dachte darüber nach, ob er dem Regisseur berichten sollte, dass die Leiche verschwunden war – wenn sie im Kühlraum nicht irgendwie falsch einsortiert worden war. Er entschied sich aber dagegen. Wenn er sich nicht täuschte, war Emre Can der Inbegriff eines gesprächigen Menschen, also eine Klatschbase in männlich, wobei sein pH-Wert wohl bei vierzehn lag, ähnlich dem der Natronlauge.

Es brannte Kupernikus unter den Nägeln, mehr darüber zu erfahren, aber das konnte er wohl vergessen. Mit dieser Peinlichkeit würde Kommissar Fass gewiss nicht hausieren gehen. Vielleicht war es gar nicht schlecht, auf dem Herbstfest den Kommissar zu geben …

»Okay«, hob Emre Can an, »fünfhundert für den Abend. Aber nur, weil du ein Profi bist.«

Kupernikus rang weiter.

»Oh man, you costs me an arm and a leg«, rief Can theatralisch aus. »Tausend, aber das ist mein letztes Wort. Schlag ein!«

Er streckte die speckige Hand aus. Kupernikus gab sich geschlagen. Die neue Dachhaube für sein Wohnmobil in 96 × 65,5 kostete gut tausend Euro, wenn er den Einbau selbst erledigte.

Also warum nicht?

SZENE 6
»Hesiods Werke und Tage«

AUSSEN. ABEND.
Campingplatz Himmelreich.

Das Herbstfest sollte um neunzehn Uhr im Biergarten des Campingplatzes Himmelreich starten.

Eine Viertelstunde vorher bereute Kupernikus es, sich so leichtfertig darauf eingelassen zu haben, den Kommissar zu spielen. Das erhöhte unnötigerweise den Druck, zudem lag es außerhalb seiner Kontrolle, was für Bilder dabei entstünden. HotSat war sicher nicht der seriöseste Sender unter der Sonne.

Kupernikus überkam Angst vor seiner eigenen Courage, und er erwog, nicht zum Herbstfest zu gehen. Hätte er die alleinige Entscheidungsgewalt über den Abend gehabt, hätte er gekniffen, aber er war für neunzehn Uhr mit Annabelle verabredet. Vielleicht konnte er sie davon überzeugen, nicht zum Herbstfest zu gehen, sondern einfach vor dem Camper gemütlich ein Glas Wein zu trinken.

Im Hintergrund wummerten bereits die Bässe.

Ein nervtötendes Geräusch, das Kupernikus überhaupt nicht leiden konnte. Er bekam schlechte Laune.

Gnadenlos rückten die Zeiger der Uhr vor.

Und natürlich war Annabelle pünktlich. Schon von Weitem winkte sie ihm zu. Hatte diese Frau eigentlich auch mal schlechte Laune?

Ihre Aufmachung war wieder ein echter Hingucker. Diesmal trug sie ein knallrotes Kleid, luftig geschnitten, aber mit einem tiefen Ausschnitt am Dekolleté und am rechten Oberschenkel. Dazu bequeme Sandalen mit Korkfußbett, natürlich in passender roter Farbe. Sie musste Dutzende dieser Dinger besitzen. Ihre Fußnägel waren rot lackiert, und in den Ohrläppchen hingen riesige Ohrringe, die als Schaukel für kleine rot-grüne Papageien aus Glas dienten.

Als sie bis auf wenige Meter heran war, reckte sie eine grüne Flasche in die Luft.

»Ich habe uns etwas richtig Gutes zum Vorglühen mitgebracht«, rief sie fröhlich.

»Sieh an«, brummelte Kupernikus.

»Champagner. Den besten. Die Flasche leeren wir gemütlich hier bei Ihnen, und dann geht's so richtig los.«

Pinguin begrüßte Annabelle enthusiastisch. Kupernikus war zurückhaltender, erhob sich aber zumindest aus seinem Stuhl und ließ sich umarmen.

»Mein lieber Kupernikus, ich spüre schlechte Vibes, was ist passiert?« Sie sah ihn besorgt an.

»Nichts.«

»Wenn Alfons mit nichts geantwortet hat, war stets Holland in Not.«

»Mit Holland hat das gar nichts zu tun. Woher kommt eigentlich dieser Spruch?«

»Aus Holland natürlich«, beantwortete Annabelle die Frage, die Kupernikus eigentlich gar nicht beantwortet haben wollte. »Aus dem sechzehnten Jahrhundert ist der ironische Satz überliefert: Bjit hem een vloo, soo is Holland in last. Das geht wohl auf die Gefährdung Hollands durch seine niedrige Höhe über dem Meeresspiegel zurück.«

»Vielen Dank, Frau Lehrerin«, brummte Kupernikus. »Und wer ist Alfons?«

»Mein erster Mann.«

Kupernikus hatte es geahnt, und diese Info trug bei ihm nun nicht gerade zur Erheiterung bei, erinnerte sie ihn doch an Lothar Decker und seine Gerüchte. Schwarze Witwe. Der tickte doch nicht ganz richtig.

Oder?

»Oje, oje«, machte Annabelle. »Was ist denn nur los mit Ihnen? Kommen Sie, ich mache Sie erst mal glücklich.«

»Wie meinen?«

Annabelle hielt die Flasche hoch. »Champagner ist Glück in Flaschen. Ein Glas, und Ihre schlechte Laune ist wie weggeblasen. Sie werden schon sehen!«

Kupernikus fragte sich, ob sie diese doppeldeutigen Anspielungen bewusst verwendete.

»Haben Sie Champagnergläser?«

»Nee, nur Weingläser.«

»Geht auch. Ist ja immerhin ein Campingplatz. Sie entkorken, ich hole die Gläser. Und lassen Sie es richtig knallen, mein Lieber!«

Sie verschwand im Camper. Kupernikus widmete sich der gut gekühlten Flasche. Er hatte noch nie Champagner getrunken, geschweige denn eine Champagnerflasche geöffnet. Dementsprechend schwierig gestaltete sich das Ganze. Es dauerte eine halbe Ewigkeit, bis er die festsitzende Ummantelung aus Alupapier entfernt hatte, und er fragte sich, was Annabelle so lange in seinem Camper machte?

Der Korken war in einem Gehäuse aus Drähten gefangen. Kupernikus war sich nicht ganz sicher, aber es sah so aus, als müsse er die Drähte nach oben hin aufdrehen. Na ja, so schwierig konnte das ja nicht sein.

Er drehte, und es knallte. Und zwar richtig laut.

Pinguin sprang erschrocken einen halben Meter in die Luft und verkroch sich dann unterm Wohnmobil.

Der Korken überwand die Erdanziehungskraft und machte sich auf den Weg in ferne Galaxien, während Kupernikus ganz irdisch davon überrascht wurde, dass die Flüssigkeit aus der Flasche sprudelte.

»Nicht verschwenden!«, rief Annabelle. Rasch kam sie mit zwei Gläsern herbei und hielt sie nacheinander unter den Champagner-Wasserfall. Sie juchzte vor Freude. »Kupernikus, Ihr Temperament geht mit Ihnen durch.«

Nachdem der Quell vorerst versiegt und die Gläser gefüllt waren, prostete Annabelle ihm zu. »Auf diesen wunderschönen Abend unter Sternen«, sagte sie und ließ ihr Glas gegen seines klirren.

Kupernikus trank.

»Und?«, fragte Annabelle. »Was hat Ihnen den Tag verdorben?«

»Antworten auf Fragen, die ich gestellt habe.«

»Ich nehme an, diese Fragen haben mit unserem Toten zu tun.«

»Unser Toter hat sich übrigens davongemacht.«

Annabelle runzelte die Stirn. »Wie ist das gemeint?«

»Die Leiche ist aus der Rechtsmedizin verschwunden«, sagte Kupernikus und klärte sie darüber auf, wie er davon erfahren hatte.

»Jemand räumt auf«, sagte Annabelle mit verschwörerischem Unterton.

»Es sieht so aus.«

»Und wer könnte das sein?«

»Das ist die Gretchenfrage, nicht wahr?«

»Nein, eine Gretchenfrage ist das nicht, da es sich dabei um eine in der Tendenz, Wirkung oder Bedeutung mit dem Gewissen oder der Moral verbundene Frage handeln muss. Siehe Goethes Faust, wo Gretchen …«

»Vielen Dank, Frau Lehrerin, für die Belehrung, aber darum geht's jetzt nicht.«

»Sondern?«

»Um den Täter. Wer die Leiche entführt hat, hat sicher auch den Menschen getötet, der sie vorher war.«

»Das ist etwas umständlich ausgedrückt, aber ich verstehe, was Sie meinen. Haben Sie denn jemanden im Auge, Kommissar Kupernikus?«

»Damit kommen wir wieder zu den Antworten auf meine Fragen«, sagte Kupernikus und berichtete Annabelle von Charles Rettinghaus, der mit seiner Killer-Hauptrolle angegeben und von dem Investor Olarius erzählt hatte. Von dem aggressiven Biobauer-Pärchen Ralle und Luzie, denen das Wasser bis zum Hals stand und die über Nacht zu Millionären werden könnten, wenn sie das Angebot eines Investors annehmen würden. Und von Kommissar Fass, der sich binnen Minuten von einem zwar genervten, aber doch erträglichen Gesprächspartner zu einem totalen Arschloch entwickelt hatte.

Annabelle hörte geduldig zu. So lange am Stück hatte Kupernikus sie zuvor nie schweigen hören.

Schließlich nickte sie und sagte: »Und einer von denen ist unser Täter, nicht wahr?«

»Oder unsere Täterin«, entgegnete Kupernikus und dachte dabei in doppelter Hinsicht an die Johannisbeerfrau.

»Ich habe aber das Gefühl, dass Sie noch etwas anderes bedrückt.«

»Sieh an. Und was sollte das sein?« Die Frage konnte er sich selbst beantworten. Immerhin hatte er in seinem Tagesbericht das Gespräch mit Lothar Decker und dessen wilde Gerüchte verschwiegen.

»Sagen Sie es mir, lieber Kupernikus.«

»Nun, ich …«, wurschtelte Kupernikus vor sich hin.

»Es hat mit diesem furchtbaren Herrn Decker zu tun, nicht wahr?«, half Annabelle ihm auf die Sprünge.

Kupernikus fühlte sich ertappt und trank von seinem Champagner, bis das Glas leer war.

»Um es klar auszudrücken, und entschuldigen Sie meine Wortwahl, Decker ist ein Arschloch«, begann Kupernikus. »Und das vor allem, aber nicht nur, weil er Gerüchte über Sie in die Welt setzt.«

Annabelle lächelte milde. »Das tut er schon lange.«

»Sie wissen davon?«

Sie nickte.

»Und nehmen es einfach so hin? Sie könnten ihn wegen Verleumdung oder übler Nachrede anzeigen.«

»Wissen Sie, wie es in Hesiods *Werke und Tage* heißt?«

»Ich, äh …«

»Pheme verschwindet nie völlig, sobald sie großgeredet wird von der Menge. Tatsächlich ist sie eine Art Göttin.«

»Pheme?«

Annabelle nickte. »Pheme, oder Fama, in der römischen Mythologie die Gottheit des Ruhmes wie auch des Gerüchts.«

»Ja, richtig, ich erinnere mich …«

»Würde ich auf Deckers Worte reagieren, würden sie unsterblich. Darüber hinaus ärgert es ihn, dass ich es nicht tue.«

Kupernikus dachte einen Moment darüber nach und nickte dann. »Ich bewundere Sie, Annabelle.«

»Das will ich hoffen«, sagte sie lachend. »Und wollen Sie nicht wissen, wie meine drei Ehemänner gestorben sind?«

»Nein.«

SZENE 7

»Totgesagte leben länger«

AUSSEN. ABEND.
Campingplatz Himmelreich.

»Mein Chef sagt, Wort berichtet nicht über Bild«, erklärte Carla Kohlfeldt. »Das finde ich aber echt oldschool.«

»You made my day«, erwiderte Emre Can und strahlte Carla an. »Thinking outside the box, hab ich schon immer gesagt, aber it doesn't works in good old Germany.«

»Genau, und darum bin ich hier. Was erhoffen Sie sich für Ihre Sendung von dem Herbstfest im Himmelreich?«

»Real Campinglife. Menschen wie du und ich, die feiern, tanzen, trinken, sich unterhalten.«

»Aber ist das nicht zu langweilig fürs Fernsehen?«

Emre Can, der Regisseur von Camperando, zwinkerte ihr zu. Er schwitzte stark und wischte sich dauernd die Schweißperlen von der Stirn. »Wenn's keine Dramatik gibt, sorgen wir schon dafür.«

»Apropos Dramatik: Haben Sie von der Leiche im See gehört?«

»Shure. The hole kingdom of heaven spricht darüber. Unter uns …«, sagte der Regisseur, beugte sich vor und kam Carla sehr nahe. Er roch unangenehm. »Ich spüre, dass sich die Sache heute Abend auf dem Herbstfest aufklärt – und das will ich natürlich im Kasten haben.«

»Wissen Sie etwas darüber?«

Carla spürte Adrenalin in ihre Blutbahnen schießen. Sie war nur wegen der Leiche hier, diese Campingsendung auf HotSat interessierte sie so gar nicht. Egal, mit wem sie gesprochen hatte, seitdem der ältere Herr die Leiche aus dem Wasser gezogen hatte, keiner konnte ihr etwas Stichhaltiges sagen. Kommissar Fass schwieg und bezog sich auf laufende Ermittlungen, und in der Bevölkerung kursierten nur Gerüchte. Nicht einmal die Identität des Opfers war bisher geklärt. Für Carla war das extrem frustrierend. Ihre Neugierde brachte sie fast um.

»Wir vermissen jemanden«, sagte Emre Can.

»Wen?«

»Einen jungen Mann aus unserem Team. Er hätte schon vor zwei Tagen hier auftauchen sollen, ist er aber nicht.«

»Moment. An dem Tag, als die Leiche gefunden wurde?«

»Exactly«, sagte Can. »Ein Veit sowieso. Kommt von einem externen Dienstleister. Keiner weiß, wo der geblieben ist, und er geht nicht ans Handy.«

»Aber hat die Polizei Sie nicht gebeten, die Leiche zu identifizieren?«

»Sinnlos. Wir wissen nicht, wie dieser Veit Sowieso aussieht. Die Agentur besorgt gerade ein Foto. Dann wissen wir mehr. Aber ich befürchte, bei der Leiche handelt es sich …«

»Boss, schauen Sie mal, wen ich gefunden habe!«

Carla und Can drehten sich um.

Zwei junge Männer kamen auf sie zu. Der eine war dünn, hatte schütteres blondes Haar und machte einen sympathischen Eindruck. Er trug olivfarbene Cargohosen zu einem schwarzen Shirt und hielt eine teuer aussehende Filmkamera in der rechten Hand.

Der andere Mann, breiter, gedrungener, trug gelbe Shorts zu Trekkingsandalen und eine blaue Baseballkappe mit der Aufschrift *Gaffer*. Er hatte eine Tonangel mit einem Mikrofon dabei.

»Das ist Veit«, sagte der Blonde, als sie heran waren. »Veit Wittmershaus.«

»Veit?«, wiederholte Emre Can. Er wirkte perplex. »Wieso Veit? Ich denke, der ist tot.«

»Nee, Mann, nich' tot«, sagte der Totgesagte. »Der Auftrag der Agentur lautet, ich soll heute hier aufschlagen. Und hier bin ich. Muss wohl'n Übermittlungsfehler gewesen sein.«

»Ich bin Nils, erster Kameramann«, stellte der Blonde sich Carla vor. Er hatte ein äußerst ansteckendes Lächeln.

»Carla … Kohlfeldt. Erste Redakteurin des *Caputher Anzeigers.*«

»What the fuck!«, regte der Regisseur sich auf. »Junge, wir haben dich vor zwei Tagen hier erwartet!«

»Wie gesagt, auf meinem Auftrag steht …«

»Ist mir scheißegal, was auf deinem Auftrag steht!«, spie Emre Can zusammen mit einigen Spucketropfen aus. »Wo kommen wir denn hin, wenn hier jeder auftaucht, wie es ihm passt?«

Nils schüttelte den Kopf und rollte mit den Augen. Er schien diese cholerischen Ausbrüche bereits zu kennen. Veit aber wohl nicht; der zog die Schultern zusammen und machte sich klein.

»Macht euren fucking Job!«, schimpfte Can und tippte Veit mit dem Zeigefinger mehrfach gegen die Brust. »Ich will die fucking geilsten Bilder von diesem fucking Herbstfest.«

Dann drehte er sich zu Carla um. »In Hollywood hätte ich den gefeuert, aber hier muss ich auch noch froh sein, dass dieser Bloody Bastard überhaupt auftaucht.«

»Sie haben in Hollywood gearbeitet?«, fragte Carla ruhig. Mit Herumschreien konnte man sie nicht aus der Fassung bringen.

»In USA habe ich mit Tarantino gearbeitet. Da herrscht eine ganz andere Situation am Set, das kann ich Ihnen sagen. Das sind Profis, hier habe ich es nur mit Amateuren zu tun. Aber okay … that which does not kill us makes us stronger.«

Mit diesen Worten drüllte der Regisseur ab und verschwand zwischen den Wohnwagen.

Carla Kohlfeldt und Nils der Kameramann lächelten sich an.

»Da zieht mein Interview von dannen«, sagte Carla. »Darf ich stattdessen euch begleiten?«

»Klar«, antwortete Nils. »Wenn's dir nichts ausmacht, mit Amateuren zu arbeiten.«

SZENE 8
»Das Herbstfest«

AUSSEN. ABEND.
Campingplatz Himmelreich.

Die Champagnerflasche war leer, und mindestens die Hälfte, wenn nicht mehr, befand sich in Kupernikus' Körper, oder vielmehr ausschließlich in seinem Kopf, so fühlte es sich zumindest an.

»Ich glaube, ich vertrage keinen Champagner«, sagte er, als er aufstehen wollte, aber prompt wieder zurück in den gemütlichen Campingstuhl sackte.

»Übung macht den Meister«, rief Annabelle. Ihr schien der Champagner nichts auszumachen. »Kommen Sie, mein Held, heute helfe ich Ihnen.«

»Danke, das schaffe ich ja wohl noch allein.«

Ein bisschen Unterstützung brauchte er dann doch, und als er auf beiden Füßen stand, änderte die Erdkugel plötzlich ihre Drehrichtung, und ihm wurde schlecht. So etwas hatte es ja wohl auch noch nicht gegeben.

Kupernikus schnappte sich seine Kappe mit dem »Oldskull«-Aufdruck und setzte sie auf.

»Was machen wir mit Pinguin?«, fragte Annabelle und warf einen Blick ins Wohnmobil.

Die Hundedame hatte sich, verschreckt von der ploppenden Champagnerflasche und dem dröhnenden Bass der Musik, in den Camper verzogen. Ohne Erlaubnis war sie die kurze Treppe in den Alkoven hinaufgestiegen, lag dort in den Laken und sah nicht so aus, als hätte sie Lust auf eine Party.

»Ich denke, wir lassen sie hier«, meinte Kupernikus. Ganz sicher war er sich nicht, ob es ihm gefiel, dass die Hundedame sein Bett okkupiert hatte.

Er öffnete das große Fenster einen Spaltbreit sowie die Dachhauben und schloss die Tür, ohne sie zu verriegeln, für den Fall der Fälle, dass irgendjemand Pinguin herausholen musste. Man konnte ja nie wissen, wohin ein Party-Abend führte, zu dem er schon beschwipst aufbrach.

Zunächst einmal führte Annabelle Kupernikus Richtung Partylärm und hakte sich bei ihm ein.

»Ähm … es gibt da eine Kleinigkeit, die ich Ihnen erzählen muss, Annabelle«, sagte Kupernikus.

»Oje, das klingt sehr offiziell.«

»Ach was«, sagte Kupernikus, dessen Kopf eigentlich zu schwurbelig war, um einen klaren Gedanken zu fassen. »Es geht um das Filmteam, das bei dem Herbstfest dreht.«

»Ist doch spannend!«

»Ja, na ja … man hat mich gebeten, so zu tun, als wäre ich ein Kommissar, der wegen des Toten von unter dem Mord-Board ermittelt.«

Annabelle strahlte ihn an. »Wie wunderbar! Nun kommen Sie doch noch als Kommissar ins Fernsehen. Darf ich Ihr Helfer sein? Sie wissen schon, Sherlock Holmes und Dr. Watson.«

»Das wäre mir eine Ehre«, sagte Kupernikus. »Aber dann muss ich Ihnen auch mitteilen, dass ich, und damit wir, bedroht werden.«

»Wie das?«

Kupernikus berichtete ihr von dem Zettel hinter der Windschutzscheibe seines Campers.

»Das ist gar nicht gut, Kupernikus. Was sollen wir tun?«

»Wir sind vorsichtig und machen weiter mit der Suche nach Antworten. Auch und besonders hier auf dem Herbstfest.«

Annabelle nickte mit ernster Miene. Im nächsten Moment wechselte die Musik.

»Sex on fire«, quietschte sie vergnügt auf. »Tanzen, wir müssen tanzen. Kommen Sie, Kupernikus!«

Sie zog ihn mit sich Richtung Biergarten, wo die Party stattfand. Auf der Tanzfläche war schon einiges los, und das neue Lied lockte weitere Tanzwütige an.

Allerdings gab es ein Problem. Kupernikus konnte nicht tanzen. Weder nach Vorschrift noch frei. Er wusste einfach nicht, wie man sich zu Musik bewegte, und wenn er es doch tat, dachte er die ganze Zeit darüber nach, wie unbeholfen, wenn nicht gar doof er dabei aussah. Eine Ausrede musste her, und zwar schleunigst. »Vielleicht der nächste Tanz«, rief er gegen die laute Musik an. »Ich muss schnell dem Regisseur erzählen, dass Sie zu mir gehören.«

Annabelle nickte und stürmte auf die Tanzfläche. Es dauerte keine zwei Sekunden, und sie war eins mit der Musik. Zumindest wirkte es so. Ihre Bewegungen waren flüssig und harmonisch, ihre Arme schwangen wie Flügel, sie war die aufregendste Frau auf der Tanzfläche, und Kupernikus spürte eine unbekannte Wärme in Bauch und Seele.

Herrjemine!

»Björn!«, erklang es hinter ihm und riss ihn aus seiner Schwärmerei. »Komm, hol dir deine Wurst!«

Das war Kolki.

Der König des Campingplatzes.

Und er hielt eine etwas zu dunkle Bratwurst hoch, totgeröstet und gefangen, in des Greifers metallenen Zangen.

Da Kupernikus keine Möglichkeit sah, sich zu drücken, ging er auf wackeligen Beinen hinüber. Vielleicht war es gar nicht schlecht, etwas in den Bauch zu bekommen, um die Wirkung des Champagners zu kompensieren.

»Und? Was macht der Hund?«, fragte Kolki und legte die Wurst auf einem Papierteller ab. »Senf oder Ketchup?«

»So was essen Hunde nicht«, antwortete Kupernikus.

»Nein, ich meine dich, für die Wurst.«

Weil er sich ein wenig zu hektisch bewegte, versuchte die Wurst einen Fluchtversuch, und Kolki drückte sie mit dem Daumen auf den Teller zurück. Irgendwie wollte Kupernikus nun doch keine Bratwurst mehr.

»Du bist ein Senftyp, richtig?«

Kupernikus nickte, also bekam er einen ordentlichen Schuss davon.

»Und? Der Hund? Schon losgeworden?«

»Nein, sie hatte nur keine Lust auf Party und ist lieber im Camper geblieben. Ich habe noch nicht herausgefunden, zu wem sie gehört.«

»Dann also zum Toten«, sagte Kolki und wendete die Würstchen auf dem Rost.

Im Hintergrund klatschten die Tanzenden zu den letzten Akkorden von Sex on fire.

Plötzlich bemerkte Kupernikus eine Kamera, gehalten von einem jungen Mann mit blondem Haar. Hinter ihr sah er diese Redakteurin, die ihm jedes Wort im Mund umgedreht hatte. Wie hieß die noch gleich? Carla. Carla Kohlfeldt. Sie versteckte sich hinter einem Baum, war also hidden, wie Emre Can es genannt hatte. Kupernikus versuchte, sich nichts anmerken zu lassen, aber er wusste, er musste für die tausend Euro jetzt ein Gespräch mit Kolki führen, damit es so aussah, als würde er ermitteln.

»Du, sag mal, du als Dauercamper und …« Kupernikus unterbrach sich, weil er fast König des Campingplatzes gesagt hätte. »Also, du hörst doch sicher eine Menge.«

»Klar. Worum geht's?«

»Ach, mir gefällt's hier so gut, da dachte ich, ich frag mal herum, ob man hier günstig ein Grundstück oder Haus kaufen kann.«

»Da kommst du zwanzig Jahre zu spät. Hier ist in den letzten Jahren alles sauteuer geworden, das kann ich dir sagen. Du musst schon Millionär sein, um hier am See ein Haus kaufen zu können, und die Mieten steigen auch von Jahr zu Jahr. Aber wie ich gehört habe, kannst du dir das ja leisten.«

»Ach«, sagte Kupernikus überrascht. »Kann ich? Wer sagt das?«

»Na, der Roger. Der hat gehört, dass du erfolgreicher Schauspieler bist.«

»Ich war Schauspieler, aber nicht erfolgreich. Würde ich sonst ein dreißig Jahre altes Wohnmobil fahren?«

»Und? Wie schmeckt dir das?«

Kupernikus zuckte mit den Schultern. »Ich hab mich damit abgefunden.«

»Nein, das Würstchen.«

»Ach so … ja, ganz gut. Schön kross.«

»Genauso müssen sie sein. Fleisch schmeckt nur mit Acrylamiden.«

»Die entstehen nur in stärkehaltigen Lebensmitteln«, kam es von hinten, und Annabelle schob sich neben Kupernikus. »Aber deine Würstchen sind ebenso krebserregend, allerdings durch PAK.«

»Hä?«, machte Kolki und wedelte den blauen Qualm beiseite.

»Polyzyklische aromatische Kohlenwasserstoffe … die erzeugst du hier gerade mit deinem Qualm. Kommen Sie, Kupernikus, wir holen uns besser einen Nudelsalat.«

Sie zog ihn mit sich, und als Kolki sie nicht mehr sehen konnte, aß sie das letzte Stück der Bratwurst.

»Schmecken allerdings gut«, sagte Annabelle und griente.

Den Nudelsalat und vieles andere mit mehr oder weniger giftigen Substanzen gab es im Restaurant des Biergartens. Dort war ein üppiges Büfett aufgebaut.

Davor stand Charles Rettinghaus mit einem leeren Teller in der Hand, in ein Gespräch vertieft mit einem Mann, den Kupernikus bisher noch nicht gesehen hatte. Er war groß und schlank und grau meliert und trug die gleiche Freizeitkleidung wie alle anderen. Allerdings keine kurze Hose, sondern beige Chinos, und keine Flipflops, sondern Segeltuchschuhe. Man sagte ja, Kleidung mache Leute, doch dieser Herr war meilenweit darüber hinweg, nach seinem Äußeren beurteilt zu werden. Ihn umwehte eine Aura des Besonderen.

»Björn!«, rief Rettinghaus und winkte ihn her. »Ich möchte dir Hans Olarius vorstellen.«

Olarius begrüßte zuerst Annabelle, und zwar mit einem Handkuss, wobei er sich leicht verbeugte. »Ihr Anblick versüßt mir den Abend«, säuselte er.

Annabelle schien sehr erfreut über diese Umgangsform. Kupernikus fand sie einfach nur übertrieben.

»Und Sie haben also die Leiche aus dem See gezogen«, sagte Olarius an Kupernikus gewandt.

»Was mir den Tag nicht gerade versüßt hat«, antwortete Kupernikus.

»Ihnen aber den Ruf eines mutigen Mannes eingebracht hat«, entgegnete Olarius.

»Oh ja, er ist mein Held!«, flötete Annabelle und überraschte Kupernikus, als sie einen Arm um seine nach außen gewölbte Taille legte.

In diesem Moment wurde Kupernikus der Größenunterschied bewusst. Annabelle war zehn Zentimeter größer als er, Olarius noch mal zehn Zentimeter größer als Annabelle, und Rettinghaus lag irgendwo dazwischen. Kupernikus war der Kleinste. Alle sahen auf ihn hinab. Und der Rundeste war er auch. Und der Einzige, der eine schwarze Lederweste und eine Kappe trug.

»Die Bar hat einen guten Champagner«, sagte Olarius zu Annabelle. »Darf ich Sie einladen?«

Annabelle winkte ab. »Kupernikus und ich haben schon eine Flasche geleert, das reicht einstweilen. Ich halte mich erst mal am Büfett schadlos.«

Sprach's, schnappte sich einen Teller und verschwand.

»Was für eine großartige Frau«, sagte Olarius und blickte ihr verträumt nach.

In diesem Moment trat Vanessa hinzu, Rettinghaus' junge Begleitung. Sie trug ein eng anliegendes, silbernes Paillettenkleid, dazu Pumps mit Absätzen, die Kupernikus hätte gebrauchen können, um zehn Zentimeter hinzuzugewinnen.

»Chaaarlie, komm, lass uns tanzen, sie spielen mein Lieblingslied von Taylor.«

Ehe Rettinghaus etwas erwidern konnte, wurde er von Vanessa fortgerissen.

»Sie ist ein Swiftie«, rief er entschuldigend und begann auch schon zu tanzen. Er hatte die richtigen Moves drauf.

»Swiftie?«, fragte Kupernikus mehr sich selbst als jemand anderen.

»So nennen sich die Fans der Sängerin Taylor Swift«, klärte Olarius ihn auf.

»Sieh an. Sind Sie auch ein Swiftie?«

»Gott bewahre. Dafür sind wir beide zu alt, fürchte ich.«

»Ich habe beobachtet, wie Sie mit Ihrer Jacht in dem Gewittersturm angelegt haben. Sah gefährlich aus.«

Olarius schüttelte den Kopf. »Halb so wild, bei all der Technik, die da drinsteckt.«

»Und Sie machen ein paar Tage Urlaub hier?«

»Eigentlich bin ich nur für das Herbstfest hergekommen. Alte Verbundenheit, Sie verstehen. Und Sie? Zum ersten Mal im Himmelreich?«

»Ja.«

»Und dann gleich so einen Einstand, was!« Olarius lachte sonor.

»Haben Sie ein Haus hier am See?«, fragte Kupernikus.

»Ein Haus? Nein. Warum fragen Sie?«

»Ach, nur Neugierde. Charlie meinte, Sie machen in Immobilien.«

»Das stimmt, aber in einem anderen Maßstab.«

»Sind Sie an den Plänen für die Marina hier im Himmelreich beteiligt?«

Olarius, der umhergeschaut hatte, widmete seine Aufmerksamkeit nun allein Kupernikus. »Sie sind für einen Campinggast erstaunlich gut informiert.«

Kupernikus zuckte mit den Schultern. »Man schnappt hier und da etwas auf, bleibt unter Campern nicht aus.«

»Und was erzählt man sich so, unter Campern?«

»Dass der Tote etwas mit Immobilienmachenschaften rund um den Schwielow zu tun haben könnte.«

Dass es sich dabei nicht um Gerüchte, sondern um Kupernikus' Verdacht handelte, musste Olarius ja nicht wissen. Kupernikus beobachtete den Mann genau, deshalb bemerkte er die Veränderung in dessen Gesicht. Es wurde fester und ernster, und das kleine Lächeln verschwand aus den Augenwinkeln.

»Davon höre ich zum ersten Mal. Wie kommen Sie darauf?«

»Wie gesagt, Hörensagen.«

»Und was ist Ihre Meinung?«

»Sollte ich eine haben?«

»Sie wirken wie ein Mann, der darauf Wert legt.«

»Ich denke ja eher, dass eine Wette zwischen zwei Betrunkenen ein ungutes Ende genommen hat«, sagte Kupernikus.

Olarius nickte. »So klingt das auch für mich.«

»Vorsicht, eine Kamera«, sagte Kupernikus und deutete mit dem Kinn dorthin, wo er erneut den Kameramann mit der Reporterin im Schlepptau entdeckt hatte. Die schienen es auf ihn abgesehen zu haben. »Hier wird heute Abend gefilmt.«

»Kein Problem, ich weiß davon und habe mein Einverständnis gegeben.«

»Ja, aber soweit ich gehört habe, steckt ein Kommissar dahinter, der hier heute Abend wegen des Toten ermittelt. So, nun muss ich mich aber um Annabelle kümmern. War schön, mit Ihnen zu plaudern.«

Kupernikus ließ den Millionär stehen und eilte ans Büfett.

SZENE 9
»Die Kissenschlacht«

ABEND: AUSSEN. INNEN.
Campingplatz Himmelreich. Kupernikus' Camper.

Als das Herbstfest in vollem Gange war, schlich er sich durch die Dunkelheit auf den Campingplatz. Aufmerksam behielt er die Umgebung im Auge. Wahrscheinlich waren alle auf der Party, vielleicht aber auch nicht, und ein Einziger, der keinen Bock auf die Feier hatte, reichte aus, ihn auffliegen zu lassen.

Er hatte alles dafür getan, nicht erkannt zu werden.

Beispielsweise trug er Kleidung, wie sie auf einem Campingplatz üblich war: bunte Shorts, ein langärmeliges blaues Oberteil, dazu eine dunkelblaue Kappe mit langem Schirm, um sein Gesicht zu verdecken. Er sah aus wie all die anderen hier.

Aus der Ferne wummerten die Bässe, als er sich im Schatten des Schilfgürtels anschlich. Den offiziellen Weg des Campingplatzes wollte er aus guten Gründen nicht nutzen. Bevor er aufgebrochen war, hatte er fast eine halbe Flasche Rum getrunken, das machte sich nun bemerkbar. Der Pfad war zu schmal für seinen Schlingerkurs. Er streifte das Schilf und störte dadurch eine Entenfamilie, die laut meckernd davonstob.

Er duckte sich und beobachtete das Terrain.

War jemand durch den Entenlärm auf ihn aufmerksam geworden?

Nee, da war niemand. Unter allen Markisen herrschte Menschenleere. Offenbar hatte das Herbstfest sie doch alle weggelockt.

Umso besser.

Am Sandufer angekommen, scannte er noch einmal die Umgebung, in der sich nichts rührte, dann marschierte er forschen Schrittes auf sein Ziel zu.

Das alte Wohnmobil von Björn Kupernikus.

Zum Glück parkte es in erster Reihe vorn am Ufer.

Er tat so, als müsse er zur Toilette, bog aber kurz vorher scharf ab und verschwand unter der Markise des Campers.

Kupernikus war wie erwartet nicht da. Dennoch lauschte er eine Weile nach Geräuschen im Inneren des Wohnmobils.

Vollkommene Ruhe.

Also zog er die derben Arbeitshandschuhe aus Leder aus dem wasserdichten Beutel. Der Beutel hatte genau die richtige Größe für das, was er darin zu transportieren gedachte. Ob die Handschuhe ihn allerdings wirklich schützen würden, stand auf einem anderen Blatt. Er würde es drauf ankommen lassen müssen.

Die Tür eines Campers dieses Alters war nicht schwer aufzubrechen, das wusste er, folglich hatte er nicht mehr als einen langen Schraubenzieher und einen kurzen Kuhfuß mitgebracht.

Beides war nicht nötig, wie er überrascht feststellte.

Die Tür war nicht abgeschlossen.

Ein letzter Blick über den Strand. Immer noch menschenleer. Rasch verschwand er im Inneren und zog die Tür hinter sich zu. Das Objekt seiner Begierde schaute ihn aus dem Alkoven heraus an, sagte aber nichts.

»Na, mein Kleiner, wie geht's?«, flüsterte er leicht lallend auf den Hund ein. »Kein Grund zur Sorge, wir beide machen nur einen kleinen Ausflug. Das wird dir gefallen, da bin ich mir sicher. Ich habe dir auch etwas mitgebracht … schau.«

Er zog eine Kaustange aus dem Beutel und streckte sie dem Hund entgegen.

Dessen Blick wurde freundlicher, oder?

Er schien jetzt mehr an der Kaustange interessiert zu sein als an dem überraschenden Besucher.

Blöder Hund, dachte er und näherte sich so weit, dass der Hund die Stange erreichen konnte.

»Siehst du, wir werden noch beste Freunde …«

Plötzlich schnappte der Hund nach seiner Hand, nicht nach der Kaustange. Auch wenn der Lederhandschuh einiges abfing, tat es dennoch weh.

»Nein! Aus!«, schrie er.

Der kleine fiese Hund knurrte, verbiss sich an dem Handschuh und zerrte daran.

Er schlug mit dem Beutel nach ihm, in dem sich die beiden Werkzeuge befanden, doch der Hund wich geschickt aus und wollte nicht von dem Handschuh ablassen. Er musste ihn sich von der Hand reißen lassen, um aus den Fängen dieser mordlüsternen Bestie zu entkommen.

»Nein. Aus. Weg. Lass das. Böser Hund. Ganz böser Hund!«

Der Handschuh rutschte von der Hand, und der Hund fiel darüber her wie ein Tyrannosaurus Rex über einen Menschen. Wie im Blutrausch tobte er damit im Alkoven umher, die Fetzen flogen nur so umher. Irgendwelche Daunen aus der Bettdecke oder einem Kissen auch.

Obwohl er lieber geflüchtet wäre, sah er seine Chance gekommen. Der blöde Hund dachte wohl, er hätte ihm die Hand abgerissen, und kümmerte sich nicht mehr um den Rest, der nun nicht mehr an der Hand dran war.

Rasch stieg er die drei Stufen der Leiter zum Alkoven hinauf, zog die große Öffnung des wasserdichten Beutels auf, hielt sie in Hunderichtung und versuchte vorherzubestimmen, welchen Haken das Vieh als Nächstes schlagen würde.

Wie ein Derwisch tobte der Hund durch die Laken.

Die Daunen stoben wie Flocken in einem Schneesturm.

Die ersten drei Versuche schlugen fehl.

Er zwang sich zu höchster Konzentration.

Jetzt!

Im richtigsten aller Momente stülpte er den Beutel über den Hund und stopfte mit der noch behandschuhten Hand nach. Der Hund quietschte erschrocken und schnappte nach ihm. Geistesgegenwärtig riss er den Beutel hoch, und der Hund rutschte tiefer hinein.

Er zog an der stabilen Kordel, mit der sich der Beutel oben zusammenziehen ließ, dann wickelte er die Kordel einige Male um den Kranz aus wasserdichtem Material. Ein kleines Loch ließ er offen, damit der Hund Luft bekam.

Der tobte drinnen weiter, und es war unglaublich schwierig, den nun inklusive des Werkzeugs circa fünfzehn Kilo schweren Beutel zu tragen, weil der von einer Seite auf die andere schoss, dann nach oben und nach unten, ohne sich im Geringsten um die Schwerkraft zu kümmern.

Wie sollte er so ungesehen verschwinden können?

Er schob die Kaustange durch das Loch in der Öffnung, doch der Hund wollte jetzt nicht kauen. Er knurrte und bellte abwechselnd.

Weil er sich mit diesem tobenden Beutel nicht aus dem Camper traute, wartete er ab und stellte fest, dass die Bewegungen bald schwächer wurden.

Dann ließen sie ganz nach.

Vielleicht reichte das Loch ja doch nicht aus, damit der Hund genug Luft bekam!

Egal.

Nur so konnte er ihn transportieren und unbemerkt verschwinden.

Sollte das Vieh doch krepieren.

Es hatte sowieso nur Leid und Tod über ihn gebracht.

SZENE 10

»Ralles Verrat«

ABEND. AUSSEN.
Herbstfestgelände Himmelreich.

»Na los, kommen Sie schon, jeder kann tanzen, auch Sie, mein lieber Kupernikus.«

»Ich bin die Ausnahme von dieser Regel.«

»Das wollen wir doch erst einmal sehen!«

»Glauben Sie mir, Annabelle, das wollen Sie auf gar keinen Fall sehen.«

Doch alle Gegenwehr nützte nichts, sie zog ihn auf die Tanzfläche. Zum Glück spielte der Discjockey gerade ein nicht zu flottes Lied, irgendeinen Schlager von Roland Kaiser über eine Insel, die aus Träumen geboren war. Es schien beliebt zu sein, einige Paare bewegten sich behäbig zu den sanften Klängen, man schunkelte, blickte einander tief in die vom Alkohol verschleierten Augen.

Darauf, so dachte Kupernikus, kann ich mich einlassen. Doch kaum wollten Annabelle und er sich in Tanzformation begeben, änderte der Discjockey die Musik, und schon die ersten Beats und Töne verhießen nichts Gutes. Aus den Lautsprechern dröhnte: »Heipa, Heipa!«

Annabelle warf die Arme in die Höhe. »Einfach von der Musik treiben lassen«, rief sie ihm zu und ließ sich prompt treiben. Kupernikus bewunderte ihre harmonischen, fließenden Bewegungen, und als ihm klar wurde, dass er als Einziger bewegungslos auf der Tanzfläche herumstand, versuchte er es auch.

Er schwitzte Blut und Wasser. Fühlte die Heipa-Heipa-Musik einfach nicht in seinem Körper. Wahrscheinlich war er als Tanz-Legastheniker zur Welt gekommen. Solch einen genetischen Defekt konnte man ihm nicht ankreiden, und er ließ sich wohl auch nicht beheben.

Zwei Minuten mühte er sich nach Kräften ab, ohne dass es sich irgendwie besser anfühlte, dann kam Annabelle zu ihm hergetanzt.

»Kupernikus … da drüben … das sieht nach Ermittlungsarbeit aus!«

Sie deutete mit dem Kinn in Richtung des Biergartens.

Kupernikus drehte sich um und sah Luzie und Ralle, die sich mit Roger Gross, dem Inhaber des Himmelreichs, zu streiten schienen.

»Vielleicht sollten Sie mal rübergehen.«

Kupernikus stellte erleichtert seine Tanzversuche ein und machte sich schleunigst davon, während Annabelle sich heipamäßig weiter treiben ließ.

Die Johannisbeerfrau trug wieder eine blaue Latzhose, darunter diesmal aber ein rotes Langarmshirt, dessen Ärmel sie nach oben geschoben hatte. Sie war barfuß in Holzclogs. Ralle auch. Der trug eine kurze Jeans mit Fransen und ein weißes Muskelshirt. Seine Arme waren dünn, aber sehnig und kräftig. Er stand schweigend daneben, während Luzie auf Roger Gross einredete.

Als Kupernikus nah genug heran war, hörte er, worum es ging.

»… mal Haltung zeigen und diesen Kapitalisten zurück in die Stadt schicken«, sagte Luzie.

»Er ist einfach nur zum Feiern hier«, verteidigte sich Roger. »Und hier im Himmelreich kann jeder feiern, ganz gleich, was für einem Beruf er nachgeht. Ihr dürft auch gern mitfeiern. Wir sind hier eine große Familie.«

»Scheiß auf Familie. Das glaubst du doch wohl selbst nicht.« Luzie stemmte die Fäuste in die Hüften.

»Leute … nicht jetzt … das ist eine Party …«, sagte Roger verzweifelt. »Lasst uns einfach Spaß haben. Das Leben ist doch viel zu kurz für Ärger.«

»Sieh an«, mischte sich Kupernikus ein. »Sie beide hätte ich hier nicht erwartet.«

Luzie warf ihm einen giftigen Blick zu, während Ralle recht unglücklich dreinschaute.

»Das Büfett ist sensationell«, sagte Kupernikus. »Ist das Gemüse von euch?«

Das konnte er sich zwar nicht vorstellen, aber Kupernikus wollte freundlich sein und die Spannung rausnehmen. Die Verwirrung, die seine Frage auslöste, nutzte Roger, um schleunigst zu verschwinden.

»Wir sind nicht zum Essen hier«, fauchte Luzie. »Ralle, wir gehen.«

Kupernikus wollte nicht, dass die beiden Biogärtner die Party schon wieder verließen, denn hier tat sich gerade ein Abgrund auf, den es auszuloten galt. So in der Richtung hatte er sich das vorgestellt, als er den beiden davon erzählt hatte, dass der Großinvestor zu Gast war im Himmelreich.

»Wollt ihr vielleicht den Olarius kennenlernen?«, fragte er deshalb.

»Bestimmt nicht«, antwortete Ralle etwas zu schnell.

»Warum nicht? Ein Gespräch unter vier Augen löst die meisten Probleme.«

»Doch, ich will den unbedingt kennenlernen«, sagte Luzie. »Wo ist er?«

»Luzie … nicht …«, versuchte Ralle, sie zu beschwichtigen.

Kupernikus wusste, was er vorhatte, war nicht ohne Risiko,

aber er war zu gespannt auf dieses Gespräch, um es nicht zu versuchen. Bestimmt würde es aufschlussreich werden.

Er sah sich suchend um und entdeckte Olarius auf der Tanzfläche, wo er sich gerade an Annabelle herantanzte.

Wie dreist war das denn!

Da war es ja gleich doppelt gut, die Luzie-Ralle-Biowaffe gegen ihn einzusetzen.

»Der große grau melierte Herr dort drüben«, sagte Kupernikus und zeigte mit dem Finger auf Olarius.

Und schon setzte Luzie sich in Bewegung. Mit kurzen, schnellen Schritten eilte sie auf ihren klappernden Holzclogs hinüber. Ralle folgte ihr, und es war ihm anzusehen, wie unglücklich er mit der Situation war. Nichts war mehr übrig von der Aggressivität, die er bei ihrem letzten Gespräch gezeigt hatte.

Luzie enterte die Tanzfläche und sprach Olarius ohne Zögern an. Der folgte ihr weg von der Tanzfläche an einen ruhigeren Ort hinter dem Bierausschank. Ralle stieß hinzu, Kupernikus auch, aber etwas später, da er sich nach Kameras umsah, jedoch keine entdecken konnte.

»Da können Sie noch so viele Handlanger schicken, unser Haus bekommen Sie nicht«, fauchte Luzie Olarius an.

Die zwei gaben ein Pärchen ab, wie es unharmonischer nicht sein konnte, aber was die Präsenz anging, stand die Johannisbeerfrau dem Millionär in nichts nach.

»Und da sind Sie sich sicher?«, fragte Olarius souverän und unaufgeregt. Er schien sich von Luzie nicht aus der Reserve locken lassen zu wollen.

»Absolut!«

Ralle stand mit hängenden Schultern daneben und schien am liebsten im Erdboden versinken zu wollen.

»Kennen Sie einen Herrn Schwertfeger?«, fragte Olarius.

Ralle schloss die Augen und schüttelte in einer verzweifelt anmutenden Geste den Kopf.

Der wortmächtigen Luzie fehlten plötzlich die Worte.

»Mein Büro bekam unlängst einen Anruf von Herrn Schwertfeger. Er fragte nach einem aktuellen Angebot für Ihr Grundstück«, erklärte Olarius in die Gesprächslücke hinein.

Luzie sah Ralle an. »Ralle … sag, dass das nicht wahr ist …«

Ralle brauchte einen Moment, um zu antworten. In seinem dürren Hals zuckte der Adamsapfel auf und ab.

»Ich … ich wollte doch nur …«

»Du hast dort angerufen?«

»Ja, aber …«

»Du hast uns verraten?«

Jetzt hob Ralle den Blick. »Verraten«, sagte er leise, um dann plötzlich richtig laut zu werden. »Verraten? Wir sind pleite, ist dir das eigentlich klar? Unser Konto ist leer. Ich will uns retten.«

Luzie schüttelte den Kopf. Die sonst so wütende Johannisbeerfrau verfiel zu der verzweifeltsten Person, die Kupernikus je gesehen hatte. Nun tat es ihm leid, dieses Gespräch eingeleitet zu haben, aber wie hätte er das auch ahnen können …

»Wir mögen kein Geld haben, aber wir haben uns«, sagte Luzie mit Tränen in den Augen.

»Hatten uns«, schob sie nach.

»Luzie, bitte …«

»Fünf Millionen«, mischte Olarius sich ein.

»Wie bitte?«

»Hier und heute biete ich Ihnen fünf Millionen für Ihr Grundstück.«

»Am Telefon sagten Sie sieben Millionen.«

»Tja, jetzt, wo ich weiß, dass Sie sich in einer finanziellen Notlage befinden, passe ich mein Angebot natürlich an. Das ist so üblich in meiner Branche.«

Luzie starrte ihn einen Moment an, dann ging sie einfach fort.

»Sie sind ein Arschloch«, fuhr Ralle Olarius an, und es sah so aus, als wollte er auf den Millionär losgehen. Doch dann wandte er sich ab und lief der Johannisbeerfrau nach.

»Luzie, bitte … warte doch.«

Zurück blieben Kupernikus und Olarius. Beide folgten Luzie und Ralle mit ihren Blicken, bis sie in der Dunkelheit verschwunden waren.

»Es ist immer traurig, eine Geschäftsidee scheitern zu sehen«, sagte Olarius schließlich. »Wie sieht es aus, wollen wir zusammen ein Bier trinken, Björn?«

»Ich trinke nur mit Menschen, die ich mag«, sagte Kupernikus und ließ den Millionär stehen.

SZENE 11

»Ein romantischer Abend«

ABEND. AUSSEN.

Campingplatz Himmelreich.

Die Rechtsmedizinerin Dr. Sabrina Petrich sah an diesem Abend ganz anders aus. So hatte Edgar Fass sie zuvor noch nie gesehen.

Sie hatte sich herausgeputzt, trug ein blaues, knielanges Kleid mit Riemchensandalen, dazu eine weiße Strickjacke, die noch über ihrem Unterarm lag und erst später zum Einsatz kommen würde, wenn die Temperatur sank. Das lange, schwarze Haar fiel offen auf die Schultern.

Nackte, gebräunte, muskulöse Schultern, die Edgar Fass faszinierten. Auch wie ihre Wadenmuskulatur bei jedem Schritt spielte, brachte ihn beinahe um den Verstand. Er war nervös, deshalb verspannte sich sein Nacken schon wieder, leider hatte er auf den Elektroschocker verzichtet. Aber er konnte doch auf einem gesellschaftlichen Ereignis nicht herumzucken wie ein Untoter in einem Zombiefilm.

Sie waren auf dem Weg ins Himmelreich.

Die Musik drang ihnen entgegen, schien sie wie der Ruf der Sirenen anzulocken.

Fass konnte es noch immer nicht fassen, dass die Rechtsmedizinerin seine Einladung, ihn auf das Herbstfest zu begleiten, angenommen hatte. Gut, er hatte die Einladung etwas verklausuliert und ihr erklärt, das Herbstfest für verdeckte Ermittlungen über Fall und Verbleib des Toten vom Paddleboard nutzen zu wollen. Wenn die Menschen betrunken und in Feierlaune waren, redeten sie mehr und offener als sonst. Aber diese Operation wäre nur glaubwürdig, wenn er in Begleitung erschien, hatte er argumentiert. Sabrina, noch immer ziemlich angepisst darüber, dass ihr eine Leiche abhandengekommen war, hatte sofort zugestimmt.

»Und du meinst, wir finden die Leiche hier?«, fragte sie jetzt.

»Hier im Himmelreich? Nein, das kann ich mir nicht vorstellen. Aber vielleicht finden wir jemanden, der mehr darüber weiß.«

»Einer der Camper wird sie sicher nicht geklaut haben«, entgegnete Sabrina.

»Sag das nicht. Grundsätzlich traue ich Campern alles zu.«

»Warum?«

»Weil sie sich freiwillig in Gefangenschaft begeben.«

»Das musst du erklären.«

»Na ja, schau dich doch um«, sagte Fass und fasste die Umgebung mit einer Handbewegung ein. Sie passierten gerade die Schranke an der Rezeption. »Jeder Campingplatz, den ich kenne, ist eingezäunt. Hinein oder hinaus kommt man nur durch eine Schranke an einem Wärterhäuschen. Die Tages- und Nachtzeiten sind streng geregelt, sogar eine Mittagspause gibt es noch. Für mich klingt das alles nach Knast.«

»Ich finde deine Sichtweise ein bisschen überzogen. Und sie erklärt nicht, warum Camper meine Leiche entführt haben sollten.«

»Camper oder nicht, die Leiche wurde entführt, weil niemand wissen soll, warum die Leiche zur Leiche geworden ist.«

»Das macht man einfach nicht.«

»Was? Jemanden töten?«

»Nein, eine Leiche entführen.«

»Aber töten schon?«

»Wo kämen wir denn hin, wenn das keiner mehr tun würde? Dann hätte ich keinen Job mehr.«

»Auch wieder wahr.«

Sie gingen auf das Festgelände zu, das durch Hunderte Lämpchen stimmungsvoll illuminiert war. Die Musik machte gerade eine Pause, und Stimmengewirr drang herüber. Die Party war in vollem Gange, aber das hatte Fass auch so eingeplant. Wahrscheinlich war bereits ausreichend Alkohol konsumiert worden, um die Zungen der Trinkenden zu lockern.

»Bist du eigentlich rein beruflich hier, oder steckt vielleicht noch etwas anderes hinter deiner Einladung?«, überraschte Sabrina Fass mit dieser Frage, als er gerade verstohlen auf ihre Waden schielte.

»Wie bitte?«, versuchte er, sich Zeit zu verschaffen. »Ich verstehe nicht.«

»Was gibt es da nicht zu verstehen? Haben wir gleichzeitig zu deinen Ermittlungen ein romantisches Date?«

»Ich … also … wie kommst du darauf?«

»Vielleicht, weil ich es mir wünschen würde?«

»Dir was wünschen würdest?«

»Dass wir, wenn wir leicht einen sitzen haben, sehr eng zu schlechter Musik tanzen, irgendwann hinter dem Zelt mit Alkoholatem rumknutschen und dann zu dir nach Hause gehen, um Sex zu haben … okay, den Mittelteil können wir auch auslassen.«

Fass räusperte sich lautstark. Da schien ihm plötzlich ein Frosch im Hals zu sitzen. Für Sabrina hingegen schien das selbstverständlich zu sein. Sie hatte beim Sprechen nicht innegehalten, und auch ihre Stimme hatte sich nicht verändert. Sie sprach einfach wie immer. So, wie sie sprach, wenn sie sich über eine Leiche beugte. Als sei es die normalste Sache der Welt.

»Das geht nicht«, sagte Fass.

»Was geht nicht? Sex? Warum nicht?«

»Wir können nicht zu mir gehen. Ich lebe bei meiner Mutter, und sie schläft schlecht.«

Jetzt blieb Sabrina doch stehen, sah ihn an und brach prustend in Lachen aus. »Ist nicht dein Ernst? Du lebst noch bei deiner Mutter?«

Fass zuckte mit den Schultern und schämte sich. Seine Ohren wurden heiß. »Das hat sich so ergeben.«

»Okay. Und wenn wir zu mir gehen? Oder musst du dich erst bei deiner Mutter abmelden?«

»Na ja, zumindest anrufen muss ich sie, sonst liegt sie die ganze Nacht wach.«

»Also haben wir ein Date?«

»Bist du immer so direkt?«

»Du, ich habe jeden Tag mit Toten zu tun. Manche davon mitten aus dem Leben gerissen. Die würden sich wünschen, keine Zeit mit Umwegen verplempert zu haben. Ja oder nein?«

Bevor Edgar Fass antworten konnte und sein Schicksal damit besiegelte, näherte sich ihnen ein Pärchen.

Fass kannte sie. Es war das Biogärtner-Pärchen aus der Villa Kunterbunt am Ostufer des Schwielowsees. Für eine Party waren sie recht merkwürdig gekleidet, und sie schienen auch nicht wirklich Spaß zu haben.

Sie stritten wie die Kesselflicker.

»Das ist der größte und gemeinste Verrat, den du mir antun konntest. Das ist nicht zu verzeihen!«, schrie die Frau.

»Wie oft soll ich dir noch sagen, dass ich uns beide retten wollte«, schrie der Mann zurück.

»Indem du hinter meinem Rücken mit dem Klassenfeind Geschäfte machst?«

»Hör doch mal auf mit deinem ideologischen Scheiß, verdammt. Hier geht's um die Realität.«

»Das ist es ja, aber du verstehst es einfach nicht. Du lässt dir dein Leben und deine Träume von der Realität kaputt machen … wie alle anderen auch. Und so erschafft sich eine Realität, die niemand wollte und niemand will.«

»Glaubst du, die Bank interessiert sich für solche Kalenderweisheiten.«

»Leck mich doch am Arsch!«

Schreiend und schimpfend zogen die beiden Bio-Gärtner an ihnen vorbei, ohne sie überhaupt zu bemerken.

Fassungslos sah Fass ihnen nach, während Sabrina eher amüsiert schien.

»Was hast du?«, fragte sie.

»Ist dir klar, was hier gerade passiert ist?«

»Nein. Sag du es mir!«

»Das hat es wahrscheinlich nie zuvor gegeben. Wir haben zeitgleich den Beginn und das Ende einer Beziehung erlebt. Na ja, also zweier Beziehungen, aber dennoch ist es exemplarisch.«

»Wer spricht denn von einer Beziehung?«

»Was?«

»Ich will mit dir ins Bett. Von Heiraten war nicht die Rede.«

»Ach«, machte Fass und wendete sich Sabrina zu. »Und das kannst du voneinander trennen.«

»Boah, Mann, du nervst. Willst du deine Nackenverspannungen loswerden oder nicht?«

»Will ich.«

»Na also. Dann lass uns jetzt auf die Party gehen, ich habe nämlich Durst.«

KAPITEL 4

SZENE 1

»Ein Camper voller Federn«

ABEND. AUSSEN. INNEN.
Campingplatz Himmelreich.
Kupernikus' Camper.

Kupernikus war traurig und nicht länger in Partystimmung.

Wäre er allein gewesen, er hätte sich in seinen Camper zurückgezogen. Aber da er in Begleitung einer Dame gekommen war, gehörte es sich, die Party mit dieser Begleitung wieder zu verlassen.

Also hielt er sich an der Bar auf, trank ein Bier und wartete, bis Annabelle des Tanzens müde wurde. Noch sah es nicht danach aus.

Gern hätte Kupernikus mit Ralle und Luzie gesprochen, ihm war aber klar, dass die beiden erst einmal mit sich selbst beschäftigt waren. Er würde es morgen versuchen, wenn sich der Rauch verzogen hatte. Kupernikus war noch nicht ganz klar, wie Ralles Verrat in die ganze Sache hineinpasste.

Natürlich war Olarius nicht nur hier, weil er das Herbstfest feiern wollte. Er war in die Immobilienkungeleien rund ums Himmelreich involviert, so viel stand fest. Zudem war die Leiche aus der Rechtsmedizin verschwunden, als er mit seiner Angeberjacht aufgetaucht war. Suspekt. Äußerst suspekt.

Aber war er ein Mörder?

Kupernikus hatte eine andere Theorie, auf die ihn die Tierärztin Dr. Nancy Stoffregen gebracht hatte.

Doch irgendwie wendete sich das Blatt gerade wieder. Darüber musste er nachdenken.

»Hast du einen alten Schädel?«

Kupernikus erschrak, als er plötzlich angesprochen wurde.

Vor ihm stand ein kleines Mädchen, vielleicht acht Jahre alt. Blondes Haar, pausbäckig, der Gesichtsausdruck ein wenig altklug.

»Was?«, fragte Kupernikus.

»Dein Schädel. Ist der alt? Oder warum steht das da?« Sie deutete auf Kupernikus' Kappe.

»Ach so. Nein. Das ist Englisch und heißt *Alte Schule.*«

Das Mädchen schüttelte den Kopf. »Ich habe in der Schule Englisch, und ich bin die Beste. Oldskull heißt alter Schädel.«

Kupernikus nahm seine Lieblingskappe ab und betrachtete den Schriftzug. Er hatte sie vor zwei oder drei Jahren auf einem Campingplatz gekauft, weil er sich für einen Menschen alter Schule hielt. »Bist du dir sicher?«

Das Mädchen nickte. »Bin ich. Kannste ja googeln, wenn du mir nicht glaubst.«

»Henriette! Was machst du noch hier? Du sollst ins Bett.« Roger Gross war hinter ihr aufgetaucht. »Los, ich sag es nicht noch einmal.«

Henriette stemmte die Fäuste in die Hüften. »Das ist gemein. Ich will auch feiern.«

»Nix da. Keine Diskussion. Abfahrt, junge Dame.«

Henriette zog erst eine Schnute und dann davon.

»Hat sie genervt?«, fragte Roger.

»Nein … gar nicht, es ist nur … sag mal, was heißt das auf Deutsch?« Kupernikus hielt Roger die Kappe hin.

»Alter Schädel. Warum?«

»Ach … nichts.«

»Na dann. Ich muss los, die Kleene ins Bett bringen, sonst läuft die um Mitternacht noch hier rum.«

Roger verschwand, und Kupernikus blieb perplex zurück. Nachdenklich strich er mit dem Daumen über den eingestickten Schriftzug. Dann setzte er die Kappe wieder auf und sagte: »Passt ebenso gut.«

Im nächsten Moment kam eine Gestalt auf ihn zu. Braune Haut, Flipflops an den Füßen, grellgelbe Shorts, dazu das offizielle Shirt des Himmelreichs – im Mundwinkel eine Zigarette und in den blondierten Haaren weiße Flocken.

Thiago.

Er schien aufgeregt zu sein.

»Digga, dein Camper!«, rief er und eilte auf Kupernikus zu.

Als Thiago näher heran war, stellte sich heraus, dass es sich bei den weißen Flocken in seinem blonden Haar um Daunenfedern handelte.

»Was ist mit meinem Camper?«

»Digga, darin sieht es aus wie nach 'nem Schneesturm. Crazy, Mann.«

»Wie bitte?«

»Allet voller Federn.«

»Und Pinguin?«

»Nee, Pinguine sind da keene.«

»Nein, ich meine den Hund. Ich habe Pinguin im Camper gelassen.«

Thiago erklärte, er sei am Camper vorbeigekommen, die Tür stand offen, Federn seien herausgeweht, er habe einen Blick hineingeworfen, es sei aber niemand drin gewesen, auch kein Hund.

»Bist du dir sicher?«

»Hundo P.«

Kupernikus' Puls begann zu rasen. Das kam nur selten vor.

»Warte einen Moment«, bat er Thiago und eilte zu Annabelle auf die Tanzfläche.

»Die Situation eskalierte, ich brauche Ihre Hilfe.« Er zog sie beiseite.

»Kupernikus, was ist denn los, Sie sind ja ganz aus dem Häuschen.«

Er erklärte ihr, was Thiago gesehen hatte, und bat sie dann um einen ganz speziellen Gefallen.

Annabelle nickte mit ernstem Gesicht.

»Kein Problem«, sagte sie. »Ich lenke ihn so lange ab, wie ich muss. Sie müssen aber dafür sorgen, dass Pinguin nichts zustößt. Versprechen Sie mir das?«

Kupernikus versprach es und eilte zu Thiago zurück. »Ich könnte deine Hilfe brauchen.«

»Null Problemo. Für unsere Gäste immer.«

»Komm mit.«

Eiligst verließen sie das Festgelände und erreichten fünf Minuten später Kupernikus' Camper.

Die Tür stand noch immer offen, und in dem matten Licht der Lampe über der Tür tanzten Daunenfedern im leichten Abendwind.

Kupernikus betrat das Wohnmobil und erfasste mit einem Blick die Lage. Darin hatte ein Kampf stattgefunden, dem seine Daunendecke zum Opfer gefallen war. Ausgeweidet hing sie aus dem Alkoven heraus, und eine leichte Schneedecke aus Federn hatte sich über Tisch und Sitzgruppe gelegt.

Pinguin war nicht mehr da.

»Echt wyld, Digga«, sagte Thiago in Kupernikus' Rücken.

»Du hast nicht zufällig gesehen, wie jemand von hier weggelaufen ist?«

»Nee, Mann, leider nich'.«

»Mein Hund ist verschwunden, und ich fürchte, er wurde entführt. Würdest du mir helfen, ihn zu finden?«

»Na klar, Babo. So was geht ja wohl gar nicht. Aber hast du denn eine Ahnung, wo er sein könnte?«

Kupernikus verließ seinen Camper und ließ seinen Blick durch die Nacht gleiten. Aus der Ferne drang die Musik der

Party herüber. Unten am Ufer leuchteten in den Hausbooten schwache Lichter – und auch in der kleinen Jacht, mit der Olarius im Gewitter wie der Fliegende Holländer aus der Regenwand aufgetaucht war.

Auf dem Strand hatten sich Daunenfedern im Sand verfangen. Die Spur zog sich Richtung Schilf.

»Ja, ich habe eine Ahnung«, sagte Kupernikus. »Komm mit.«

Sie liefen über den Strand, und er machte Thiago auf die Spur aus Federn aufmerksam. Sie führte sie am Schilf entlang und endete an dem Steg, an dem die Jacht vertäut lag.

»Diese Jacht …«, sagte Kupernikus und zeigte darauf.

»Nolens Volens?«

»Was?«

»So heißt das Boot von Olarius. Nolens Volens.«

»Sieh an«, sagte Kupernikus, der wusste, dass der Name der Jacht übersetzt »wohl oder übel« bedeutete. »Ich habe neulich gesehen, wie du beim Anlegen geholfen hast. Sag mal, ist Olarius allein gekommen, oder war noch jemand an Bord?«

»Der hat einen Maat dabei.«

»Was ist ein Maat?«

»Na, so eine Art Gehilfe, der sich um alles kümmert. Um die Technik, das Boot, die Sauberkeit, er kocht sogar für den Hans.«

Kupernikus nickte. Damit hatte er gerechnet. »Wie gut kennst du Hans Olarius?«

Thiago zuckte mit den Schultern. »Er war zweimal oder dreimal hier, seitdem ich im Himmelreich arbeite. Der Typ ist slay, immer total korrekt und gibt super Trinkgelder. Ein echter Babo.«

»Ich glaube, mein Hund ist auf seinem Boot.«

»Echt? Warum?«

»Das würde ich auch gern wissen. Hilfst du mir, es herauszufinden?«

»Klaro!«

»Dazu müssten wir aber auf das Boot. Also sozusagen einbrechen.«

Thiago fuhr sich in einer nachdenklichen Geste durch sein blondes Haar. Daunenfedern flogen davon. »Mann, ich weiß nicht … das würde Hans nicht gefallen.«

»Natürlich nicht. Aber die Spur führt nun einmal hierher.«

»Bist du dir Hundo P. sicher?«, fragte Thiago.

»Ich bin mir ziemlich sicher.«

Thiago rang mit sich. Er sah zur *Nolens Volens* hinunter, fuhr sich abermals durchs Haar und entfernte damit die letzten Federn von seinem Haupt. »Dafür können wir echt Ärger kriegen.«

»Nehme ich auf meine Kappe.«

»Und wenn Hans plötzlich auftaucht?«

»Wird er nicht. Annabelle kümmert sich um ihn.«

»Deine Freundin?«

Kupernikus nickte. Es hörte und fühlte sich gut an, was Thiago gerade gesagt hatte.

»Die is' cool.«

»Ich weiß. Und sie will den Hund auch unbedingt zurück. Es würde ihr das Herz brechen, wenn ihm etwas zustößt.«

Thiago nickte. »Okay, dann bin ich dein Mann. Ich war schon mal auf dem Boot und kenne mich aus.«

SZENE 2

»Nolens Volens«

ABEND. INNEN.
Die Jacht.

Leise plätscherten die Wellen des Schwielow gegen die kleine Jacht des Hans Olarius.

Gut, streng genommen waren es die Wellen des Templiner Sees, aber wer wollte das eine von dem anderen trennen, wenn die Seen hier im Himmelreich so untrennbar miteinander verbunden waren.

Kupernikus jedenfalls wollte es nicht.

Er wollte Pinguin zurück.

Und wenn dafür Einbruch und Hausfriedensbruch notwendig waren, bitte schön.

Konnte man es überhaupt Hausfriedensbruch nennen, wenn man den Frieden auf einem Boot störte?

Dergleichen Haarspaltereien sprachlicher Art mochten Annabelle beschäftigen, doch die war gerade mit Olarius beschäftigt, und Kupernikus vermochte sich vorzustellen, wie sie den charismatischen Millionär um den Finger wickelte, ohne dass der es ahnte.

Am Steg angekommen, musterte Kupernikus die Jacht. Er war froh, dies nicht allein tun zu müssen. Den jungen und fitten finnisch-brasilianischen Thiago an seiner Seite zu haben, ließ Kupernikus sich besser fühlen. Auch hatte der Junge eine tiefenentspannte Art, die herrlich beruhigend wirkte.

»Warum kläfft dein Hund nicht, wenn er gegen seinen Willen festgehalten wird?«, fragte Thiago. »Bei mir hat er doch auch gekläfft.«

Die Frage begehrte auch Einlass in Kupernikus' Gedankenwelt, doch er hatte die Schotten verriegelt, wollte sie nicht hineinlassen, weil die Antwort möglicherweise zu furchtbar war.

Deshalb flüchtete er sich in unwahrscheinliche Ausreden. »Nun, Pinguin bellt generell selten«, flüsterte er Thiago zu. »Und es besteht ja durchaus die Möglichkeit, dass sie mit gutem Futter geködert wurde.«

»Oder vielleicht geknebelt«, schlug Thiago vor.

»Genau«, stimmte Kupernikus ihm zu, obwohl er sich das nun gerade nicht vorstellen konnte.

»Wenn wir erwischt werden, behaupten wir, gesehen zu haben, wie sich ein verdächtiger Halunke an Bord geschlichen hat«, flüsterte Kupernikus seinem jungen Freund zu.

»Halunke?«, fragte der.

»Na ja, Spitzbube eben.«

»Spitzbube?«

»Ein Gauner, Einbrecher, Tunichtgut …«

Zu spät fiel Kupernikus ein, dass Thiago mit dem Tunichtgut auch nichts anfangen konnte, aber der hatte seine Erklärung gefunden.

»Ah, ein Gangsta …« Er lachte leise, aber keckernd. »Wie wir also.«

»Richtig. Wie wir. Aber wir haben ein hehres Ziel: den Hund befreien.«

»Wie sieht er denn aus?«

»Klein, süß, kurze krumme Beine, glattes schwarz-braun-weiß geflecktes Fell. Du hast ihn doch schon gesehen.«

»Nee, nicht der Hund. Der Tunichtgut, den wir gesehen haben wollen.«

»Ach so … vollkommen egal. Es ist dunkel. Wir können ihn also nicht beschreiben.«

»Okay«, zeigte sich Thiago beruhigt und dachte wohl nicht daran, dass man in einem solchen Fall ja auch die Polizei hätte rufen oder sich anderweitig bemerkbar machen können.

Egal jetzt. Zügiges Handeln war gefragt. Die Lösung des Falles um den unbekannten Toten aus dem Schwielow- beziehungsweise Templiner See lag direkt vor ihnen. Es war der Hund, der alle Stränge zusammenführte. Der Hund, der Alkohol und die Immobilien.

Also mussten sie die *Nolens Volens* wohl oder übel entern.

Kupernikus ging voran. Ein kleiner Schritt reichte, um vom Holzsteg an Bord zu gelangen.

»Das ist weird«, flüsterte hinter ihm Thiago.

»Was genau ist weird?«

»Seltsam, schräg, unheimlich.«

»Nein, ich meine, was du gerade weird findest?«

»In meinem brasilianischen Stammbaum gab es Piraten, die die Karibik unsicher gemacht haben, und als kleiner Junge wollte ich immer Pirat werden. Wie Käpt'n Jack Sparrow. Kennste?«

»Klar. Johnny Depp. *Fluch der Karibik*.«

»Zu Fasching habe ich mich wie er verkleidet.«

»Tja, es ist nie zu spät, seine Träume wahr werden zu lassen, auch wenn wir auf die Schnelle kein Kostüm für dich finden werden. Aber jetzt sollten wir besser schweigen.«

Thiago riss die Augen auf, nickte und presste sich einen ausgestreckten Finger gegen die Lippen.

Per Handzeichen fragte Kupernikus ihn, wohin er gehen sollte. Thiago zeigte Richtung Heck, also schlichen sie auf leisen Sohlen ans Ende der Jacht. Auf der dortigen Plattform gab es eine gemütliche Sitzgruppe und einen niedrigen Tisch, in einer Ecke sogar einen kleinen Gasgrill. Fast wie bei Rettinghaus auf dem Hausboot, nur größer und exklusiver.

Eine schmale Leiter aus Edelstahl führte zu einer weiteren Plattform oberhalb, doch die konnten sie wohl unbeachtet lassen. Dort oben würden sie weder Pinguin noch die Leiche finden.

Sie mussten ins Innere des Bootes.

Wo sie den Maat erwarten konnten.

Eine breite Glasfront schottete die Plattform vom Innenraum ab. Hinter der Glasfront war es dunkel, das Licht der einzigen Laterne am Ende des Stegs spiegelte sich in dem Glas, sodass Kupernikus nicht sehen konnte, was dahinterlag.

Er nahm seinen Mut zusammen, trat auf die Schiebetüren zu und versuchte sein Glück.

Tatsächlich waren sie nicht verschlossen und glitten ebenso mühe- wie geräuschlos einen Spaltbreit auseinander. Kupernikus hielt inne, öffnete sie nicht weiter, denn nun drangen Geräusche heraus. Zuerst dachte er an ein Streitgespräch, doch dann ertönte der leise Schrei einer Frau, im nächsten Moment untermalt von dramatischer Musik.

Da schaute jemand fern.

Kupernikus suchte in der Dunkelheit Thiagos Blick, fand ihn und sprach sich stumm mit ihm ab, nun hineinzugehen. Den Einbruch perfekt zu machen. Das Schiff zu entern.

Thiago nickte. Dabei wirkte er ein wenig zu unbekümmert für Kupernikus' Geschmack.

Langsam zog Kupernikus die Glastüren so weit auseinander, dass sie beide sich nacheinander hindurchquetschen konnten. Sie gelangten in einen Wohnraum. Ein paar kleine Lämpchen leuchteten, ganz so dunkel, wie es von außen gewirkt hatte, war es also nicht.

Rechts führten Stufen hinauf. Kupernikus deutete darauf.

»Da geht's zum Kommandostand«, flüsterte Thiago. »Wo man das Boot fährt.«

Mittig führte ein schmaler Gang drei Stufen hinab.

Die Filmgeräusche kamen von dort unten.

»Da sind die Kombüse und die Kajüten«, flüsterte Thiago.

Kupernikus nickte, dann stieg er die Stufen hinunter. Er hätte gern nach Pinguin gerufen, aber das wäre wohl kontraproduktiv gewesen. Thiago folgte ihm auf dem Fuße. Es roch nach Fett, das zu heiß erhitzt worden war, außerdem war es sehr warm im Bauch des Bootes. Der Gang war circa acht Meter lang, vier Türen gingen davon ab. Hinter dem Niedergang gab es eine weitere Tür, diese bestand aus Metall und führte wohl in den Maschinenraum.

Die erste Tür auf der linken Seite war geschlossen, auf einem kleinen Holzschild stand »Kombüse«. Kupernikus drehte am Knauf und drückte die Tür auf. Der Raum war dunkel, nur am Kühlschrank leuchtete ein kleines Lämpchen. Kupernikus widerstand dem Drang, auf den Lichtschalter zu drücken. Thiago war da furchtloser; er leuchtete die Kombüse mit dem Licht seines Handys aus.

Kein Pinguin.

Mit einer Kopfbewegung deutete Kupernikus zur nächsten Tür. Dahinter befand sich ein opulent ausgestatteter Schlafraum mit zwei Bullaugenfenstern und einem Kingsize-Bett, das auf den ersten Blick wie ein Wasserbett aussah.

Auch hier kein Pinguin.

Dafür ein Berg unordentlicher Kleidung auf dem Bett.

Hinter der nächsten Tür entdeckten sie eine weitere Kajüte, allerdings mit Einzelbett, das nicht in Benutzung war.

Blieb nur noch ein Raum übrig. Der, in dem übertrieben laut der Fernseher lief. Die Tür war nur angelehnt. Kupernikus wollte hineinspähen, aber der Spalt reichte dafür nicht aus.

Beherzt stieß er die Tür auf, bereit, sich mit jedem anzulegen, der Pinguin in seiner Gewalt hatte.

In der Kajüte war aber niemand. Jedenfalls kein Mensch. Dafür aber Pinguin. Sie lag auf dem Einzelbett, geknebelt und gefesselt, und schaute ihn aus angstvollen Augen an. Ihr Entführer hatte sie mit einer Hundeleine aus Leder an das metallene Bettgestell gebunden, zudem trug sie einen schwarzen Maulkorb aus Kunststoff.

»Pinguin!«, stieß Kupernikus erleichtert viel zu laut aus und eilte auf das Bett zu. Er löste die Leine und entfernte den Maulkorb und ließ sich von Pinguin Bart und Nase abschlecken.

»Das ist wahre Liebe«, sagte Thiago, der von der Tür aus den Gang im Auge behielt.

Kupernikus betrachtete den kleinen Raum. An der dem Bett gegenüberliegenden Wand lief im Fernsehen eine alte Tatort-Folge mit der ganz jungen Ulrike Folkerts, in die Kupernikus damals ein bisschen verliebt gewesen war. Mit dem kurzen schwarzen Haar und dem stolzen Blick hatte sie etwas Rebellisches gehabt. Der Ton des Fernsehers war sehr laut eingestellt, wahrscheinlich, um Pinguin zu übertönen, falls sie trotz des Maulkorbs doch winseln oder knurren sollte.

»Wo ist der Maat?«, fragte Kupernikus.

Thiago zuckte mit den Schultern. »Vielleicht auf dem Herbstfest.«

»Glaube ich nicht«, sagte Kupernikus, und plötzlich fühlte sich das Boot wie eine Falle an.

»Deinen Hund haben wir jetzt, lass uns die Biege machen«, sagte Thiago.

Kupernikus schüttelte den Kopf. »Wo würdest du hier an Bord eine Leiche verstecken?«

»Eine Leiche?« Thiago riss die Augen auf. »Wieso eine Leiche, Digga? Von einer Leiche war nie die Rede.«

»Nun sag schon.«

»Mann, wat weeß denn icke … im Maschinenraum oder so.«

»Gut, dann lass uns dort nachschauen.«

Mit Pinguin auf dem Arm drängte Kupernikus Thiago aus der Kajüte auf den Gang hinaus.

»Was denn für eine Leiche?«, hakte Thiago nach.

»Die von unter dem Mord-Board.«

»Aber ist die denn nicht im Leichenschauhaus?«

»Die war in der Rechtsmedizin, ist aber von dort verschwunden, und zwar genau zu dem Zeitpunkt, als Olarius hier mit seiner Jacht aufgetaucht ist.«

»Echt?«

»Echt. Und kaum liegt die Jacht hier vor Anker, versucht jemand, Pinguin zu entführen, hinterlässt aber dummerweise eine Daunenspur. Die Leiche ist hier an Bord, ich bin mir sicher. Komm, lass uns nachsehen.«

Thiago ging voran. Am Ende des Ganges beugte er sich hinunter und öffnete die Tür, die eigentlich eine Klappe von einem Meter Höhe war.

Dahinter war es stockdunkel. Kupernikus nahm Öl- und Dieselgeruch wahr. Thiago zückte sein Handy, schaltete die Taschenlampenfunktion ein und leuchtete in den Maschinenraum hinein. Kupernikus, der mit Pinguin auf dem Arm hinter ihm stand, sah den großen Motorblock und jede Menge Leitungen und Schläuche.

»Hier ist keine Leiche«, sagte Thiago.

»Vielleicht weiter hinten.«

Thiago seufzte, stieg durch die Klappe, kroch gebückt an dem Motorblock vorbei und leuchtete den Bereich dahinter aus.

»Shit«, stieß er aus.

»Was ist?«

»Hier liegt eine Decke mit was drunter.«

»Schau nach.«

»Mann, ich habe noch nie eine Leiche gesehen. Keine Ahnung, vielleicht falle ich in Ohnmacht oder so.«

»Wird schon nicht passieren.«

»Dein Wort in Gottes Ohr, Digga.«

Mit spitzen Fingern ergriff er die graue Wolldecke und zog

sie ein Stück weit zu sich her. Dann fuhr er plötzlich zurück und prallte mit dem Rücken gegen die Bordwand.

»Shit!«, wiederholte er laut. »Du hattest recht. Hier liegt eine Leiche … und die stinkt echt krass.«

»Mach schnell ein Foto und komm wieder raus. Wir müssen hier weg.«

Thiago fiel nicht in Ohnmacht, ganz im Gegenteil. Er war sogar noch besonnen genug, um in seiner Foto-App die Belichtung für ein besonders gutes Foto einzustellen. Schnell ging anders.

»Mach hinne«, zischte Kupernikus.

»Bleib cool, Mann, muss noch'n Filter drauflegen.«

Schließlich kam Thiago auf ihn zugekrochen.

Auf halbem Weg brach plötzlich die Hölle los.

Oder besser gesagt, der Schiffsdiesel sprang an, was in dieser Situation der Hölle aber sehr nahekam.

Pinguin bellte erschrocken auf, und auch Thiago stieß einen Laut des Erschreckens aus.

SZENE 3

»Die aufregendste Frau im Himmelreich«

ABEND. AUSSEN.

Das Festgelände im Himmelreich.

Nach Kupernikus' Bitte machte Annabelle sich unauffällig auf die Suche nach dem Millionär Hans Olarius. Sie fand ihn am Rande des Herbstfestes, am einen Ohr ein Handy, im anderen einen Zeigefinger.

In diesem unbeobachtet geglaubten Moment gab er sich so, wie er war: das Gesicht angespannt, die Augen düster, der Körper eine Kampfmaschine. Er presste seine Worte ins Telefon und ging dabei in kurzen schnellen Schritten auf und ab. An einer Kiefer angekommen, kickte er dagegen und drehte um.

Für Annabelle hätte es dieser Klarstellung nicht bedurft. Von der ersten Sekunde an war ihr klar gewesen, dass dieser Mann ein begnadeter Schauspieler war, der der Welt zeigte, was die Welt sehen wollte.

Als Olarius sein Telefonat beendet hatte, zog Annabelle sich Richtung Tanzfläche zurück. Sie hoffte, dass er nicht einfach verschwinden würde, hatte aber keine andere Wahl, denn es kam natürlich nicht infrage, ihm hinterherzulaufen. Dann hätte Olarius seinerseits sie durchschaut. Dumm war der Mann gewiss nicht. Niemand gelangte zu so viel Macht und Geld, wenn es ihm an Intelligenz mangelte.

Annabelle stellte sich ans Ende der Schlange, die sich am Getränkestand gebildet hatte, und behielt den Bereich im Auge, aus dem Olarius auftauchen müsste. Minutenlang tat sich dort nichts, und während sie in der Schlange immer weiter nach vorn rutschte, befürchtete Annabelle, ihre Mission versaut zu haben. Dann kam er plötzlich doch noch.

Von einer Sekunde auf die nächste war der joviale, freundliche und charmante Hans Olarius wieder da. Er entdeckte sie in der Reihe der Wartenden, und erst jetzt war der richtige Moment gekommen, ein Lächeln hinüberzuschicken.

Davon angezogen wie eine Motte vom Licht, kam Olarius zu ihr. »Meine Teure, Sie werden sich doch nicht selbst einen Drink kaufen wollen.«

»Das werde ich wohl oder übel tun müssen, denn ich bin durstig.«

»Kommt überhaupt nicht infrage. Wenn Ihr Begleiter es gestattet, werde ich das übernehmen.«

»Mein Begleiter ist mir abhandengekommen.«

»Nanu. Wie ist das passiert?«

»Er streift durch die Gegend und bespricht mit anderen Campern Camperdinge. Beim Thema Chemietoilette habe ich mich ausgeklinkt.«

»Das kann ich nur zu gut verstehen. Was darf es sein? Champagner?«

»Dazu sage ich niemals Nein, aber ich befürchte, hier draußen werde ich mich mit Sekt begnügen müssen.«

»Nolens volens«, sagte Olarius und bestellte zwei Gläser, da sie in diesem Moment den Getränkestand erreicht hatten.

Er reichte ihr ein Glas, nahm selbst auch eines, bezahlte, und sie gingen hinüber zur Tanzfläche, an deren Rand gerade ein Stehtisch frei geworden war. Dort stießen sie an.

»Auf die aufregendste Frau im Himmelreich«, sagte Olarius, und in seinen Augen blitzte es auf.

»Sie übertreiben!« Annabelle lachte ein Mädchenlachen und trank.

Sie stellten die Gläser ab.

»Es ist mein voller Ernst«, sagte Olarius. »Wie kommt es, dass wir uns nicht schon früher hier begegnet sind?«

»Ich bin keine Camperin und zum ersten Mal auf diesem Herbstfest.«

»Dann wundert es mich nicht. Denn sonst wären Sie mir ohne Frage aufgefallen, und ich hätte Sie auf einen Drink eingeladen.«

»Machen Sie das mit allen Frauen so?«

Er schüttelte den Kopf. »Ich bin seit zehn Jahren Witwer, müssen Sie wissen, und es fällt mir schwer, jemanden zu finden, die es in puncto Anmut und Intelligenz mit meiner verstorbenen Frau aufnehmen kann.«

»Das tut mir leid zu hören«, sagte Annabelle. »Und ich kann Sie gut verstehen. Ich bin Witwe.«

»Mein Beileid. Und Ihre Begleitung?«

»Kupernikus?« Annabelle machte eine abwertende Handbewegung. »Er gibt sich wirklich Mühe und ist lieb und alles … aber, na ja.«

Olarius nickte verständnisvoll. »Ohne Herrn Kupernikus zu nahe treten zu wollen, komme ich dennoch nicht umhin, zu bemerken, dass Welten zwischen Ihnen beiden liegen.«

»Wie meinen Sie das?«

»Nun … Ihnen, meine Teure, merkt man die Frau von Welt und Bildung sofort an. Ich bin mir sicher, wo auch immer man mit Ihnen auftaucht, erregt man im positiven Sinne Aufmerksamkeit und Interesse, und Sie finden sich fraglos in jeder Gesellschaft zurecht. Mehr noch, Sie bereichern diese Gesellschaften.«

»Ach, das haben Sie aber schön gesagt.« Annabelle schenkte dem Angeber einen Augenaufschlag und fand es in diesem Moment schade, dass sich ihre Wangen nicht auf Befehl röteten. Ein wenig Schüchternheit wirkte bei einem Alpha-Männchen wie Olarius immer.

»Darf ich fragen, was Ihrem Mann zugestoßen ist?«, fragte Olarius.

»Welchem?«

»Wie bitte?«

»Es waren derer drei.«

»Ich verstehe nicht …«

»Drei Ehemänner. Ich war dreimal verheiratet und bin dreifache Witwe.«

Olarius' Gesichtszüge froren ein. »Entschuldigung, aber … das ist ein Scherz, nicht wahr?«

»Ganz und gar nicht. Schon seitdem ich Teenager war, mochte ich deutlich ältere Männer. Stilvolle, gereifte Männer, die wissen, was sie wollen. Da bleibt es natürlich nicht aus, dass sie vor mir gestorben sind. Das ist wie mit Hunden.«

»Mit Hunden?«

»Ja. Wenn man sich einen Hund anschafft, weiß man von vornherein, dass man ihn irgendwann beerdigen, wahrscheinlich sogar einschläfern muss. Haben Sie einen Hund, Hans?«

»Was? Ich … nein … dafür fehlt mir die Zeit.«

Er warf einen schnellen Blick auf seine sicher sündhaft teure Armbanduhr, so als sei ihm gerade eingefallen, dass er noch einen wichtigen Termin wahrnehmen müsse.

»Leider spricht sich so etwas ja immer herum«, machte Annabelle im Plauderton weiter. »Wahrscheinlich haben Sie die Gerüchte längst gehört.«

»Gerüchte? Was für Gerüchte?« Olarius' Stimme klang nun ein klein wenig alarmiert.

»Na ja, man kann das natürlich nicht ernst nehmen, dieses übliche Klischee von der schwarzen Witwe, die ihre wohlhabenden Männer reihenweise unter die Erde bringt. Das liegt vor allem auch daran, dass mein erster Mann an einer Tablettenüberdosis gestorben ist. So was sorgt für Gerede, selbst wenn bewiesen ist, dass es sich um einen Unfall gehandelt hat.«

»So sind die Menschen«, sagte Olarius und warf erneut einen Blick auf seine Uhr. »Ich glaube, ich muss …«

»Aber erzählen Sie doch von Ihrer Frau, mein lieber Hans. Sie muss ein ganz besonderer Mensch gewesen sein, wenn es zehn Jahre lang niemand mit ihr aufnehmen konnte.«

»Das war sie. Sehr besonders sogar. Und so gerne ich auch mit Ihnen …«

»Dann ist es ja wirklich ein tolles Kompliment, dass Sie glauben, ich könnte in die Fußstapfen Ihrer verstorbenen Frau treten.«

»Nun, ich …«

Annabelle verringerte die Distanz und berührte mit ihrem Ellenbogen den seinen. »Und ich mag Männer, die tanzen können«, sagte sie mit laszivem Unterton. »Wie sieht es aus? Wollen Sie mich nicht auf die Tanzfläche entführen?«

»Jederzeit gern, aber …«

In diesem Augenblick klingelte wie auf Bestellung Olarius' Handy. Er lächelte entschuldigend, wandte sich ab und nahm das Gespräch entgegen – abermals steckte er sich dafür den Zeigefinger ins Ohr. Dadurch hörte er natürlich nicht, wie laut er selbst sprach, als er sagte: »Ablegen, sofort … nein, nicht auf mich warten.«

Länger dauerte das Gespräch nicht, doch als Olarius sich zu Annabelle umdrehte, war offensichtlich, dass er verstand, was hier passierte.

Das Lächeln, das er jetzt zeigte, war verschlagen. »Chapeau. Das haben Sie gut gemacht. Mich hier hinzuhalten, während Ihr Freund sich …«

Olarius kam nicht dazu, den Satz zu Ende zu bringen. Annabelle sah den Angriff zwei Sekunden vor ihm, doch die Zeit reichte nicht, ihn zu verhindern.

Es war Ralle, der da aus der Dunkelheit auf Olarius zugewalzt kam in seinen Holzclogs. Ralle sah mitgenommen aus. Seine

Nase blutete, und er hatte ein blaues Auge, und man musste nicht Sherlock Holmes oder Kupernikus sein, um zu wissen, wer ihm diese Verletzungen zugefügt hatte.

»Sie verdammter Mistkerl«, stieß Ralle aus. »Sie haben unser Leben zerstört.«

Dem ersten Schwinger konnte Olarius noch ausweichen, doch Ralle war kein Boxer, der sich an Regeln hielt. Er sprang Olarius an und riss ihn zu Boden, dabei fiel der Stehtisch um, und die beiden Sektgläser landeten im Sand.

Ralle saß auf Olarius wie ein kleiner Junge bei einer Schulhofprügelei. Wie Dreschflegel fuhren seine Fäuste auf den Millionär nieder, der nicht alle Schläge abblocken konnte.

Wie aus dem Nichts kam ein dicker Mann in viel zu weiter schwarzer Kleidung herbeigerannt. Er zerrte einen Kameramann mit sich, der eine professionelle Filmkamera auf der Schulter balancierte.

»Halt drauf, halt drauf!«, rief der dicke Mann voller Euphorie. »Reality-TV at his best. So habe ich mir das vorgestellt.«

Der Kameramann filmte, und Ralle prügelte.

Olarius' Nase blutete heftig, als endlich Hilfe kam.

Zwei Männer packten den wütenden Biogärtner bei den Armen und zogen ihn von Olarius weg.

»Aufhören. Polizei!«, schrie der eine, bei dem es sich um Kommissar Fass handelte. Der andere war Roger Gross, Inhaber des Himmelreichs. Gross war groß und kräftig, und Ralle hatte keine Chance gegen die beiden. Ein Stück weit von Olarius entfernt ließen sie ihn zu Boden fallen, hielten sich aber bereit, einzugreifen, sollte er abermals durchdrehen.

Doch Ralles Wut hatte nur für diesen einen Angriff ausgereicht. Jetzt war alle Kraft, die in ihm gesteckt hatte, verflogen. Im Schneidersitz blieb er auf dem Boden sitzen und schluchzte.

Einige Besucher des Herbstfestes kümmerten sich um den angeschlagenen Olarius, aber niemand kümmerte sich um den verzweifelten Ralle. Also ging Annabelle zu ihm, setzte sich neben ihn in den Sand, nahm ihn in die Arme und sagte ihm, was man einem kleinen Kind sagen würde.

Dass alles wieder gut werden würde.

SZENE 4
»Capoeira«

ABEND. INNEN.
Die Jacht.

»Scheiße, der legt ab. Darf er so?«, rief Thiago.

Da die grammatisch schlecht gestellte Frage wohl nicht ernst gemeint war, beantwortete Kupernikus sie nicht.

Ihre Anwesenheit an Bord war offenbar nicht unbemerkt geblieben, jemand hatte die Beherrschung verloren und versuchte nun zu retten, was noch zu retten war. Draußen auf dem See war es dunkel und einsam, niemand würde es mitbekommen, wenn Thiago und Kupernikus über Bord gingen, vielleicht mit einem ausreichend schweren Gewicht an den Füßen. Das klang zwar nach einem klischeebeladenen Mafiafilm mit Al Pacino in der Hauptrolle, aber wer einen Hund entführte und knebelte und eine Leiche im Maschinenraum aufbewahrte, war wohl zu allem fähig.

»Was sollen wir jetzt tun?«, schrie Thiago dicht an Kupernikus' Ohr gegen den Lärm des Diesels an und riss ihn damit aus seinen Gedanken.

Zunächst einmal verließen sie den Maschinenraum und schlossen die Tür.

Deutlich besser. So konnten sie sich wenigstens unterhalten, ohne schreien zu müssen. Kupernikus hielt die aufgeregte Pinguin auf dem Arm und streichelte ihr den Bauch. Sie hechelte ohne Unterlass. Wahrscheinlich spürte sie, dass sie nun doch wieder auf dem offenen Wasser war.

»Wenn du recht hast, ist nur eine weitere Person an Bord«, mutmaßte Kupernikus. »Wir werden es mit ihr aufnehmen müssen.«

»Wie aufnehmen? Du meinst kämpfen?«

Kupernikus nickte. Dabei dachte er weniger an sich als an den jungen und durchtrainierten brasilianischen Finnen.

»Er hat uns bemerkt. Und jetzt legt er ab, weil er uns so in seiner Gewalt hat. Er muss um jeden Preis ein Verbrechen vertuschen, und mit jedem Preis meine ich auch ein Menschenleben. Also unseres. Deines.«

Thiagos Mund blieb offen. Er hatte wunderbar weiße und gerade Zähne.

»Okay«, sagte er schließlich. »Dann bin ich dein Mann. Ich habe mal eine Weile Capoeira trainiert.«

»Moment … das ist ein Tanz, oder?«

»Ja, irgendwie schon, aber es ist auch ein Kampfsport. Der beste der Welt, wenn du mich fragst.«

»Und den beherrschst du?«

»Digga, dafür müsste ich so uralt sein wie du. Ich kann halt ein paar coole Sachen.«

»Was für Sachen?«

»Den Martelo zum Beispiel, und den Armada, aber auch den Ponteira hab ich drauf. Das wird schon reichen.«

Vor seinem geistigen Auge sah Kupernikus Thiago tanzen und dazu einen Gegner, der sich darüber kaputtlachte.

»Und du hast schon einmal gegen einen Gegner gekämpft?«

»Nee, nur trainiert … also getanzt.«

Kupernikus dachte nach. »Na gut, das wird reichen müssen, wenn es drauf ankommt. Aber vielleicht sollten wir vorher etwas anderes versuchen.«

»Und was?«

»Kennst du dich mit Motoren aus?« Kupernikus zeigte auf den Maschinenraum.

Thiago zuckte mit den Schultern. »Ist ein Motor wie jeder andere.«

»Und das heißt?«

»Dass ich ihn zerlegen und wieder zusammenbauen kann. Wenn's um Motoren geht, bin ich dein Mann.«

Diesmal blieb Kupernikus der Mund offen stehen, weil er nicht fassen konnte, was alles in diesem jungen Mann steckte. Ihm selbst schien das gar nicht klar zu sein.

»Kannst du ihn ausschalten?«

»Klaro.«

»Okay, mach es aber so, dass der Typ, der das Boot fährt, erst in, sagen wir, zwei Minuten etwas bemerkt und hier runterkommt.«

»Kein Ding. Ich unterbreche die Dieselzufuhr. Der Rest im Vergaser wird sicher noch für ein paar Minuten reichen.«

Thiago öffnete die Tür zum Maschinenraum, verschwand darin und kam kurz darauf stolz strahlend wieder heraus.

»Geht gleich aus.«

»Dann los! Nach oben.«

Kupernikus ging voran und stieg die Stufen in den Wohnraum hinauf. Wie erhofft, war dort niemand, der Maat befand sich höchstwahrscheinlich eine Etage höher in der Kommandozentrale.

»Wenn er runterkommt, um nach dem Motor zu sehen, sperren wir ihn da unten ein«, erklärte Kupernikus und zeigte auf den Niedergang, der zu den Kajüten führte.

»Meinst du, der fällt darauf rein?«

»Werden wir sehen. Los, wir verstecken uns, solange wir noch Zeit …«

Kupernikus hatte noch nicht zu Ende gesprochen, da versagte der Motor mit einem übertrieben theatralischen Blubbern, lief noch einmal kurz nach und erstarb vollends.

Hastig suchten sie sich Verstecke.

Thiago stellte sich aufrecht in eine dunkle Ecke hinter einem Schrank. Kupernikus ließ sich mit Pinguin auf dem Arm zwischen der Rückenlehne der Wohnlandschaft und der Panoramascheibe nieder. Von außen wäre er natürlich zu sehen gewesen, aber der Maat würde vermutlich von oben aus dem Kommandostand kommen.

»Psst«, machte Kupernikus zu Pinguin. »Wir alle müssen jetzt gaaaanz leise sein.«

Kupernikus spürte, wie das Boot an Fahrt verlor. Er hatte einen guten Blick nach draußen und sah die Lichter des Himmelreichs als ineinander verschwimmende Punkte in der Dunkelheit. Sie waren höchstens fünf Minuten unterwegs gewesen, hatten aber sicher mehr als fünfhundert Meter zurückgelegt.

Das war viel zu weit für ihn, um zu schwimmen. Für Pinguin auch. Thiago hingegen traute Kupernikus mittlerweile zu, dass er auch noch Langstreckeneiswasserschwimmer war.

Kupernikus hörte, wie eine Schiebetür geöffnet wurde. Dann ging Licht an im Wohnraum. Gedimmt zwar, aber hell genug, um alles sehen zu können. Zumindest sah Kupernikus sein eigenes Spiegelbild in der Scheibe – aber auch das des Mannes, der die vier Stufen herunterkam.

Er hielt etwas in der Hand.

Kupernikus konnte nicht erkennen, was es war, aber er hielt es wie eine Waffe, mit der er zuzuschlagen gedachte. Zudem bewegte er sich wie einer, der jeden Moment mit einem Angriff rechnete.

Pinguin sah die Spiegelung des Mannes auch.

Und knurrte sie an.

Sofort erstarrte der Maat und hob seine Schlagwaffe.

»Komm raus da!«, rief er.

Kupernikus registrierte sehr wohl, dass der Maat nicht im Plural sprach. Vermutete er nur ihn auf dem Boot? Wusste er womöglich nicht, wie viele Personen die *Nolens Volens* geentert hatten? Wenn ja, wäre dies eine prima Gelegenheit, den Maat in einen Hinterhalt zu locken.

Da Pinguin weiter knurrte und Kupernikus ohnehin aufgeflogen war, konnte er sich auch zeigen.

Langsam kam er hinter der Couch hervor und erhob sich mit Pinguin auf dem Arm. Hätte er die kleine Hundedame losgelassen, wäre sie sofort auf den Maat losgegangen, vermutete Kupernikus. Nun gut, vielleicht würde das noch notwendig werden.

»Was zur Hölle willst du mit dem Hund?«

In dieser Situation eine ziemlich überflüssige Frage, wie Kupernikus fand. Aber wer fragte, verdiente eine Antwort. »Es ist nicht die Größe des Hundes im Kampf; es ist die Größe des Kampfes im Hund.«

»Häh?«

»Dwight D. Eisenhower. Hol ihn dir, Pinguin!«

Kupernikus ließ Pinguin in dem Moment los, da Thiago hinter dem Schrank hervorkam.

Daraufhin passierten mehrere Dinge unglaublich schnell, doch Kupernikus nahm sie wie in Zeitlupe wahr.

Thiago baute sich äußerst breitbeinig vor dem Maat auf, der ausholte, um zuschlagen zu können. Pinguin flitzte zwischen Thiagos Beinen hindurch, stieß sich kraftvoll ab und sprang den Maat an. Bei den kurzen Beinen reichte es nur für einen halbhohen Sprung, aber der endete genau in der richtigen Region des Körpers. Und zehn maximal beschleunigte Kilo in die Genitalien zu bekommen, war nicht ohne. Als der Maat deshalb nach vorn kippte, machte Thiago eine elegante Drehbewegung mit seinem Körper, wobei er das rechte Bein kerzengerade von sich streckte und das linke als Kreiselpunkt nutzte.

Sein Fuß traf den Maat am Kinn.

Das war nun doch zu viel.

Er stolperte in den Niedergang und fiel die Stufen hinunter.

»Pinguin, hier!«, rief Kupernikus. Die übermütige Hundedame war drauf und dran, nachzusetzen, gehorchte aber und kam zu Kupernikus zurück.

Geistesgegenwärtig schob Thiago die Tür vor dem Niedergang zu und verriegelte sie.

Und dann war Ruhe.

Kupernikus und Thiago sahen einander verwundert an, konnten nicht glauben, wie gut das geklappt hatte, ohne dass jemand verletzt worden war. Na ja, bis auf den Maat, aber der zählte irgendwie nicht, weil er Pinguin und die Leiche entführt hatte.

Thiago fand seine Coolness zurück und hob die Hand zum High-Five.

Kupernikus schlug ein.

»Krass, Alter, gutes Teamwork«, freute sich Thiago.

»Ja, dein Tritt war Weltklasse.«

»Das war der Ponteira, der punktgenaue Kick. Hat ziemlich gut gesessen.«

»Dann lass uns mal versuchen, den Motor wieder zu starten und zurück ins Himmelreich zu fahren«, schlug Kupernikus vor.

Thiago verzog das Gesicht.

»Was ist?«

»Mann, ich sollte den Motor doch stilllegen. Den können wir nicht einfach wieder starten. Dazu müsste ich vorher in den Maschinenraum.«

Beide blickten zugleich auf die verriegelte Tür des Niedergangs, hinter der der Maat lauerte.

SZENE 5

»Der weinende Maat«

ABEND. AUSSEN. INNEN.

Campingplatz Himmelreich.

Der Templiner See.

Ralles Verzweiflung floss in Rotz und Tränen aus ihm heraus, ganz gleich, wie viel Zuwendung und Trost er von Annabelle bekam. Bald war der Ärmel ihres Kleides feucht, und sie vermied den Gedanken daran, dass das nicht nur von seinen Tränen kam.

»Das wird schon wieder, ganz bestimmt«, sagte sie ein letztes Mal. »Ich muss mich nun aber um jemand anderen kümmern.«

Annabelle erhob sich und verließ Ralle. Es tat ihr leid, ihn allein dort sitzen zu lassen, doch es ging nicht anders. Sie musste dringend mit Kommissar Fass sprechen.

Der befand sich zwar noch in einem hitzigen Gespräch mit Hans Olarius, aber darauf konnte Annabelle keine Rücksicht nehmen.

»Kommissar Fass!«, rief sie.

»Nicht jetzt.«

»Oh doch, genau jetzt. Ich muss eine Entführung melden.«

»Was?«

»Der Hund ist weg.«

»Welcher Hund? Warten Sie. Der Hund?«

Annabelle nickte. »Genau der Hund. Und ich glaube, ein ganz anderer Dreckshund hat etwas damit zu tun.«

Ihr Blick fiel auf Olarius.

Der hatte ordentlich was abbekommen. Ralle war kein großer Kämpfer, aber für ein Millionärsveilchen und eine geschwollene Lippe hatte es dann doch gereicht.

»Können Sie sich bitte klar ausdrücken?«, verlangte Fass und ließ Olarius einfach stehen.

Annabelle zog ihn beiseite. »Kupernikus ist vorausgeeilt, um Pinguin zu retten, aber das ist schon eine Weile her, und ich befürchte das Schlimmste.«

»Und wohin ist er geeilt, der Herr Kupernikus?«

»Ich weiß nur, dass er zu seinem Wohnmobil wollte. Er bat mich, so lange dafür zu sorgen, dass Olarius die Party nicht verlässt.«

Beide warfen dem Millionär einen Blick zu, der sich gerade von der Rechtsmedizinerin Sabrina Petrich versorgen ließ.

»Das haben Sie ja gut hinbekommen.«

»Damit habe ich nichts zu tun. Aber kurz bevor das hier eskaliert ist, hat Olarius am Handy jemandem den Befehl zum Ablegen erteilt.«

»Zum Ablegen?«

»Herrschaftszeiten, ja!«, entfuhr es Annabelle. Fass' Trägheit brachte sie auf die Palme. »Er hat gesagt, sofort ablegen, nicht auf mich warten. Und ich sage Ihnen, da ist etwas im Gange. Können wir jetzt endlich nachsehen?«

Fass dachte vier Sekunden nach, in denen er wohl zwei und zwei zusammenzählte, dann nickte er entschieden. »Kommen Sie!«

Sie verließen das Herbstfest, das sowieso zum Erliegen gekommen war. Die Musik spielte nicht mehr, die Partystimmung war im Eimer. Und solange Ralle da hockte und plärrte, würde sie da auch nicht wieder herauskommen.

Annabelle und Fass schritten eilig gleichauf Richtung Ufer, wo die *Nolens Volens* lag.

»Wartet!«, kam es von hinten. Sabrina Petrich kam herbeigeeilt. »Wo wollt ihr hin?«

»Das Schlimmste verhindern«, antwortete Fass. »Wie geht es dem Ehrengast?«

»Der wird schon wieder. Ich will auch das Schlimmste verhindern.«

»Na, dann los.«

Sie eilten weiter und kamen an Kupernikus' Camper vorbei. Von Weitem sahen sie, dass die Tür offen stand. Davor war der Boden weiß.

»Ist das Schnee?«, fragte Fass.

»Wartet mal«, sagte Annabelle und lief hinüber. Die anderen folgten. Als sie einen Blick in den Camper warf, stoben Daunen auf. Damit war die Frage geklärt, ob es sich dabei um Schnee handelte.

»Niemand hier, auch Pinguin nicht«, rief sie. »Aber hier hat ein Kampf stattgefunden.«

»Ein Kampf? Was für ein Kampf?«, fragte Fass.

»Herrgott, woher soll ich das wissen? Jetzt tun Sie doch etwas. Rufen Sie Verstärkung, das macht die Polizei doch so, oder nicht.«

»Als ob wir in Caputh Verstärkung hätten.«

»Da draußen!«, unterbrach Sabrina Petrich und zeigte auf den See hinaus.

Sie alle sahen das Boot vor dem dunklen Nachthimmel, denn weiße Außenhaut reflektierte das Licht des Mondes.

»Das ist die Jacht von Olarius«, sagte Annabelle.

»Die scheint führer- und antrieblos abzutreiben«, konstatierte Fass.

»Großer Gott! Und nun?« Annabelle schluckte. Es konnte nichts Gutes bedeuten, wenn das Schiff abtrieb.

In diesem Moment klingelte Kommissar Fass' Handy.

Er zog es aus der Hosentasche.

»Fass«, rief er lautstark hinein.

Draußen auf dem Wasser bellte ein Hund. Im Handy auch.

»Kupernikus«, schob Fass überrascht nach, dann hörte er schweigend zu, bevor er selbst zu Wort kam. »Alles klar, wir können die Jacht sehen. Bewahren Sie Ruhe, Rettung ist unterwegs.«

Er legte auf. Annabelle und Sabrina starrten ihn an.

»Die Leiche ist an Bord«, sagte Fass.

»Na toll!«, stieß Sabrina Petrich aus. »Ist sie also wieder auf dem Wasser. Scheint ja eine schlechte Angewohnheit zu sein.«

»Was ist mit Kupernikus und Pinguin?«, fragte Annabelle angespannt.

»Ich habe nicht alles verstanden, aber Kupernikus scheint in Begleitung eines Maats zu sein, der Thiago ausgeknockt hat, oder so. Deshalb ist das Boot manövrierunfähig. Sie brauchen Hilfe.«

»Du wolltest doch lernen, wie man SUP fährt, richtig?«, fragte Sabrina.

»Häh?«

»Da unten«, sagte sie und deutete auf einen Metallständer am Ufer, in dem mehrere Boards lagen. »Damit holen wir das Boot in zehn Minuten ein.«

»Kommt gar nicht …«

»Dann nichts wie los!«, unterbrach Annabelle den Kommissar und lief zum Ufer hinab.

Während sie ihr folgten, diskutierte Fass mit der Rechtsmedizinerin. »Gibt's hier nicht ein Motorboot?«

»Bestimmt. Aber hast du den Schlüssel? Kannst du es bedienen? Mit den Boards geht's viel schneller.«

»Und wenn ein Sturm aufzieht?«

»Mach dich nicht lächerlich. Ich will meine Leiche zurück.«

Annabelle und Sabrina packten gemeinsam ein Board, legten es aufs Wasser und holten ein weiteres sowie zwei Paddel dazu. In der gleichen Zeit schaffte auch Fass es, ein Board zu Wasser zu lassen.

»Kannst du das?«, fragte Sabrina.

Annabelle nickte. »Einigermaßen.«

Sie war vielleicht ein Dutzend Male gefahren und fühlte sich recht sicher. Annabelle kniete sich in die Mitte, legte das Paddel vor sich quer übers Board, ergriff es rechts und links, stabilisierte sich und das Board und stand dann in einer fließenden Bewegung auf, wobei sie das Paddel mitnahm. Und schon setzte sie die ersten Paddelstiche.

»Genau so!«, rief die Rechtsmedizinerin dem Kommissar zu. »Hast du zugeschaut? So musst du das auch machen.«

»Jaja, geht schon. Fahrt nur, ich hole euch gleich ein.«

Annabelle beobachtete den Kommissar dabei, wie er wackelig und unsicher auf die Beine kam, aber immerhin blieb er auf dem Brett.

Sabrina schloss zu ihr auf. »Der schafft das schon. Das kann doch jeder.«

Und schon platschte es hinter ihnen, und Fass war im Wasser.

Prustend tauchte er auf. Annabelle stellte fest, dass er wenigstens das Paddel nicht losgelassen hatte.

»Alles okay?«, rief die Rechtsmedizinerin.

»Ja, geht schon.«

»Bleib halt hocken, wir haben ja nicht ewig Zeit.«

Sabrina Petrich zog an Annabelle vorbei. Es war ein merkwürdiger, ein geradezu erhebender Anblick, eine Frau im Abendkleid Stand-up fahren zu sehen, aber das galt ja auch für Annabelle selbst. Nur die Schuhe hatten sie vorher ausgezogen.

Als sie sich der Jacht näherten, sahen sie Leuchtzeichen.

Jemand wedelte mit einer kleinen Lampe hin und her.

Sie hätten das Boot auch ohne die Hilfe nicht verfehlt, aber Annabelle empfand dieses Licht in dunkler Nacht als tröstlich.

Konzentriert paddelten sie darauf zu.

Hinter ihnen schnaufte Fass, fiel aber nicht noch einmal ins Wasser, da er nun hockte. Tatsächlich holte er sogar langsam auf, und alsbald hielt die merkwürdige Troika in strategischer Angriffsformation auf die gekaperte Jacht zu.

Sabrina Petrich erreichte sie zuerst, kurz darauf Annabelle und mit wenig Verzug Kommissar Fass. Sie steuerten die kleine Badeplattform am Heck der Jacht an.

Dort bellte und tanzte Pinguin vor Freude.

»Immer wieder schön, Sie zu sehen, Annabelle«, begrüßte Kupernikus sie und half ihr an Bord.

»Sie natürlich auch, Kommissar. Hoppla, Sie sind ja ganz nass. Ich habe übrigens Ihre Leiche gefunden.«

»Das ist meine Leiche. Gestatten. Sabrina Petrich, Rechtsmedizinerin.«

»Sieh an. Sehr erfreut. Kupernikus. Vagabund.«

Nachdem die beiden sich einander vorgestellt hatten, umarmte Annabelle Kupernikus vor Erleichterung. »Sie machen mir ja Sachen, mein Held.«

»Tut mir leid, die Umstände ließen uns keine Wahl. Aber der Held bin heute nicht ich, diese Ehre gebührt Thiago. Ich weiß nicht, wie das ohne ihn ausgegangen wäre.«

Also umarmte Annabelle auch Thiago.

»Ist ja alles schön und gut, aber wo ist nun die Leiche?«, drängte Fass.

»Im Maschinenraum«, antwortete Thiago.

»Zeigen Sie es mir.«

»Das geht nicht so einfach.«

»Warum nicht?«

»Weil der Maat da unten ist.«

»Was für ein Maat?«

Kupernikus und Thiago klärten gemeinsam darüber auf, was passiert war. Annabelle konnte kaum glauben, was sich an Bord abgespielt hatte.

»Mist«, sagte Fass. »Weder bin ich bewaffnet, noch habe ich Handschellen dabei.«

»Warum nicht?«, fragte Kupernikus.

»Weil ich auf einer Party war?«

»Tja, das ist ungünstig. Durch gutes Zureden wird er sich wohl nicht festnehmen lassen.«

»Rufen Sie doch endlich Verstärkung!«, fuhr Annabelle den Kommissar an.

Fass griff in seine Hosentasche. »Mist. Mein Handy ist weg. Es muss ins Wasser gefallen sein, als ich … Hat jemand sonst ein Handy dabei?«

»Wir sind drei Männer gegen einen«, gab Thiago zu bedenken. »Das sollte wohl reichen.«

»Und er kann den Ponteira«, sagte Kupernikus.

»Häh?«, machte Fass.

»Capoeira?«, fragte Sabrina Petrich an Thiago gewandt. Der nickte.

»Cool. Ich bin Karateka.«

»Schön und gut, aber ist dieser Maat bewaffnet?«, fragte Annabelle. Sie machte sich Sorgen, dass die Situation aus dem Ruder laufen könnte.

»Als er auf uns losging, hatte er die hier.«

Thiago hob eine leere Rumflasche auf und betrachtete das Etikett. »Oh, kommt aus der Heimat. Gutes Zeug.«

»Himmelherrgott noch mal, jetzt macht schon die Tür auf«, sagte die Gerichtsmedizinerin. »Oder soll ich?«

Annabelle sah, dass Kommissar Fass das nicht auf sich sitzen lassen konnte. Er machte den ersten Schritt, löste die Verriegelung, vergewisserte sich mit einem Blick zurück, ob alle bereit waren, und zog die Schiebetür auf.

Nicht nur sprang niemand heraus, es war auch keine Menschenseele zu sehen.

»Nanu«, machte Fass.

»Vielleicht hat er sich hingelegt«, schlug Annabelle vor. »Die Diskussion hat ja schon sehr lang gedauert.«

»Schauen wir nach. Aber vorsichtig!«, überging Fass die Bemerkung und stieg als Erster den Niedergang hinab.

Als sie alle unten waren, hörten sie das Geräusch.

»Ist das … weint da jemand?«, fragte Annabelle, die Ralles Geflenne noch im Ohr hatte. Der Ärmel ihres Kleides war immer noch nicht ganz getrocknet.

Sie folgten dem Weinen und fanden den Maat im Maschinenraum. Er saß mit dem Rücken gegen die Metallwand gelehnt da, auf den ausgestreckten Beinen lag der Kopf der Leiche.

Alle starrten ihn an. Der Maat starrte zurück.

»Wer hat meinen Bruder getötet?«, fragte er lallend.

SZENE 6

»Die Mixa-Brüder«

ABEND. INNEN.
Die Jacht.

Ein erstes Verhör fand wohl oder übel noch auf der *Nolens Volens* statt, denn Thiago, der Aushilfsmechaniker, brauchte länger als erwartet, um den Motor der Jacht wieder in Gang zu bringen.

Der Maat, dessen Name Sven Mixa war, hockte zusammengesunken in der Wohnlandschaft. Er war betrunken, da er zuvor die Flasche Rum allein geleert hatte.

Kupernikus und Annabelle saßen ihm nebeneinander gegenüber. Sabrina Petrich stand an die Wand gelehnt da, während Fass auf und ab lief und seine Fragen stellte.

»Wie heißt Ihr Bruder?«

»Dennis Mixa.«

»Woher kommen Sie beide?«

»Aus Berlin.«

»Und was wollte Ihr Bruder hier? Was wollen Sie hier?«

»Wir arbeiten beide für Olarius … haben für Olarius gearbeitet.«

»Als Maat?«

»Was? Nee … Quatsch. Wir machen so Jobs … haben so Jobs gemacht.«

»Was für Jobs?«

»Gespräche.«

»Was für Gespräche? Mann, lassen Sie sich nicht alles einzeln aus der Nase ziehen.«

»Olarius kauft in großem Stil Grundstücke, überall«, lallte der Maat. Seine Zunge schien immer schwerer zu werden. »Manchmal stocken die Verhandlungen mit den … den Eigentü… Eigentümern. Dann versuchen wir, diese Verstockungen zu lösen. So wie man Rizinusöl nimmt, um eine Verstopfung zu lösen.«

»Johannisbeeren helfen auch«, brachte Kupernikus sein neu erlangtes Wissen ein, aber das interessierte gerade niemanden.

»Moooment.« Fass hob den Zeigefinger wie Lehrer Hempel bei Wilhelm Busch. »Sie bedrohen Menschen, die nicht verkaufen wollen?«

»Wir bedrohen sie nicht, wir führen … intensive Gespräche.«

»Sie beide sind bezahlte Schläger«, präzisierte Fass. »Sie machen die Drecksarbeit für Olarius.«

Darauf sagte Sven Mixa nix.

»Mit wem wollte Ihr Bruder hier sprechen?«, fragte Kupernikus und fing sich einen warnenden Blick der Marke »Ich stelle hier die Fragen« vom Kommissar ein.

»Ich hab … keine Ahnung.«

»Wer könnte Ihren Bruder getötet haben?«, hakte Fass nach.

Mixa sah ihn von unten herauf böse an. »Sagen Sie es mir, und ich werde meinen Bruder rächen.«

»Gar nichts werden Sie. Sie wandern in den Knast.«

»Haben Sie selbst hier in der Gegend auch schon solche Gespräche geführt?«, fragte Kupernikus. »Kennen Sie die Menschen hier?«

»Nee. Und ohne Anwalt sag ich gar nichts mehr.«

»Hat der Hund Ihrem Bruder gehört?«, wollte Fass dennoch wissen.

»Der Hund ist aus einem Tierheim in Berlin gestohlen«, beantwortete Kupernikus die Frage zur Überraschung aller.

Just in diesem passenden Moment sprang der Motor an. Ein Zittern ging durch den Schiffskörper, Pinguin bellte einmal kurz auf, entschied sich nach all dem Stress aber fürs Weiterschlafen. So wichtig erschien ihr ihre eigene Vita in dem Fall wohl nicht.

Thiago kam freudestrahlend aus dem Niedergang und wischte sich die Hände an einem Putzlappen ab. »Die Kiste läuft«, rief er, als hätten sie es noch nicht mitbekommen.

»Okay, wer kann die Jacht fahren?«, fragte Fass.

Alle Blicke fielen auf den Maat, doch der zeigte sich bockig.

»Dann bin ich Ihr Mann«, sagte Thiago und klatschte in die Hände. »Digga, ich fahr mein halbes Leben lang Boote. Und so eins wollte ich schon immer mal fahren.«

Sprach's und schwang sich die Stufen zur Kommandozentrale hinauf.

SZENE 7
»Drei Federn im Bild«

NACHT. AUSSEN. INNEN.
Caputh. Annabelles Haus.

Es war still geworden im Himmelreich.

Die Party war vorüber, die Lichter erloschen.

In dieser Stille waren Annabelle, Kupernikus und Pinguin auf dem Weg zu Annabelles Haus. Die Herbstnacht war mild, auch jetzt um zwei Uhr noch. Aufregung und Anspannung forderten ihren Tribut, sie waren alle müde, bis auf Pinguin, die gut gelaunt von einem Wegesrand zum anderen schnüffelte. Kupernikus schien ihr Gang ein weniger stolzer als sonst, so als wolle sie für ihren heroischen Auftritt an Bord angemessen verehrt werden.

Auf dem Campingplatz hatten sich die Wege aller Beteiligten vorerst getrennt. Sabrina Petrich war mit Fass gefahren, Mixa mit dem herbeigerufenen Streifenwagen aus Potsdam. Olarius hatte sich eine Unterkunft suchen müssen, denn die *Nolens Volens* war vorerst beschlagnahmt. Einer sofortigen Festnahme war der Millionär dank herbeigeeiltem Anwalt entgangen.

»Und woher wissen Sie, woher Pinguin stammt?«, fragte Annabelle, die sich bei Kupernikus eingehakt hatte. Er empfand dieses Gefühl, ihr Beschützer sein zu dürfen, noch immer sehr erbaulich. Mehr Verehrung war für ihn nicht notwendig.

»Als ich bei Ralle und Luzie in einen Streit reinplatzte, wedelte Ralle mit Tierarztrechnungen herum, die sie wohl nicht bezahlen konnten. Und da fiel mir etwas ein, was eigentlich unserem guten Kommissar hätte einfallen müssen.«

»Ich bin gespannt.«

»Tierärzte chippen Hunde, um sie ins Haustierregister aufzunehmen, damit sie bei Verlust eindeutig zugeordnet werden können«, hob Kupernikus an. »Also habe ich bei der Tierärztin von Caputh vorbeigeschaut, und sie hat Pinguin gescannt, und siehe da, sie trägt einen Chip.«

»Kupernikus! Sie sind ein Genie!«

»Nein, nein, es war ein Einfall unter der Konstellation besonderer Umstände. Jedenfalls … dieser Chip enthält eine fünfzehnstellige Nummer, die ein Hundeleben lang gleich bleibt. Natürlich hatte ich mir erhofft, auf diesem Wege die Identität unserer Leiche klären zu können, ganz so einfach war es dann aber doch nicht. Denn die zu der Nummer im Tierregister hinterlegten Daten können geändert werden. Und das hat ein Tierheim in Kleinmachnow bei Berlin auch getan, als es Pinguin von dem verstorbenen Vorbesitzer übernommen hat.«

»Pinguin ist also eine Waise?«

»Das kann man so sagen, ja. Und sie wurde aus dem Tierheim gestohlen. Die genauen Umstände kenne ich nicht, aber am Telefon sagte man mir, der Diebstahl sei der Polizei gemeldet worden.«

»Aber warum stiehlt jemand einen Hund aus einem Tierheim und setzt ihn im Himmelreich auf ein Stand-up-Board mit einem Toten darunter?«

»Einem Toten, der, wie wir jetzt wissen, auch aus Berlin stammt. Einer der Mixa-Brüder. Tja, das ist die Gretchen… also die große Frage, nicht wahr?«

»Die Sie beantwortet haben, Kommissar Kupernikus?«

»Nicht eindeutig, aber schlüssig. Auf meinen Wanderungen mit Pinguin habe ich festgestellt, dass man durch einen Hund viel leichter mit Menschen ins Gespräch kommt als ohne. Vor allem mit anderen Hundebesitzern. Ich kann mir also vorstellen, dass Pinguin hier als Köder fungierte. Sie sollte Dennis Mixa bei der Kontaktaufnahme helfen. Wir wissen ja jetzt, dass er hier war, um ›intensive‹ Gespräche zu führen.«

Während sie langsam eng nebeneinander auf ihr Haus zuschritten, nickte Annabelle. »Das klingt einleuchtend. Aber dann ist etwas schiefgelaufen, ein Gespräch lief nicht so wie geplant, nicht wahr?«

Vor der Gartenpforte blieben sie stehen.

Kupernikus nickte. »Und damit sind wir bei Punkt zwei, auf den Ralle und Luzie mich gebracht haben. Aber darüber können wir auch morgen sprechen.«

»Auf gar keinen Fall, Kupernikus! Ich mache nicht ein Auge zu, wenn ich es nicht sofort erfahre.«

»Es ist aber höchstwahrscheinlich keine schöne Nachricht für Sie, Annabelle.«

»Und dennoch muss ich es wissen. Kommen Sie, wir gehen rein, öffnen eine Flasche Wein und bringen diesen kuriosen Abend vernünftig zu Ende.«

»Wenn Sie darauf bestehen.«

»Ja, ich bestehe darauf. Da ich allerdings nicht mit Gästen gerechnet habe, müssen Sie die Unordnung entschuldigen. Ich packe schon Kisten für den Umzug.«

Annabelle ging voran. Na ja, eigentlich ging Pinguin voran, nachdem die Gartenpforte geöffnet war, aber in der menschlichen Reihenfolge war Annabelle die Erste. Sie schloss die Haustür auf, machte Licht und bat Kupernikus herein.

»Das ist ja wunderschön hier«, sagte Kupernikus. »So … locker!«

Damit meinte er die auf den ersten Blick wahllos zusammengestellten Möbel, Einrichtungsgegenstände und Accessoires, die sich in ihrer bunten und überbordenden Gesamtheit aber zu einem wahren Kunstwerk der Lebensfreude entfalteten. Hier war nichts spießig, nichts gerade oder gleichmäßig, nichts geplant, alles durfte, wie es wollte, und es wollte die Seele erfreuen.

»Vielen Dank. Ich weiß, gegen Ihren aufgeräumten Camper ist das hier reinstes Chaos. Aber ich finde ja, die Funktionsweise der Welt beruht auf einem systematischen Chaos, das wieder und wieder und wieder Kreativität gebiert.«

»Da mögen Sie recht haben.«

»Ziehen Sie die Schuhe aus, legen Sie die Weste ab, ich hole eine Flasche spanischen Rotwein, wir machen es uns im Wintergarten bequem, und Sie verraten mir das Geheimnis.«

»Würden Sie mir zuvor eines verraten?«

Annabelle, schon auf dem Sprung zum Wein, hielt inne und drehte sich um. »Kommt darauf an. Wenn Sie wissen möchten, welches Gift ich Ihnen in den Wein schütte, muss ich Sie enttäuschen. Das bleibt mein Geheimnis.«

»Das verstehe ich. Nein, mich interessiert, warum Sie geschwindelt haben?«

»Habe ich das?«

»An dem Morgen, an dem Sie mich zu Hilfe riefen, sagten Sie, Sie können nicht schwimmen. Heute sind Sie ohne Zögern auf ein Board gestiegen und sehr weit auf den See hinausgepaddelt. Das tut man nicht, wenn man nicht schwimmen kann.«

Lächelnd kam Annabelle auf Kupernikus zu, blieb ganz dicht vor ihm stehen und griff nach dem Revers seiner Weste.

»Erinnern Sie sich an das Kleid, das ich an jenem Morgen getragen habe, Kupernikus?«

»Natürlich. Es war weiß und stand Ihnen ausgezeichnet.«

»Können Sie sich vorstellen, wie mir das Kleid gestanden hätte, wäre ich damit ins Wasser gegangen?«

Kupernikus schluckte trocken. »Ähm … ich denke schon.«

»Sehen Sie, und ich habe sofort gespürt, dass das zu viel für Sie gewesen wäre, deshalb erschien mir diese kleine Notlüge gerechtfertigt. Natürlich kann ich schwimmen. Wie soll man sonst das Wasser genießen? Frage zufriedenstellend beantwortet, Herr Kommissar?«

»Ja. Ich denke schon.«

Noch immer mit dem Revers seiner Weste zwischen den Fingern und ganz dicht bei ihm sagte Annabelle: »Ich liebe es, von Ihnen vernommen zu werden.«

Sie schien sich auf dem Wasser erkältet zu haben, ihre Stimme klang kratzig. Kupernikus selbst aber auch – nur dass seine Stimme sogar ganz versagte.

»So. Wein«, sagte Annabelle, ließ ihn los und verschwand. »Gerade durch geht's in den Wintergarten«, rief sie aus den Tiefen des verschachtelten Häuschens.

Kupernikus brauchte noch einen Moment, um seine Befangenheit abzuschütteln. Dann legte er auch noch die Weste und Schuhe ab und ging gerade durch. Auf dem Gang standen tatsächlich die ersten gepackten Kartons. Das machte Kupernikus traurig, weil Annabelle sich hier offensichtlich sehr wohlfühlte.

In dem großen Wintergarten, der die gesamte Rückseite des Hauses überspannte, wartete eine Überraschung. Oder besser, Dutzende Überraschungen. Sie standen überall herum; auf dem Boden an die Wand gelehnt, an Blumenkübeln, auf kleinen Beistelltischen, auf mehreren Stativen.

Es waren Bilder.

Bilder auf Leinwänden.

Und sie alle zeigten ein ähnliches Motiv.

Eine Seenlandschaft, die sich von Bild zu Bild zwar geringfügig veränderte, aber eben immer eine Seenlandschaft, darüber Himmel, mal blau, mal weiß, mal dunkel, mal mit Wolken, mal ohne. Einige der Bilder, nicht alle, hatten ein zentrales Motiv, das nicht ins Bild passte.

Drei Federn.

Vielleicht Daunenfedern von Enten.

Nah beieinander schwebten sie durch die Landschaft.

Mit offenem Mund stand Kupernikus da und bemerkte es nicht, als Annabelle sich barfuß von hinten an ihn heranschlich. Sie trug eine Rotweinflasche und zwei Gläser. Sanft klirrten sie aneinander.

»Sie sind immer da, in diesen Bildern«, sagte sie flüsternd. »Aber sie sind so federleicht und leise, so unbeschwert und fröhlich, dass ich mein Leben mit Leichtigkeit im Herzen genießen kann.«

Kupernikus nickte wortlos. Hier gab es keine Fragen zu stellen, alles erklärte sich von selbst.

»Zusammen mit der Kissenschlacht in Ihrem Camper wirkt es allerdings kurios, das will ich gern zugeben«, sagte Annabelle in veränderter Tonlage und ging zu der Couch hinüber, die sich unter der Last Dutzender Kissen durchzubiegen schien.

»Kommen Sie, Kupernikus, ich kann nicht mehr warten!«

Annabelle goss Wein in die Gläser, sie suchten sich gemütliche Plätzchen zwischen den Kissen und stießen an.

»Würden Sie mich morgen zum Mörder begleiten?«, fragte Kupernikus schließlich.

Annabelle riss die Augen auf. »Zusammen mit Kommissar Fass, nehme ich an.«

Pinguin knurrte.

»Nein, ich glaube, auf die Polizei können wir verzichten.«

»Aber ist das nicht gefährlich?«

»Ich denke nicht.«

»Herrje, ist das spannend. Nun sagen Sie schon, Kupernikus, wer ist es?«

Kupernikus bemühte sich um ein verschmitztes Lächeln. Jetzt, da er hier so gemütlich saß und Annabelles verstorbene Ehemänner als Feder durch Bilder schweben sehen konnte, wollte er den Moment auch zelebrieren.

»Sie kennen die drei Fragezeichen?«, fragte er.

Annabelle runzelte die Stirn. »Diese Hörbücher für Kinder?«

»Richtig. 1968, als ich fünf Jahre alt war, erschien der erste Band in Deutschland, und als ich heranwuchs, war ich großer Fan. Allerdings Fan der Bücher, nicht der Hörspiele, die habe ich bis heute nicht gehört. Wie auch immer: Sie haben sicher bemerkt, dass ich mir im Laufe unserer Ermittlungen häufig drei Fragen gestellt habe, nicht wahr?«

»Stimmt. Ich hielt es für einen Tick.«

»Nun, so etwas in der Richtung ist es ja auch. Vielleicht eher ein Trick, eine Strategie, zu der mich die drei Fragezeichen inspiriert haben. Will ich ein Geheimnis lösen, stelle ich mir zunächst drei Fragen und versuche, diese abzuarbeiten. Dann folgen die nächsten drei Fragen und immer so weiter. Ingenieure gehen genauso vor. Sie brechen ein großes Problem in viele kleine hinunter, lösen diese und haben damit am Ende das große Ganze gelöst. Bei mir ist es so, dass sich aus einer bestimmten Anzahl dieser Drei-Fragen-Blöcke irgendwann drei letzte Fragen herauskristallisieren. Sozusagen die Quintessenz der Fragen. In deren Antworten liegt die Lösung.«

Annabelle schaute verblüfft drein. »Und das funktioniert?«

»Na ja, oft, nicht immer. Aber irgendeine Strategie braucht jeder Ermittler, nicht wahr?«

»Aus welchen drei Fragen besteht in diesem Fall die Quintessenz? Wussten Sie übrigens, dass es sich dabei um den lateinischen Ausdruck für das fünfte Element handelte? Aristoteles hat ihn geprägt, als er dieses Element Äther nannte.«

»Interessant, aber in diesem Zusammenhang nicht von Bedeutung.«

»Ich wollte ja nur …«

»Lehrerin sein.«

Annabelle lächelte. »Wir kennen uns schon ein wenig, nicht wahr?«

»Was mich sehr freut.«

»Lassen Sie uns darauf anstoßen!«

Das taten sie, danach musste Annabelle ihr Glas nachfüllen, Kupernikus hatte noch genug.

Er fuhr fort: »Im Rahmen meiner Ermittlungen hier im Himmelreich …«

Annabelle prustete los vor Lachen und unterbrach Kupernikus damit. Was er ein bisschen despektierlich fand.

Es dauerte einen Moment, bis sie sich wieder einkriegte, dabei wedelte sie mit einer Hand vor ihren Augen herum, wahrscheinlich, um ihre Tränen zu trocknen. Warum sollte man das sonst tun?

»Geht's?«, fragte er, als sie ruhiger wurde.

»Entschuldigen Sie bitte, mein Lieber …« Ihre Hand landete auf seinem Oberschenkel. »Aber Ihre Darbietung eines Kommissars fand in diesem Satz gerade seinen Höhepunkt.«

»Und das ist lustig?«

»Nur, wenn man Ihren Hintergrund kennt.«

»Sieh an. Nun gut, wenn ich dann fortfahren darf.«

»Natürlich.«

Annabelle versuchte, ernst zu wirken, aber er sah ihr an, dass sie sich das Lachen mühsam verkneifen musste.

»Also: Im Rahmen meiner Ermittlungen hier im Himmelreich …«, er machte vorsichtshalber eine Pause, aber sie hielt sich tapfer, »… habe ich mir eine ganze Reihe von Drei-Fragen-Blöcken gestellt. Einige Antworten führten ins Leere oder waren irrelevant, doch jetzt, nach diesem Abend, kann ich mir drei letzte Fragen stellen – und die führen zum Täter.«

Jetzt wurde Annabelle doch wieder ernst. »Ich bin so was von gespannt.« Sie starrte ihn aus großen Augen an.

Kupernikus starrte zurück, ein ganz besonderer Moment voller Stille und Magie – und dann gab Kupernikus einem spontanen Impuls nach.

Er brach in Lachen aus.

Zuerst verstand Annabelle nicht, dann schüttelte sie den Kopf und lächelte. »Chapeau, mein Lieber. Ich gelobe Besserung.«

»Tut mir leid, ich konnte nicht anders.«

Sie beruhigten sich.

»Also … die drei Fragen«, setzte Kupernikus neu an.

»Nein. Warten Sie.« Plötzlich wurde Annabelle sehr ernst. »Vorhin haben Sie gesagt, es wäre eine unangenehme Nachricht. Jetzt frage ich mich, will ich wissen, wer es ist? Ich meine, immerhin war dieser Mixa ein böser Mensch, der andere unter Druck setzte, vielleicht sogar bedrohte und erpresste. Vielleicht hat er seinen Tod selbst herausgefordert, um nicht zu sagen, verdient. Muss ich dann wirklich wissen, wer ihn getötet hat?«

»Das ist allein Ihre Entscheidung, Annabelle.«

»Aber Sie wissen es?«

»Ich vermute, es zu wissen.«

SZENE 8
»Die letzten drei Fragen«

VORMITTAG. AUSSEN.
In der Nähe des Campingplatzes Himmelreich.

Die erste Frage:

Was wollte der Tote?

Sie war ausreichend beantwortet. Er war ein bezahlter Schläger, der Grundstückseigentümer davon überzeugen sollte, Grundstücke an Olarius zu verkaufen. Im Gegenteil zu dem, was Olarius wollte, fand sich die Intention des Täters/der Täterin.

Die zweite Frage:

Wer hat während der Ermittlungen gelogen?

Sie war nicht unbedingt ausreichend beantwortet, da Kupernikus wahrscheinlich Lügen aufgesessen war, ohne es bemerkt zu haben. Eine zentrale Lüge hatte er jedoch enttarnen können.

Die dritte Frage:

Wer ist ein geübter Trinker?

Die Antwort auf diese Frage war entscheidend. Denn die Leiche hatte viel Alkohol im Magen. Gut möglich, dass Mörder und Opfer zusammen getrunken hatten.

Mit einem unguten Gefühl im Bauch machte Kupernikus sich am folgenden Morgen allein auf den Weg, um seine Ermittlungen abzuschließen. Annabelle hatte sich entschieden; sie wollte nicht wissen, wer der Täter war. Ihre Intention war auch sein Grund dafür, dass er Kommissar Fass nicht informiert hatte: Vielleicht war es besser, wenn niemand erfuhr, wer Mixa getötet hatte.

Kupernikus wollte erst einmal abwarten, was passieren würde. Vielleicht würde er danach eine andere Entscheidung treffen, vielleicht auch nicht. Es war kühler geworden, der Himmel bewölkt. So als habe der Wettergott das Herbstfest im Himmelreich zu ernst genommen.

An der Abzweigung zum Vereinsgelände der Stechpaddeltiger blieb Kupernikus stehen und warf einen Blick in den Waldweg. Natürlich hatte er Lothar Decker im Verdacht gehabt, allein schon, weil er quasi aus dem Stegreif eine Bürgerwehr gegründet hatte. Auf sich aufmerksam zu machen, war eine gute Taktik, um von sich abzulenken.

Aber Kupernikus ging weiter. Den Täter vermutete er woanders.

Bald kam das bunte Haus in Sicht.

Ohne Sonnenlicht strahlten die Farben längst nicht mehr so intensiv. Darüber hinaus schien nun eine besondere Düsternis auf dem Haus zu liegen. Als Kupernikus nah genug war, entdeckte er den verwüsteten Vorgarten. Jemand hatte die Johannisbeersträucher zerstört, wie es schien, in wilder Raserei.

Kupernikus verharrte an der Pforte.

Von Luzie und Ralle war nichts zu hören und nichts zu sehen. Das war unheimlich. Manchmal war es besser, man hörte Ehepaare streiten, fand Kupernikus. Er fragte sich, ob er nach dem Rechten schauen sollte. Aber wahrscheinlich würde er nur stören, und wenn er eines nicht wollte, dann stören.

Kupernikus setzte seinen Weg fort und gelangte alsbald zu Hausnummer zwölf. Dem nüchternen, klaren, aufgeräumten, spießig gepflegten Grundstück von Einsteins Hausmeister Olaf Feldmann.

Dort klingelte er.

Niemand reagierte, also klingelte er noch einmal. Mit den Händen in den Taschen seiner schwarzen Weste und entschlossenem Blick blieb er stehen, bis sich dann doch endlich etwas tat.

Die Haustür ging auf, und Olaf Feldmann trat heraus.

Er trug ausgebeulte Jeans, ein Karohemd über einem weißen Shirt, dazu Filzpantoffeln. Mit schweren, trägen Schritten kam er auf die Pforte zu. Auf der Nasenspitze balancierte er eine schmale Lesebrille, über deren Rand hinweg er Kupernikus ansah. »Kann ick helfen?«

»Dürfte ich einen Moment reinkommen?«

»Wofür?«

»Für ein Gespräch.«

»Ick hab keene Zeit.«

»Wenn Sie sich die Zeit nicht für mich nehmen, werden Sie sie sich für die Polizei nehmen müssen. Bei mir ist sie besser investiert, glauben Sie mir.«

Feldmanns Blick wurde zuerst starr, dann weich. Schließlich nickte er und öffnete die Gartenpforte. »Wie haben Se det ausklamüsert?«, fragte Feldmann auf dem Weg zum Haus.

»Sie haben Ihren Hund nicht einschläfern lassen, nicht wahr?«, antwortete Kupernikus.

»Woher wollen Se ditt wissen?«

»Weil ich die einzige Tierärztin im Ort gefragt habe.«

»Und? Ick hätt auch eenen anderen Veterinär beauftragt haben können. Oder mein Hund is' einfach so jestorben.«

»Ist er aber nicht. Er wurde getötet, habe ich recht?«

Von den Stufen zur Haustür starrte Feldmann auf Kupernikus hinab. Seine Augen wurden feucht, seine Unterlippe zitterte.

»Kommen Se mit«, sagte er, wandte sich von der Haustür ab und latschte in seinen Pantoffeln in den Garten.

Kupernikus folgte ihm, und weil er ahnte, was kam, war er doppelt froh, Pinguin bei Annabelle gelassen zu haben.

Feldmann führte ihn zu einer einfachen Holzhütte auf dem hinteren Teil des zum See hin abschüssigen Grundstücks. Von der kleinen Terrasse des Gartenhäuschens aus hatte man sicher einen fantastischen Blick über den See. Auf dem Holztisch stand ein Fernglas.

Auf der Schattenseite der Hütte lag ein Hortensienbeet, dorthin führte Feldmann ihn und zeigte auf eine rote Grabkerze. Sie leuchtete.

»Die is' an, seit der Benno tot ist«, sagte Feldmann.

»Und seit wann ist Benno tot?«

»Er starb eene Nacht vor diesem Bastard Mixa.«

»Das tut mir sehr leid … für Benno«, sagte Kupernikus. »Wollen wir drinnen weiterreden? Ich könnte einen Kaffee brauchen.«

Feldmann nickte und ging voran. Aber nicht zum Haus zurück, sondern auf die Terrasse des Gartenhäuschens. Er schloss die Tür auf. Zwar bat er Kupernikus nicht herein, schien aber auch nichts dagegen zu haben, dass er ihm folgte. In dem Gartenhäuschen gab es eine kleine Küche, zwei gemütliche Sessel und ein Bett.

Zu Kupernikus' Freude bereitete Feldmann zwei Tassen Kaffee in einer French-Press zu und hielt sich dabei sogar an die Zeiten.

»Milch? Zucker?«

»Schwarz. Danke.«

Jeder nahm seinen Becher mit hinaus, Feldmann zusätzlich einen kleinen Metallflachmann, wie Kupernikus ihn in der Werkzeugkiste gesehen hatte, als Feldmann im Einsteinhaus den Wasserhahn repariert hatte. Er goss einen Fingerbreit einer klaren Flüssigkeit in seinen Kaffee. Sie setzten sich auf die beiden Holzschaukelstühle auf der Terrasse. Kupernikus hatte richtig vermutet: Der Blick aus dieser etwas erhöhten Lage war spektakulär. Man konnte bis zu seinem Wohnmobil schauen.

»Für diesen Blick musste Benno sterben«, begann Feldmann. Seine Hand, die die Tasse hielt, zitterte.

»Was ist passiert?«

Mehr musste Kupernikus gar nicht fragen. Der Hausmeister war so weit, sich alles von der Seele zu reden.

»Ick war bei der Gartenarbeit«, begann er. »Wie immer. Dann hör ick een Kläffen, kurz darauf Rufe. Det Grundstück ist zum See hin nicht einjezäunt, warum och? Vorn, an der Straße, hab ick schon Dutzende Jespräche direkt an der Pforte abjefertigt, die wussten also, ick verkoofe nich', und aufs Grundstück kommen se och nich. Als es mir zu bunt wurde, bin ick mit dem Baseballschläger an die Pforte. Ditte hat Eindruck gemacht.«

»Aber nicht für lange, oder?«

»Det war vor einem halben Jahr. Ick gloobte, die bin ick los. Tja, und dann kam dieser kleene Kläffer auf mich und Benno zujerannt. Der jetzt bei Ihnen ist. Weeßte, der Benno war schon alt, der hat sich nicht mehr uffjeregt, war sogar erfreut über den Besuch. Hat gleich mit dem kleinen Kläffer jespielt. Denne kam dieser Macker in Sportkleidung, wie man sie auf dem Wasser trägt. Der rief nach seinem Köter, der hat aber überhaupt nich' auf ihn jehört. Der Typ behauptete, er hätte mit dem Stand-up-Board unten am Ufer anjelegt, um sich umzuschauen, dabei is denne sein Köter ausjebüxt. Hat sich vorjestellt als Sven Mixa, anfangs war der richtig nett. Über die Hunde kamen wir ins Jespräch … ick weeß nich', wie er det jemacht hat, aber zwischendurch war ick in der Küche und hab Käffken jekocht, so wie für uns beede heute, in der Zeit muss er dem Benno wat jegeben haben. Ein vergiftetes Leckerli, gloob ick.

Während wir denn Käffken tranken, veränderte sich dat Jespräch, und Mixa sagte, was er wirklich wollte. Dat Grundstück. Und zwar noch dieses Jahr. Ick solle es mir jut überlegen, so ein Paradies könne ganz schnell zur Hölle werden, vor allem, wenn man ganz alleen drin leben muss. Nicht auszudenken, wenn zum Beispiel dem Hund etwas passieren würde – das waren seine Worte jewesen. Da bin ick ausjerastet.«

Feldmann stand auf, ging in die Küche und kam mit einer Pistole zurück, die er auf den Tisch legte.

Kupernikus erschrak und bereute es, allein hierhergekommen zu sein.

»NVA-Bestand. Würde wohl noch funktionieren, aber ick habe keene Patronen. Dat wusste Mixa ja nich'. Ick hab ihn damit vom Grundstück jescheucht und ihm jedroht, ihn abzuknallen, sollte er je wiederkommen.«

Feldmann machte eine Pause und trank mit einem gedankenverlorenen Blick über den See von seinem Kaffee.

»Doch als er gehen wollte, kam sein Köter nich'. Da konnte er rufen, wie er wollte. Benno kam och nich'. Wir ham jesucht, Mixa voran, icke mit der Knarre hinterher.

Der wusste wohl nich', wie lange das Gift brauchen würde, um zu wirken. Ick kann mir nich' vorstellen, dass er das so jeplant hatte. Jedenfalls, Benno war tot, als wir ihn fanden, und der kleine Kläffer, der jetze bei Ihnen ist, saß neben meinem Benno und schien zu trauern.«

Hier versagte Feldmanns Stimme, und auch Kupernikus musste mehrmals trocken schlucken.

»Mixa hat behauptet, er hätte nichts damit zu tun. Hätten Sie dem jegloobt?«

»Nein«, sagte Kupernikus, ohne nachzudenken.

»Ick war außer mir vor Wut. Wenn die Knarre jeladen gewesen wäre, ick hätte jeschossen. Das wäre dumm gewesen, denn dann wäre ich für diesen Mistkerl in den Knast jegangen. Also hab ick ihn in den Kartoffelkeller unter dem Haus gesperrt.«

»In den Keller?«

»Ich brauchte Zeit, um nachzudenken.«

»Verständlich.«

»In der Nacht bin ick dann runter zum Ufer. Da lag Tatsache das Board, mit dem Mixa jekommen war. Ick hab ein kleenes Motorboot dort zum Liegen. Da gibt es och einen kleinen Schuppen für Zubehör. Spanngurte, Seile und so Zeuch …«

Sie schwiegen und genossen den Ausblick.

»Am frühen Morgen hab ich Mixa gezwungen, eene Flasche Wodka zu leeren. Ditt jehörte zu dem Plan, den ich in der Nacht ausbaldowert hatte. Es sollte wie ein Unfall aussehen. Ick wollte ja nicht einfahren für den Mistkerl. Er musste sterben, ditt war klar, aber er sollte nicht einfach verschwinden. Ick wusste ja, Mixa war nur ein Handlanger, und ich wollte ein deutliches Zeichen senden an die, die das Sagen haben. An die Reichen und Mächtigen, die glooben, sich allet erlauben zu können. Und ick musste allet loswerden. Leiche, Köter und Board. Dem Köter wat anzutun, kam natürlich nich' infrage. Det is' ja klar.«

»Das freut mich zu hören.«

»Mixa war so besoffen, der wusste jar nich', wie ihm geschah. Der fand det allet lustig. Hat viel zu laut jelacht, als wir runter sind zum Ufer. Ick musste ihn nich' mal mehr mit der Knarre bedrohen. Icke war allerdings och nich' nüchtern. Musste mir Mut antrinken, das verstehen Sie sicher.«

»Natürlich.«

»Der hat sogar noch mitjeholfen, als ick ihn oof das Brett geschnallt habe …«

Feldmann schüttelte den Kopf.

»Ich musste jar nichts machen. Besoffen, wie der war, ist er mit dem Board auf dem Rücken gestolpert und ins Wasser jefallen. Hat noch eine Weile da drunter gezappelt, denn war Ruhe. Als die Sonne uffging, hab ick den kleinen Kläffer aufs Board jesetzt und bin ein Stück mit hinausgeschwommen, bis es in der richtigen Strömung war. Dann bin ick zurück, hab mir mein eigenes Board geschnappt und damit weiter unten im

Wald falsche Spuren gelegt … die Sie dann ja auch jefunden haben.«

»Sehr geschickt.«

»Ick war bei den Pionieren, hab Erkundungstrupps ausjebildet. Ick weeß, wie man so wat macht.«

»Stammt die Drohung an meiner Windschutzscheibe von Ihnen?«

»Ja, und ditte is' mir och echt blöde. Entschulijung. Aber icke musste ja wissen, wat Sie wissen.«

»Schon okay. Was sagt Ihr Gewissen zu alledem?«, fragte Kupernikus.

Feldmann zuckte mit den Schultern. »Ick heule mir jetzt nich' in den Schlaf, falls Sie ditte glooben. Aber ick muss sagen, es hat jeholfen, mal drüber zu reden. Gehen Sie jetzt zu den Bullen?«

Kupernikus schüttelte den Kopf. »Das überlasse ich Ihnen selbst. Aber unter uns alten Männern: Machen Sie aus Ihrem Herzen keine Mördergrube. Das ist kein Mixa dieser Welt wert.«

SZENE 9
»Eine gute Tasse Kaffee«

VORMITTAG. MORGEN.
Vor Kupernikus' Camper.

Drei Tage nach dem Showdown auf dem Herbstfest im Himmelreich wirkte Kommissar Fass entspannter denn je. Es waren keine Kabel in seinem Nacken zu sehen, und weder zuckte er mit den Schultern, noch drehte er den Kopf hin und her, um die Muskulatur zu dehnen.

Er war zu Kupernikus auf den Campingplatz gekommen, angeblich, weil er endlich mal wieder eine Tasse richtig guten Kaffee trinken wollte. Kupernikus hatte sowieso gerade eine neue Bohne am Start und kredenzte dem Kommissar eine Tasse davon.

»Kolumbianischer Supremo von der Finca La Mejorana. Fruchtig, mit Noten von Karamell«, erklärte er.

Sie saßen auf seinen bequemen Campingstühlen mit Blick auf den See. Fass probierte den Kaffee. Dabei schloss er die Augen, und es wirkte so, als würde er die Flüssigkeit kauen.

»Das ist unglaublich, wie machen Sie das?«

»Es ist eine Lebenseinstellung, die ich Swifterismus nenne.«

»Nie gehört.«

»Nun, es hat auf jeden Fall nichts mit einer US-amerikanischen Sängerin zu tun.«

»Sondern?«

»Jonathan Swift hat gesagt, die beste Methode, das Leben angenehm zu verbringen, ist, guten Kaffee zu trinken. Und wenn man keinen haben kann, so soll man versuchen, so heiter und gelassen zu sein, als hätte man guten Kaffee getrunken.«

Fass nickte. »Gefällt mir. Wer ist Jonathan Swift?«

»Er war ein irischer Schriftsteller und Satiriker. Hat *Gullivers Reisen* geschrieben.«

»Interessant.«

Kupernikus ließ Fass die Zeit, die er brauchte, um zum Punkt zu kommen. Wozu drängen, jetzt, da wieder Ruhe herrschte über allen Seen des Himmelreichs.

Nach ein paar Minuten begann der Kommissar zu sprechen.

»Olarius streitet alles ab«, sagte er. »War ja auch nicht anders zu erwarten. Er behauptet, nichts davon gewusst zu haben, dass sein Maat die Leiche und den Hund gestohlen hat, und auch nichts davon, dass Dennis Mixa einen Bruder hatte, der Sven Mixa hieß. Dennis Mixa, der Maat, sagt, er wisse nichts darüber, wie sein Bruder ums Leben gekommen ist, er wollte nur die Leiche holen, um sie vernünftig beerdigen zu können. Woher er vom Tod seines Bruders wusste, kann er nicht erklären, spricht nebulös von Kontakten und verschanzt sich hinter seinem Anwalt. Ein sehr teurer Anwalt, der natürlich von Olarius bezahlt wird. Den Hund will er nicht gestohlen haben, der wäre von sich aus an Bord gekommen. Und abgelegt hätte er so eilig, weil er einen Einbruch von Ihnen und diesem Thiago befürchtete. Olarius denkt noch darüber nach, Sie wegen Kapern seiner Jacht zu verklagen.«

»Das geht?«

»Klar. Paragraf 316c Strafgesetzbuch. Sagt zumindest der Anwalt.« Fass seufzte theatralisch.

»Viel zu befürchten hat Mixa nicht«, fuhr Fass fort. »Eine Anzeige wegen Einbruchs in die Rechtsmedizin. Ferner besteht durch den Diebstahl der Leiche der Tatbestand der Störung der Totenruhe. Der wird nach Paragraf 168 des Strafgesetzbuchs mit maximal drei Jahren Freiheitsstrafe belegt, aber ich denke, der Anwalt haut Mixa irgendwie da raus, schließlich handelt es sich bei der Leiche um seinen geliebten Bruder.«

»Sieh an«, sagte Kupernikus. »Also bleibt es im Dunkeln, wie Sven Mixa ums Leben gekommen ist.«

»Es sieht alles danach aus. Und bei der Vita der beiden Mixa-Brüder glaube ich langsam, dass es etwas mit Bandenstreitigkeiten zu tun haben muss. Dazu würde auch die Art und Weise passen, wie Mixa ums Leben kam. Das machen die Gangs doch so, nicht wahr? Dass sie als Zeichen der Warnung ihre Opfer zur Schau stellen. Ich meine, in Mexiko hängen sie unter Brücken …«

»Werden die Ermittlungen also eingestellt?«

»Moooment, so weit sind wir noch nicht. Ich bleibe noch eine Weile hartnäckig, schon um diesem Olarius auf die Nerven zu gehen. Der soll bloß nicht glauben, dass wir hier unseren Job nicht beherrschen, nur weil wir eine kleine Landdienststelle sind.«

»Und dazu noch im Himmelreich.«

»Genau.«

Schweigend tranken sie vom Kaffee.

»Wer ein Geheimnis lüften will, verhält sich möglichst still«, sagte Kupernikus.

»Verstehe ich nicht.«

»Denn dieses zu ertragen, führt unweigerlich zum Wehklagen.«

»Shakespeare?«

»So ähnlich«, sagte Kupernikus und lächelte.

»Wie auch immer: Sie hätten mir das sagen müssen. Das mit dem Chip und dem Tierheim in Kleinmachnow.«

»Nun, das hätte ich auch noch getan, aber es hatte sich keine Gelegenheit ergeben. Zudem möchte ich daran erinnern, dass Sie kurz vorher sehr unhöflich zu mir waren.«

»Ja … gut, stimmt schon … ich war gestresst und wahnsinnig angespannt.«

Das klang wie die Bitte um Entschuldigung, und mehr brauchte es bei Kupernikus nicht. Er gewährte sie stillschweigend.

»Und jetzt sind Sie nicht mehr angespannt?«

»Nein, das bin ich jetzt nicht mehr«, sagte Fass und lächelte in sich hinein.

Für einen Moment hatte Kupernikus den Eindruck, Fass' Wangen würden sich röten, aber da mochte er sich auch täuschen.

»Eines verstehe ich allerdings nicht«, sagte Fass schließlich.

»Sieh an.«

»Warum klaut dieser Mixa einen Hund in Kleinmachnow, kommt damit hierher, wird umgebracht, und der Hund landet auf dem Board?«

»Steht es fest, dass Mixa den Hund geklaut hat?«

»Ja. Der Blödmann hat sich von einer Kamera filmen lassen. Wollen Sie mal sehen?«

»Gern.«

Fass zeigte Kupernikus eine Videodatei auf seinem Handy.

Darauf zu sehen war ein Mann in Kapuzenpulli, der mit einem kleinen Hund kämpfte. Es war eindeutig Pinguin. Der Hund hatte sich in die Wade des Mannes verbissen, und der versuchte, ihn irgendwie in einen Jutesack zu stecken, während der Hund an seinem Bein hing. Die Kapuze des Hoodies rutschte herunter, und Sven Mixa hielt das Gesicht direkt in die Kamera.

»Er muss also einen Grund gehabt haben, einen Hund hierherzubringen. Haben Sie eine Erklärung dafür?«

Kupernikus schüttelte den Kopf. »Tja, tragisch, dass wir ihn nicht mehr dazu befragen können, nicht wahr?«

Fass steckte das Handy weg. »Hoffentlich hat es nichts mit illegalen Hundekämpfen zu tun?«

Beinahe hätte Kupernikus sich an seinem Kaffee verschluckt. »Wie kommen Sie denn darauf?«

»Ist so ein Gefühl. Intuition. So was braucht man als Kommissar. Drogen, Verbrecher, Hunde, Hundekämpfe. Liegt irgendwie auf der Hand. Und dann ist diese Kröte ja auch noch mordsgefährlich, wie wir gesehen haben.«

»Ja, richtig mordsgefährlich«, bestätigte Kupernikus und warf einen Blick zu Pinguin hinüber, die seelenruhig in dem kleinen braunen Körbchen schlief, das Kupernikus ihr gekauft hatte.

Plötzlich beugte Fass sich vor und sah Kupernikus mit festem Blick an, so als wolle er ihn hypnotisieren. »Verschweigen Sie mir etwas?«

»Warum fragen Sie?«

»Noch mal. Intuition.«

»Nein.«

»Wie? Nein? Wollen Sie damit etwa sagen, ich hätte keine Intuition?«

»Nein, ich will damit sagen, warum sollte ich Ihnen etwas verschweigen?«

»Ich würde es früher oder später rauskriegen, das wissen Sie.«

»Fangen Sie jetzt wieder einen Streit an, Kommissar?«

Fass schüttelte den Kopf. »Auf keinen Fall. Dafür ist der Kaffee zu gut und der Tag zu schön.«

SZENE 10
»Ein loser Faden«

AUSSEN. NACHMITTAG.
Das bunte Haus.

Nachdem Kommissar Fass verschwunden war, machte sich Kupernikus zusammen mit Pinguin auf den Weg.

Ein Faden lag noch lose da, der musste eingewebt werden ins Knäuel dieses Falls. Kupernikus hasste lose Fäden, und wenn er sich nicht täuschte, war er der Einzige, der diesen Faden sah. Und so stand er eine halbe Stunde später erneut vor dem bunten Haus von Ralle und Luzie.

Der Vorgarten wirkte noch immer, als wäre ein Tornado durchgefegt. Das stimmte Kupernikus betrüblich. Klar, es gab in diesem Fall einen Toten, der sicher gern noch weitergelebt hätte, und es gab einen trauernden Bruder, aber die zerstörten Johannisbeersträucher zeigten sehr drastisch die Kollateralschäden, die das Handeln der Mixa-Brüder unter Schirmherrschaft von Hans Olarius hervorgerufen hatte, und die waren mindestens ebenso dramatisch. Im menschlichen Verhalten gab es eben keine Singularität der Ereignisse, sondern immer Verkettungen und Verzweigungen und Verheerungen, und nicht immer stand der Tod am Ende all dessen. Manchmal war er der Anfang.

Kupernikus nahm seinen Mut zusammen, atmete tief ein und drückte die Pforte auf.

Goldenes Herbstsonnenlicht fiel in den Gemüsegarten, die bunten Farben des Hauses strahlten heute wieder, aber nicht grell und kräftig, sondern mild und besinnlich. Die Haustür stand offen, auf dem Flur stapelten sich Umzugskartons.

Kupernikus rief ein lautes »Hallo« hinein.

Irgendwo in den Tiefen erklang ein Poltern, einen Moment später tauchte Ralle auf. Es war ungewohnt, ihn komplett bekleidet zu sehen, also in langer Hose, Shirt und Schuhen.

»Oh, Sie sind's.« Ralle fuhr sich mit beiden Händen durchs flachsblonde Haar. »Ich bin … sehr beschäftigt.«

»Ja, das sehe ich. Ich will auch nicht lange stören, aber ich habe eine Frage, oder, besser, einen Vorschlag.«

Ralle kam nach draußen, und sie setzten sich auf die Stufen vor dem Haus.

»Ist Ihre Frau weg?«

»Luzie ist weg, ja. Wir sind nicht verheiratet, wer braucht diese alten Strukturen noch, haben wir uns immer gesagt … aber ja, sie ist weg. In Wangen, auf dem Hof ihrer Eltern. Herkömmliche Landwirtschaft.«

»Gibt's keine Chance mehr?«

Ralle schüttelte den Kopf. »Eines ist mir in den letzten drei Tagen klar geworden: Wir waren schon vor alledem am Ende. Aber wie merkt man, dass es zu Ende ist, wenn man jeden Tag ums Überleben kämpft?«

»Ich weiß nicht«, sagte Kupernikus.

»Gar nicht. Man geht blind in die Katastrophe. Wäre es nicht so, hätte die Welt nicht so viele Katastrophen.«

»Das tut mir sehr leid für Sie beide.«

»Schon in Ordnung. Das Leben geht ja weiter … irgendwie.«

»Was werden Sie jetzt tun? Da drinnen sieht es nach Umzug aus.«

Ralle nickte. »Ich gehe zurück nach Berlin. Als Software-Entwickler kann ich zehn Jobs gleichzeitig haben. Das hier …«, er machte eine ausholende Handbewegung über den Biogarten, »… das war Luzies Traum, und ich habe den Fehler gemacht, zu glauben, es könnte auch meiner werden. Dabei kann man Träume nicht teilen … Jeder hat seine eigenen, und wenn die Träume zweier Menschen nicht kongruent sind … tja, nichts ist individueller als Träume, nicht wahr.«

»Da ist was dran.«

»Warum sind Sie hergekommen?«, fragte Ralle.

»Es ist mir etwas unangenehm, Sie darauf anzusprechen. Ich fürchte, der Zeitpunkt ist vollkommen falsch.«

»Aber Sie werden es tun, sonst wären Sie nicht hier.«

»Ich bitte schon vorher um Entschuldigung und möchte Ihnen sagen, dass ich jede Antwort Ihrerseits sofort akzeptieren werde.«

»Sie sind ein komischer Mensch, Kupernikus, wissen Sie das?«

»Wie meinen?«

»Sie mischen sich in Dinge ein, die Sie nichts angehen, und obwohl es Ihnen unangenehm ist, machen Sie immer weiter. Und Sie würden es nicht tolerieren, wenn man das bei Ihnen machen würde, richtig? Sie sind ein wandelnder Widerspruch.«

Kupernikus nickte. »Da haben Sie wohl recht. Ich bin eben ein Schauspieler … widersprüchlicher kann ein Mensch kaum sein.«

»Nun sagen Sie schon, was Sie zu sagen haben!«, forderte Ralle ihn auf.

»Sie erinnern sich an Annabelle Schäfer?«

»Diese große Lady mit dem kurzen Haar, die sich als Einzige um mich gekümmert hat, als ich ausgeflippt bin und dem Olarius welche verpasst habe? Klar erinnere ich mich.«

»Ich habe folgenden Vorschlag …«, sagte Kupernikus und begann, den losen Faden einzufädeln.

Ende gut, alles gut.

In den Wintergarten fiel mildes Herbstlicht.

Ein zauberhaftes, goldenes Licht war das, und kein Beleuchter der Welt hätte die Szene, die sich Kupernikus bot, besser ausleuchten können.

Da die Haustür offen stand, war Kupernikus einfach eingetreten. Vorher hatte er natürlich nach Annabelle gerufen, das gebot der Anstand, doch als sie nicht reagierte, hatte er sich Sorgen gemacht. Man konnte ja nie wissen.

Sie hatte ihn nicht hören können, da sie diese kleinen weißen Kopfhörer in den Ohren stecken hatte, die man heutzutage überall sah, vornehmlich bei jungen Menschen, die ein großes Bedürfnis nach Abschottung in sich zu tragen schienen. Kupernikus hörte nicht, was Annabelle hörte, aber er konnte sehen, was sie fühlte.

Wie eine Fee bewegte sie sich barfuß in ihrem weiten weißen Kleid durch den Wintergarten. Sie tanzte, die Arme erhoben, mit kleinen, leichten Schritten. Dabei drehte sie sich, und ihre Hüfte war zu Bewegungen in der Lage, die Kupernikus umgehend ins Krankenhaus gebracht hätten.

Es war voyeuristisch, schon, ja, aber Kupernikus konnte nicht anders, er musste im Durchgang zum Wintergarten verharren und ihr beim Tanzen zusehen.

Leider verriet Pinguin ihn, bevor der Tanz zu Ende ging. Sie war im Vorgarten geblieben, als Kupernikus das Haus betreten hatte, schien ihre Geschäfte dort aber erledigt zu haben, kam jetzt durch den Hausflur gefegt, stürzte auf Annabelle zu und sprang sie an.

»Hey, meine Superheldin … und mein Superheld … das ist ja eine Überraschung!«

Annabelle begrüßte Pinguin und kam dann zu Kupernikus herüber. »Haben Sie mich beobachtet, mein lieber Kupernikus?«

»Ich bekenne mich schuldig und gebe gleichzeitig zu, voller Neid zu sein. Ich wünschte, ich könnte mich so bewegen.«

»Ich bringe es Ihnen bei.«

Kupernikus schüttelte den Kopf. »Dieser Aufgabe sind selbst Sie nicht gewachsen, Annabelle.«

»So leicht gebe ich mich nicht geschlagen.«

»Haben Sie einen Moment Zeit?«

»Sie wollen sofort anfangen?«

»Nein … ich bin hergekommen, um mit Ihnen zu sprechen.«

»Klar, gern. Ich prokrastiniere sowieso schon den ganzen Tag, um nicht diese blöden Umzugskisten packen zu müssen. Keine Ahnung, wie ich das jemals schaffen soll.«

Sie ließen sich auf der gemütlichen Couch nieder.

»Ihnen fällt die Trennung von diesem Haus schwer, nicht wahr?«

Annabelle nickte. »Natürlich tut es das. Ich habe gern hier gelebt. Noch habe ich ja ein halbes Jahr, aber ich fürchte, die Zeit geht schneller vorbei, als ich packen kann.«

»Wissen Sie denn schon, wohin?«

»Ich wäre gern hiergeblieben, in der Nähe von Caputh, aber leider finde ich nichts. Am Ende werde ich vielleicht doch noch Herrn Feldmann um Unterschlupf bitten müssen.«

Das war eine Möglichkeit, die Kupernikus überhaupt nicht gefiel, aber das musste er für sich behalten. Bisher hatte Feldmann sich nicht bei der Polizei gemeldet, vielleicht würde er aus seinem Herzen doch eine Mördergrube machen, aber selbst das konnte Kupernikus verstehen.

Annabelle hatte ihn nicht mehr nach dem Täter gefragt und schien es dabei belassen zu wollen. Kupernikus hatte keine Ahnung, wie sie es aushielt, immerhin war sie eine neugierige Person. Wahrscheinlich war ihr ihr innerer Frieden einfach wichtiger.

»Ich bin hergekommen, weil ich Ihnen einen Vorschlag unterbreiten möchte«, begann Kupernikus. »Wegen Ihres Umzugs.«

»Ich ziehe auf keinen Fall zu Ihnen ins Wohnmobil, falls Sie das vorschlagen wollen.«

Kupernikus lachte auf. »Dafür ist es auch ein wenig zu klein, fürchte ich. Nein, mein Vorschlag ist anderer Natur … schauen Sie mal, was ich für Sie mitgebracht habe.«

Kupernikus nestelte den Schlüssel mit dem bunten Anhänger aus Holz aus der Tasche seiner Weste hervor. Der Anhänger war eine Laubsägearbeit und zeigte ein kleines Häuschen in kunterbunten Farben. Schlüssel und Anhänger hatte Ralle ihm überlassen.

»Was ist das?«, fragte Annabelle.

»Gestern habe ich mit Ralle gesprochen, Sie wissen schon, dem etwas hitzköpfigen Biogärtner, der Olarius …«

»Jaja, ich weiß schon, wer das ist.«

»Er und Luzie haben sich getrennt.«

»Oh nein!«

»Oh doch, und er macht sich keine Hoffnung, dass da noch etwas zu retten ist. Sie ist weggezogen, zu ihren Eltern. Ralle selbst will nach Berlin gehen und in seinem alten Beruf arbeiten.«

»Ach herrje, wie traurig. Dann bekommt Olarius am Ende also doch noch, was er wollte. Das Grundstück.«

Kupernikus schüttelte den Kopf. »Diese Luzie ist einer der wenigen Menschen, bei denen Geld nicht über allem steht. Auf keinen Fall verkauft sie das Haus einem Investor, ganz gleich, ob für fünf oder sieben Millionen.«

»Dafür hat sie meinen Respekt. Ich wünschte, ich hätte so viel Geld auf der Bank. Dann würde ich ihr das Haus abkaufen.«

»Ja … na ja … das müssen Sie gar nicht. Da auch Ralle nicht mehr dort leben will, wollen sie es vermieten.«

Annabelle sah ihn an, dann den Schlüssel mit dem Anhänger, dann wieder ihn.

»Kupernikus … Sagen Sie nicht …«

»Doch, ich habe Ralle gefragt, ob er sich vorstellen kann, dass Sie das Haus mieten. Er hat Luzie angerufen, und Luzie ist einverstanden. Ich meine, das ist doch sehr praktisch, sie können Ihren Hausstand quasi mit der Schubkarre hinfahren. Seeblick haben Sie dann auch, und dieses bunte Haus passt noch viel besser zu Ihnen. Was sagen Sie?«

Annabelle liefen die Tränen.

Kupernikus war schockiert. Zum Weinen hatte er sie nicht bringen wollen.

»Was ist denn? Ich wollte doch nur …«

Annabelle schüttelte den Kopf und nahm ihn in die Arme. »Sie sind wahrlich mein Superheld, Kupernikus. Vielen, vielen Dank.«

Sie schniefte ein wenig in seinen Hemdkragen, bevor sie sich von ihm löste.

»Und was ist mit Ihnen? Sie reisen irgendwann weiter, oder?«

»Irgendwann bestimmt. Aber es gefällt mir ganz gut im Himmelreich, und Sie werden ja Hilfe brauchen mit diesen ganzen Kisten. Also bleibe ich noch einen Moment und versuche mich mal als Dauercamper. Der nette Roger hat mir einen Platz angeboten.«

»Wie wunderbar! Aber Sie wissen schon, was ein Moment ist, oder?«

»Wie meinen?«

»Ihre Wortwahl war falsch. Denn der Moment ist eine alte englische Maßeinheit für den Zeitraum von neunzig Sekunden, und ich hoffe doch, Sie wollen ein wenig länger bleiben.«

Kupernikus lächelte.

»Das will ich, Frau Lehrerin.«

ANNABELLES REZEPTE FÜR ESSEN, DAS GLÜCKLICH MACHT

GOTTESBSCHEISSERLE

6 Portionen
Dieses Rezept ist mittelschwer und in 90 Minuten fertig.

- Maultaschenteig, fertig gekauft
- 300 g Hackfleisch
- 150 g Brät
- 150 g Blattspinat, gehackt (kein Rahmspinat)
- 100 g Speck, durchwachsen
- 1 Zwiebel
- 1 Bund Petersilie
- 1 Bund Lauchzwiebeln
- 3 Eier
- 1 TL Margarine
- Zitronensalz aus österreichischem Bergsalz und feinsten italienischen Zitronen

1. Zwiebeln würfeln, Lauch in Streifen schneiden, Speck würfeln, alles in Margarine anbraten.
2. Hackfleisch, Brät, Spinat, Petersilie und Zwiebel-Speck-Gemisch mit Eiern durchmengen. Salzen und pfeffern.
3. Die Fleischfüllung etwa 1 cm dick auf den Nudelteig verteilen. Die zweite Lage Nudelteig darüberlegen. Zu Maultaschen verarbeiten. 6–8 Maultaschen in leicht siedendem Wasser 8–10 Minuten garen.
4. Freude und Liebe bei der Zubereitung zwingend notwendig!

HOPPELPOPPEL

6 Portionen
Dieses Rezept ist einfach und in 40 Minuten fertig.

- 1200 g Pellkartoffeln
- 6 Schalotten
- 360 g Kochschinken
- 300 g Gewürzgurken
- 12 Eier
- 6 EL Schlagsahne
- 6 EL Öl
- 1 Bund Schnittlauch
- Salz, Pfeffer, Muskat, frisch gerieben

1. Kartoffeln pellen und in Scheiben schneiden. Schalotten in Ringe, Kochschinken in Streifen schneiden, Gewürzgurken in große Stücke. Eier mit Schlagsahne verquirlen und mit Salz, Pfeffer und Muskat würzen.
2. Öl in Pfanne erhitzen und Kartoffeln goldbraun braten, salzen und pfeffern. Schalotten zugeben und 4 Minuten braten, Schinken und Gurken untermischen.
3. Eiersahne über die Kartoffelmischung gießen und bei milder Hitze 8–10 Minuten stocken lassen. Schnittlauch schneiden und Hoppelpoppel damit bestreuen.
4. Freude und Liebe bei der Zubereitung unabdingbar!

NACHWORT

Meine lieben Leserinnen und Leser,

mit diesem Buch haltet ihr meinen ersten Cosy-Krimi in den Händen.

Einen Krimi also, in dem der Humor eine größere Rolle spielen soll als der Psychopath und seine Verbrechen.

Bisher habe ich Thriller geschrieben und tue das auch weiterhin, aber wie (fast) alle Menschen habe auch ich Humor – hoffe ich zumindest – und möchte auch diese Seite an mir literarisch ausleben. Zudem ist Humor bestens geeignet, die Unwägbarkeiten des Lebens anzunehmen und zu verarbeiten. Mit einem Lachen fällt alles leichter.

In meiner Eigenschaft als Abenteurer und Draußenschläfer kenne ich mich mit dem Campingleben gut aus und liebe es, wie sich dort Allzumenschliches zu ungeahnten Abgründen verdichtet. Deshalb lag es für mich auf der Hand, diese Geschichte dort anzusiedeln.

Also lasst euch von mir entführen in die Welt von Kupernikus, Annabelle und Pinguin. Ihre Welt ist das Himmelreich – und das gibt es wirklich. Dabei handelt es sich um einen ganz besonderen Campingplatz auf einer grünen Halbinsel zwischen den Havelseen bei Caputh.

Dass ich diesen bezaubernden Ort überhaupt kennenlernen durfte, verdanke ich meinem Freund Charles Rettinghaus. Charles, ich hoffe, du verzeihst mir deine Rolle in dieser Geschichte!

Bedanken möchte ich mich auch bei Roger Gross und seinem Team für die Gastfreundschaft und für ganz besondere

Momente im Himmelreich. Ich hoffe, ihr bereut es nicht, immerhin morde ich nun in euren Gefilden.

Nur durch die tatkräftige Unterstützung meines Verlages Droemer Knaur konnte ich den Aufbruch in ein für mich vollkommen neues Genre wagen – den Cosy-Krimi. Vielen Dank dafür!

Liebe Andrea, liebe Regine, es macht mich sehr glücklich, dass ihr Annabelle und Kupernikus genauso ins Herz geschlossen habt wie ich. Woher ich das weiß? Na ja, ihr seid in der Arbeit am Text sehr liebevoll und empathisch mit ihnen umgegangen und habt das Beste aus ihnen herausgeholt.

Auch bei Bastian von der Agentur Schlück möchte ich mich für Rat und Tat an diesem besonderen Projekt bedanken.

Und last, but not least bei Kaya fürs Modell stehen auf dem Paddleboard.

Meine lieben Leserinnen und Leser, ich hoffe, ihr habt oder hattet eine schöne Zeit im Himmelreich, konntet lachen, schmunzeln, den Alltag vergessen, habt mitgefiebert und gerätselt und möchtet weitere Abenteuer mit Annabelle und Kupernikus erleben.

Und wer weiß, vielleicht sehen wir uns mal dort, während ich am nächsten Buch arbeite.

Herzlichste Grüße
Andreas Winkelmann

Zwei Figuren des Romans sind in Absprache mit den Vorbildern realen Personen nachempfunden. Alle weiteren handelnden Personen sind frei erfunden. Jede Ähnlichkeit und Namensgleichheit mit lebenden oder toten Personen wären rein zufällig.

FRAGEN AN ANDREAS WINKELMANN

Du bist bekannt als* der *Thrillerautor, du schreibst Hochspannung mit Szenen, die einem den Atem stocken lassen – und jetzt lernen wir dich mit »Mord im Himmelreich« von einer ganz anderen Seite kennen. Wie kommt das? Brauchtest du Erholung?

Erholung nicht, aber Abwechslung. Ich bin und war schon immer offen für Neues und liebe es, Erfahrungen zu machen, die den Alltag und die Komfortzone aufbrechen. Beim Schreiben habe ich das auch schon vorher getan, aber bisher noch nicht in Richtung Cosy Crime. Wer mich von meinen Veranstaltungen kennt, weiß, dass ich durchaus Humor habe – hoffe ich – und für jeden Spaß zu haben bin. Diese Seite an mir wollte ich beim Schreiben ausleben und ausloten und habe sehr schnell gespürt, wie viel Spaß es mir macht, Verbrechen mit Humor zu verbinden. Zudem hilft Humor, mit den Anforderungen und Unbilden des Lebens besser fertigzuwerden. Mit einem Lachen fällt alles leichter.

Ein Campingplatz ist ein eigener Mikrokosmos, hier herrschen ganz eigene Gesetze, hierher reist eine besondere Klientel, um Urlaub zu machen. Warum hast du dir für diesen ersten Band deiner Cosy-Crime-Serie ausgerechnet ein Campingplatz-Setting ausgewählt, und welche Erfahrungen hast du selbst mit Camping gemacht?

Neben dem Schreiben habe ich eine zweite große Leidenschaft: draußen Abenteuer erleben. Irgendwie ist ein Teil von mir wohl immer Kind geblieben. Ich bin auf dem Land aufgewachsen, da war es normal, draußen die verrücktesten Dinge zu tun – nicht immer zur Freude der Eltern. Ob Wandern, Trekken, Bergsteigen, Klettern, Canyoning, Kajaktouren, lange Fahrradreisen – bei solchen Sachen geht mir das Herz auf. Und das bringt es mit sich, dass ich gern draußen schlafe und allerorten Campingplätze kennenlerne. Meistens im Zelt, manchmal im Schlaffass, mittlerweile auch mal im eigenen Camper. Bei langen Touren war ich oft auf Hilfe angewiesen und habe gelernt, dass Camper die hilfsbereitesten Menschen überhaupt sind.

Ich liebe diesen Mikrokosmos, in dem man fernab des Alltags den Alltag feiert. Es gibt so herrlich skurrile Persönlichkeiten dort, jeder hat eine spannende Geschichte zu erzählen, und weil alles öffentlich ist, sind die Menschen dort viel offener als sonst. Wenn man aus dem Blickwinkel eines Schriftstellers in diese Welt schaut, entwickelt man zwangsläufig den Wunsch, darüber zu schreiben.

Wandern, Trekken, Bergsteigen, Klettern, Canyoning, Kajaktouren, lange Fahrradreisen – das klingt ja toll. Wo bist du schon überall gewesen?

Meine Seele ist in den Bergen zu Hause, deshalb bin ich häufig dort. Ich habe die höchsten Gipfel der Alpen bestiegen und sie dreimal zu Fuß überquert. Ich war für mehrere Wochen mit dem Zelt im Val Grande Nationalpark unterwegs, ein ganz erstaunlicher Park im Herzen der Alpen. In der Wildnis Kanadas habe ich von einem ehemaligen Europameister im Jagdbogenschießen gelernt, wie man draußen überlebt. Wie man Fallen stellt, Tiere schießt, ausnimmt, häutet und über dem Campfeuer zubereitet. Der Mann war fast achtzig Jahre alt und hat mir wertvolle Lektionen erteilt, die ich nie vergessen werde.

Mit Rucksack und Zelt bin ich wochenlang in der letzten Wildnis Europas unterwegs gewesen – dem Sarek Nationalpark in Schwedisch Lappland nördlich des Polarkreises. Dort ist das Wetter selbst im Sommer so hart, dass es dich an den Rand der Verzweiflung bringt. Da wirst du morgens um fünf geweckt, weil der Orkan dir dein nasses Zelt um die Ohren haut. Belohnt wirst du mit einer atemberaubenden Natur, die ihresgleichen sucht. Das ahnt man schon, wenn man sich Bilder des berühmten Flusstals Rapaädno anschaut. Oberhalb davon hatte ich den schönsten Zeltplatz der Welt. Zudem kann man dort die größten Elche beobachten, die man überhaupt finden kann. Da sie sehr scheu sind, muss man aber ein echter Trapper sein dafür.

Eine echte Herausforderung war die Fahrradreise durch Skandinavien. Drei Monate, über 6000 km, mit dem Lastenrad, immer entlang der Küsten von Nord- und Ostsee. Drei Monate im Zelt schlafen, oft genug auf Campingplätzen. Dänemark, Norwegen, Schweden, Finnland: Diese Länder habe ich dabei äußerst intensiv kennenlernen dürfen, mitsamt den wirklich tollen Menschen dort. Da wirst du auch mal spontan in die Sauna eingeladen, wenn du durchnässt und durchfroren in einem kleinen Ort in Finnland nach dem Weg fragst.

Und während ich diese Sätze hier schreibe, befinde ich mich in Vorbereitung auf ein neues Abenteuer. Eine Trekkingtour durch den Himalaja. Damit geht ein Lebenstraum in Erfüllung. Schon immer faszinieren mich die höchsten Berge der Welt, und ich kann es kaum erwarten, sie aus nächster Nähe zu sehen.

Das* Himmelreich *gibt es ja wirklich. Wie waren denn die Reaktionen, als die Leute dort erfahren haben, dass du den Campingplatz als Setting für einen Roman verwendest und sogar reale Leute Vorbilder für Figuren waren?

Ja, das Himmelreich gibt es wirklich, und ich habe es dank meines Freundes Charles Rettinghaus, der als Synchronsprecher meine Hörbücher einliest, kennenlernen dürfen. Von der ersten Minute an hatte ich dort das Gefühl, zu Hause zu sein und ein Stück weit den Alltag hinter mir lassen zu können. Als dann die Idee geboren war, meine Geschichte dort anzusiedeln, hatte ich befürchtet, die Menschen dort würden das vielleicht nicht wollen. Aber das Gegenteil ist der Fall. Ob der Besitzer des Platzes mitsamt seiner Familie oder andere Gäste – sie fanden die Idee toll.

Wie viel von deiner Hauptfigur Björn Kupernikus steckt in dir?

Eine ganze Menge. Da wäre zum einen die Alltagspoesie, die Kupernikus liebt. Ich dichte auch oft einfach vor mich hin, und meine allererste Veröffentlichung überhaupt war sogar ein Gedicht in der Nationalbibliothek des deutschsprachigen Gedichts. Zudem hält Kupernikus sich für unangepasst, ist es aber nicht so sehr, wie er glaubt, auch das trifft auf mich zu. Und ich bin mir sicher, wenn ich Kupernikus' Alter erreiche, werde ich auch ein wenig schrullig.

Mit seinen Sentenzen liefert Kupernikus sich einen tollen Schlagabtausch mit seiner Gegenspielerin Annabelle Schäfer, die als ehemalige Lehrerin so ziemlich alles nützliche und unnützliche Wissen dieser Welt aus dem Ärmel schüttelt. Sie sind ein gutes Gespann. Was hat dich an Annabelle interessiert?

Ihre herrlich offene, zugewandte Art, ihre positive Weise, das Leben zu betrachten, sie bringt noch Abwechslung und Sonne in den langweiligsten und dunkelsten Tag. So einen Menschen mag man gern um sich haben, und da stört es auch nicht, dass sie als ehemalige Lehrerin ein klein wenig besserwisserisch ist.

Besonders schön ist, dass Annabelle gut kochen kann und sich so ein paar seltsame Rezepte im Roman finden: Gottesschei-

ßerle und Hoppel-Poppel. Kochst du selbst auch gerne und hast diese Rezepte schon ausprobiert?

Ich kann kochen, noch besser aber backen, denn ich habe einst den Beruf des Bäckers und Konditors gelernt. Hoppelpoppel und Gottesbscheißerle habe ich natürlich schon ausprobiert und war ganz begeistert von meinen eigenen Kochkünsten – andere hingegen nicht so, aber das ist ja Geschmackssache.

Diese beiden Gerichte gehören übrigens in die Kategorie »Essen, das fröhlich macht«. Die habe ich eigens für dieses Buch erfunden, und die Kategorisierung beruht auf diesen herrlichen Bezeichnungen. Ich meine, Gottesbscheißerle und Hoppelpoppel, da bekommt man nicht nur den Magen voll, sondern auch noch gute Laune. Was könnte schöner sein?

Mit Feldmann und Thiago haben wir zwei herrlich Dialekt sprechende Figuren. Aber Thiago kann noch viel mehr. Er ist der Mann für alles und kennt sich mit Schiffsmotoren wie mit wilder brasilianischer Kampfkunst aus. Wie ist das bei dir?

Mit Schiffmotoren kenne ich mich überhaupt nicht aus, mit Kampfsportarten hingegen schon. Capoeira habe ich nie gelernt, aber ich habe als Jugendlicher geboxt und später mehrere Selbstverteidigungssportarten wie Modern Arnis oder Defence Lab ausgeführt. Übrigens gibt es diesen Thiago, der halb Finne, halb Brasilianer ist, wirklich. Kennengelernt habe ich ihn aber nicht im Himmelreich, sondern während einer Kajaktour in den herrlichen Gewässern von Henningsvaer auf den Lofoten. Ich habe ihn dann kurzerhand an die Havelseen umgesiedelt.

Den kleinen schwarz-braun-weißen Mischlingshund Pinguin hat man von der ersten Seite deines Romans an ins Herz geschlossen. Wie ist dein Verhältnis zu Hunden?

Ich liebe Hunde. Seit ich denken kann, gibt es Hunde in meinem Leben; seit vier Jahren ist es Eddie, ein belgischer Schäferhund mit starkem Bewegungsdrang und wunderschönem Charakter, ein richtig guter Kumpel. Und dann gibt es da Kaya, die für Pinguin Modell gestanden hat. Kaya kommt aus dem Tierschutz und ist ängstlich, mag eigentlich keine Männer, aber zwischen ihr und mir war es Liebe auf den ersten Blick. Sie fährt sogar auf dem Stand-up-Board mit mir.

Kupernikus ist ja mit einem alten Wohnmobil unterwegs. Was muss man da beachten, um Anfängerfehler zu vermeiden?

Wenn man mit dem Wohnmobil unterwegs ist, gibt es jede Menge Fallstricke. In einige davon bin auch ich anfangs getappt. Zum Beispiel darf man auf keinen Fall vergessen, einen Wasserschlauch an Bord zu haben. Damit füllt man den Frischwassertank des Campers auf. Wenn man den aber vergisst und in seiner Not auf dem Campingplatz nach einem Schlauch sucht, kann es passieren, dass man einen findet, der seit Jahren im Sommer draußen liegt und bei dem sich an der Innenseite ein florierendes Algenleben entwickelt hat. Diese Algen landen dann im Frischwassertank und in den Leitungen des Campers, wo sie sofort mit der Vermehrung beginnen. Viel Spaß beim aufwendigen Reinigen!

Als Anfänger verfügt man vielleicht auch nicht über das Geheimwissen in puncto Anwendung von Auffahrkeilen. Diese Keile braucht man, um das Gefährt auf unebenen Plätzen auszunivellieren, also möglichst in der Waage abzustellen. Steht es nämlich schräg, läuft das Wasser in der Dusche oder im Waschbecken nicht ordentlich ab, oder die noch rohen Frühstückseier rollen von der Ablage, zerplatzen auf dem Boden und sickern in das Staufach darunter, wo sie Chipstüten und Schokolade einschleimen. Alles kein Drama, mag mancher denken, aber wenn man dann abends in der Koje

liegt und das Gefühl hat, rauszurollen, kann einem das schon den Nachtschlaf rauben.
Eine Sache ist besonders wichtig. Da geht's um die Markise. Beinahe jedes Wohnmobil hat eine. Wenn man auf dem Campingplatz ankommt, fährt man sie sofort aus, egal ob die Sonne scheint oder nicht. Damit annektiert man sozusagen das Land unter der Markise, auf das fortan kein Fremder einen Fuß setzen darf. Ich möchte aber dringendst dazu raten, die Markise immer einzufahren, bevor man fortgeht. Kommt Wind auf, kann das sonst schwerwiegende Folgen haben. Ich habe schon Markisen wie Taschentücher durch die Luft segeln sehen.

Wie sieht ein normaler Schreibtag bei dir aus? Vormittags: harter Thriller, nachmittags: cosy crime?

Na ja, ich bin ein Mann, man sagt uns nach, dass wir kein Multitasking beherrschen. Das trifft wahrscheinlich nicht auf alle Männer und Lebenslagen zu, aber beim Schreiben bringe ich gern erst eine Sache zu Ende, bevor ich eine neue beginne. Das heißt, wenn der Thriller fertig ist, kann ich mich dem Cosy Crime widmen. Parallel geht das nicht. Das hat mit den Figuren zu tun, in die ich mich gern tief hineinversetze. Und wenn ich in Kupernikus' und Annabelles Köpfen stecke, kann ich nicht am selben Tag noch ein psychopathischer Mörder sein. Aber ich bin durchaus diszipliniert. Egal ob Weihnachten oder Geburtstag, wenn ich an einer Geschichte dran bin, schreibe ich jeden Tag. Wirklich kreativ bin ich am Vormittag. Nach dem Aufstehen gehe ich eine große Runde mit Eddie, dann sitze ich spätestens um acht mit einer Tasse Kaffee am Schreibtisch und lege los.

Auf den sozialen Medien kann man z. B. bei Insta erleben, dass du dir für deine Thriller-Lesungen immer ganz besondere Sa-

chen ausdenkst. Zuletzt hast du etwa ein paar Hundert Meter Frischhaltefolie gebraucht, um einen Leser oder eine Leserin während der Lesung an den Stuhl zu fesseln. Hast du dir für »Mord im Himmelreich« auch schon etwas Besonderes vorgenommen?

Aber sicher habe ich mir etwas vorgenommen, aber das werde ich hier natürlich nicht verraten. Wo bliebe da die Überraschung?

Die berühmte Frage zum Schluss: Was kommt als Nächstes?

Nach dem Buch ist bekanntlich vor dem Buch, und da ich nicht lange ohne Schreiben kann, arbeite ich eigentlich immer am nächsten Text. Aktuell am zweiten Band mit Kupernikus, Annabelle und Pinguin und all den anderen herrlichen Figuren aus dem Himmelreich. Dort ist nämlich etwas echt Furchtbares geschehen. Der Bäckermeister, der jeden Morgen die frischen Brötchen auf den Campingplatz liefert, ist verschwunden. Klar, dass Kupernikus herausfinden muss, was dahintersteckt.

NITA PROSE

Ein mysteriöser Gast

Cosy crime at its best: Das Zimmermädchen mit dem Herz am rechten Fleck ermittelt wieder!

Mit Stolz und Hingabe putzt Zimmermädchen Molly Gray die Geheimnisse der Gäste fort und lässt die eleganten Suiten des Regency Grand Hotel in Perfektion erstrahlen. Als jedoch ein berühmter Krimiautor im ehrwürdigen Teesalon tot umfällt, reichen nicht einmal Mollys Künste aus, um das Ganze einfach wegzuwischen: Dem Hotel steht eine neue Mordermittlung ins Haus. Bald wabern Gerüchte und Verdächtigungen durch die Flure, und es wird klar, dass unter dem Fünf-Sterne-Glanz hartnäckiger Schmutz lauert. Molly weiß, dass sie den Fall lösen könnte. Doch dazu müsste sie sorgfältig verschlossene Erinnerungen an die Vergangenheit hervorholen. Denn Molly kannte den toten Gast vor langer Zeit – und er kannte sie …

Die Fortsetzung des Nr.-1-New York Times-Bestsellers, der in 40 Ländern veröffentlicht und über eine Million Mal verkauft wurde

DROEMER

Eine Wasserleiche und Familienbesuch aus Rom: der 2. Fall für Commissario Vito Grassi in Ligurien

ANDREA BONETTO

Azzurro mortale

Während Commissario Vito Grassi versucht, sein Privatleben zu managen – seine Frau und sein Sohn machen Urlaub bei ihm in Ligurien, weshalb er seine Mitbewohnerin Toni unter Protest zu ihrer Mutter ausquartiert –, wird in Corniglia, dem kleinsten Dorf der Cinque Terre, eine Leiche angeschwemmt. Identität, Fundort und die Todesursache »Trockenes Ertrinken« geben der Polizei Rätsel auf. Grassi ist überzeugt, dass der junge Mann ermordet wurde. Über eine anonyme Zeugin können er und seine Partnerin Marta Ricci eine überraschende Verbindung des Toten zum Einsturz der Morandi-Brücke in Genua herstellen. Als Grassi knapp einen weiteren Mord verhindert und dabei selbst in Lebensgefahr gerät, wird ihm klar, dass er mit seinen Ermittlungen einem größeren Feind in die Quere gekommen ist.

Unverbrauchtes und stimmungsvolles Italien-Setting, liebenswert-eigenwillige Figuren und ausgeklügelte Fälle für Commissario Vito Grassi und sein Powerfrauen-Team: So geht Urlaubskrimi!

DROEMER

SIMON AMMER

Das Paradies war früher schöner

Mord ist schlecht fürs Geschäft!

Ausgerechnet zu Beginn der Sommersaison wird im Hotel Paradies am Millstätter See ein prominenter Gast ermordet: Der Starkoch aus München liegt an einem makellosen Julimorgen erstochen in seinem Bett. Aus Wien schickt man den scharfsinnigen, aber auch etwas wunderlichen Oberst Benedikt Kordesch, um den Fall möglichst schnell und geräuschlos aufzuklären. Dank der eher spröden Einheimischen gestalten sich Kordeschs Ermittlungen zunächst mehr als zäh. Vielleicht hat es auch mit seiner Abneigung gegen die zu tun, die hier das Geld und das Sagen haben. Allerdings ist es auch wenig hilfreich, dass sich der Oberst just in dem Moment in seine Hauptverdächtige verliebt, als eine zweite Leiche am sonnigen Seeufer treibt …

Start einer österreichischen Krimireihe mit dem besonderen Schmäh!

DROEMER

PIERRE MARTIN

Madame le Commissaire und das geheime Dossier

Ein verzwickter Fall, eine wunderbare Kommissarin und Urlaubsfeeling pur in der Provence!

Ein Anruf aus Paris stürzt Madame le Commissaire Isabelle Bonnet in einen neuen Fall. Ihr oberster Chef bei der Police nationale hat einen dringenden Auftrag. Gabriel Roquefort, ein Staatssekretär des Außenministeriums, erwarte sie in seinem Ferienhaus bei Gassin in den Hügeln hinter Saint-Tropez. Bei ihm sei eingebrochen worden. Doch seit wann kümmert sich ihr Chef persönlich um Einbrüche? Es dauert, bis Roquefort mit der ganzen Wahrheit herausrückt. Bei ihm wurden nicht nur diverse Wertgegenstände gestohlen, sondern auch eine Mappe mit einem geheimen Dossier. Er hätte die brisanten Dokumente nie und nimmer aus seinem Pariser Büro mitnehmen dürfen. Nicht auszudenken, wenn das Dossier in falsche Hände gerät. Madame le Commissaire ermittelt unter Hochdruck – wenig später ist Roquefort tot …

Vier Nr.-1-Bestseller, 111 Wochen auf der SPIEGEL Bestsellerliste, über 2,2 Mio. verkaufte Exemplare – Madame le Commissaire ist eine der erfolgreichsten Provence-Krimireihen.

KNAUR